老歌，是陪你到老的歌，
老家，是讓你安心變老的地方。

漂向北方，或一路往南——
永遠的土地之子，
漂到了哪兒，
都是帶根的流浪……

安靜的勇氣

劉學剛 著

「諾貝爾文學獎得主」**莫言** 題字推薦

Contents 目錄

輯三 安靜的勇氣——內心深處，不被驚擾的幸福

宅静的夏之

黄云

序言

故鄉的河流溝渠都在閃閃發光

劉學剛

在我童年的時代，故鄉的河流溝渠都在閃閃發光。魚蝦和星星在裡面嬉戲。岸邊柳樹的倒影特別好看，猶如一群長髮飄飄的村姑臨水梳妝。五九六九，沿河看柳。

我希望，在我的文字裡，每一位讀者都能進入自己的故鄉世界……

故鄉，成長的氣質與姿勢

我關於春天和生命的認知就是從這裡開始的。河流的反光、水草的氣息、雀鳥的聲音塑造了我的視覺、嗅覺、聽覺，以及我成長的氣質和姿勢。

村裡有七大灣塘。下雨的時候，村外的水村裡的水都往灣塘裡流。灣塘的魚逆流而上，順著陽溝，遊進我家的庭院。足不出戶，我把可愛的魚兒捉到水甕裡，魚兒攪動的簇簇水花和我的朵朵心花日日開放。日日新，不是世界天翻地覆，故鄉面目全非，而是每一天都有鮮嫩乾淨的陽光，有沾著泥巴滴著露珠的蔬菜，有熟悉的生活現場帶來的安身又安心的踏實感愉悅感。

我的故鄉是魯中平原的一個小村莊。西面是低矮的山嶺，南面以南渠河自西而東地流，北面洪溝河南岸的高樹像一排籬笆守護著我的村莊，守護著莊稼的開花結果。這樣一個相對封閉的結構顯得故鄉特別的小，小得像一間月亮小屋，像一個溫暖的靠枕。我說過的，建造故鄉的材料，不僅僅是泥土、磚石和樹木，還有糧食、節日、風俗、乳名、鮮花、河流、清風明月、雞鳴犬吠等諸多有益於身心的單純樸素的東西。

故鄉，是我面對現實生活的支撐

我的故鄉是一個後面，彷彿一面結實的後牆。這個後面是我面對現實生活的支撐。我和故鄉世界的密切是因為我與它的遠離。無論我走到哪裡，心裡都裝著童年的生活經驗，故鄉強化了我的身份感。我是童年的我，也是遙遠的我；我保存著孩提時代的純真，也容納著歷經歲月的平靜與從容。無論生活還是寫作，我都在努力向後撤退，遠離喧囂眾生，退回到童年的河邊，像一棵小樹那樣遵循莖葉花果的秩序活著，活出一個青枝綠葉的人生，活出一個天高雲淡的境界。

故鄉是什麼，讓我們一再地歌頌和思戀？被過度美化了的天堂，被華詞麗句遮蔽著的家園，這就是我們的故鄉？故鄉是我們能順著原路返回的地方，是我們精神的教堂，它的偉大在於始終保持著天空的純度和水流的亮度。

古人視故鄉為人生的終極之地，為衣錦還鄉甘願在外風雨飄泊，甚至遭受非人之苦。人，必須有一種鄉愁，它是人的終極幸福的最重要的一環。鄉愁，鍾煉著人的生命深度，遲疑與奮鬥，輾轉無眠與現世安穩，痛苦的焦灼與幸福的眩暈，這些應該有且必須有的生命元素，盡在鄉愁之中。

不管你走多遠，無論你多富有，人生最美的結局應是這樣的：許多年以後，故鄉還在原地等你。故鄉的小河還在，那些童年的小魚還是那麼可愛，它們的天才是在平靜的水面織出朵朵歡快的浪花。古往今來，鄉愁不止是文學永恆的母題，更是所有平凡者或傑出者幸福的歸途。

抒寫鄉愁，完成精神的皈依

美化故鄉，毫無意義。美化即遮蔽。在大眾視野裡，讚美即熱愛，批評為唾棄。如是，所有的聲音將是一個聲音，我們的漢語也變得僵硬空洞。鄉愁固然美麗，但它不是故鄉的全部。故鄉世界建構了我們關於生活的認知，我們從故鄉世界出發，要打開的是廣闊生活的無限可能性。

這些年，我做了三件事情。一是在城郊的農村開闢了一塊小菜園，穀雨種菜，小雪起菜。穀雨種植黃瓜、扁豆、辣椒、豆角、茄子。小雪時節，請白菜回家。二是每年春天，去野外採集野菜。我想讓我的身體和土地發生聯繫，用勞動獲得食物，在勞動和收穫中感知最當令的美食。三是每一個新的節氣的來臨，我去村莊和田野，觀察植物的生長和動物的行蹤，以及農民的勞作，還有他們在城鎮化迅猛發展之下的艱難喘息。我確認著自然和人心心相印的美好經驗，專注於自然節律之於當下緊張忙碌生活的矯正，確立一種安身立命、成己成物的生活方式。

我抒寫鄉愁的文字，是為了完成一種精神的皈依。我寫的關於節氣的篇章，是超越鄉愁的思考。

《舌尖上的節氣》繁體版在中華文化繁盛之地臺北出版以後，我的鄉土散文集《安靜的勇氣》繁體版也將問世。請跟我來，回到我的鄉愁鬱結之地。我希望，在我的文字裡，每一位讀者都能進入自己的故鄉世界。

輯一

故鄉的消息

在鋼筋混凝土的城市裡，聽蟬

群蟬歌處是故鄉。故鄉的夏天，只流行一種音樂，它是土生土長的，底氣十足，音域寬廣。比汗珠更閃亮比綠葉更茂盛，那是大地的歌聲。

01 你去過我的故鄉

老鍋

一口老鍋，是故鄉閱歷深厚的眼睛。灶台薰染成鍋底一樣的顏色，它依然黑亮如初。

父親常常說，一口鍋，一隻腳踏進去，拿東西敲打鍋沿，那腳底麻麻的，便是好鍋。現在想來，老鍋莫非是故鄉的根？鍋在灶臺上一蹲，整個村莊便不再遷徙而從此敦實沉穩。

鍋的肚量很大，鍋是見過大世面的。在鍋眼裡，你不過是一粒穀子。傳說鍋早年熱血沸騰氣可吞天，就在他飄飄欲仙之時，突然被拋進一個冰冷的模具裡，極像一臉喜氣的鄉親，準備迎娶小麥做新娘時，卻迎來了一場連陰雨。大喜大悲過，大熱大冷著，一口老鍋的經歷，肯定會讓一個飽經滄桑的人吃驚。所以，再冰冷的年月，往鍋裡一煮，就化開了；再生硬的日子，往鍋裡一放，就綿軟了。在歲月中游走的一口鍋，看起來更像一個月下荷鋤歸的莊稼漢，臉色黝黑黝黑的，寬闊的肩膀能扛起一座大山。

我們是一些空空的粗瓷碗，除了一次次讓鍋底朝天，我們不知道還幹了些啥事。我們用胃消化掉青青的菜、白白的饃，卻用心理解不了一口老鍋。如同吵著鬧著上山看桃花的孩子，繽紛搶了眼，馨香奪了魄，誰會駐足過冬的鐵褐色枝條？然而，鍋並不在乎這些。即使遭遇冷落，只要鍋底一把火，鍋上一塊肥肉片，便褪盡鐵銹煥發了青春。說來就這麼簡單，鍋最怕清閒，煙薰火燎著，最持久耐用。「閒著，能閒出一身的病來！」年事已高極少稼穡的父親昨天還這樣說過。

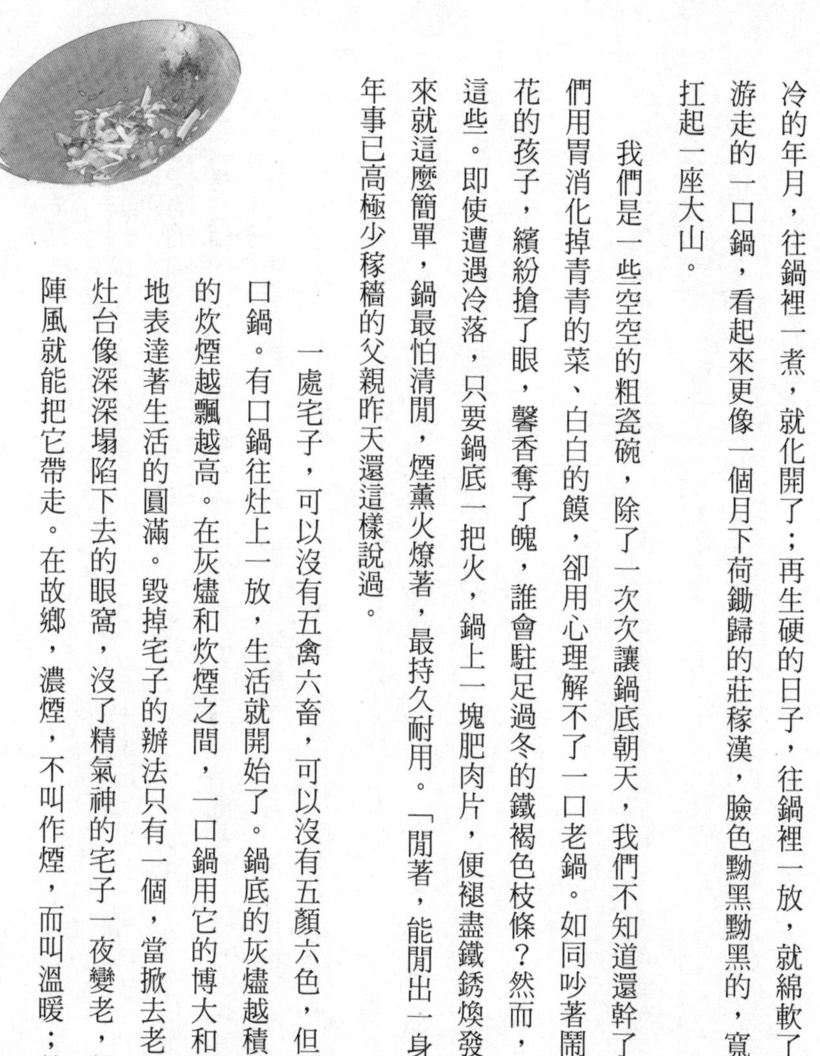

一處宅子，可以沒有五禽六畜，可以沒有五顏六色，但不能沒有一口鍋。有口鍋往灶上一放，生活就開始了。鍋底的灰燼越積越厚，屋頂的炊煙越飄越高。在灰燼和炊煙之間，一口鍋用它的博大和深沉，直觀地表達著生活的圓滿。毀掉宅子的辦法只有一個，當掀去老鍋的時候，灶台像深深塌陷下去的眼窩，沒了精氣神的宅子一夜變老，說不定哪一陣風就能把它帶走。在故鄉，濃煙，不叫作煙，而叫溫暖；熱氣，便也不是氣體，是魂魄。

我偏執地斷定，無上美味在民間。故鄉的黃昏是靜謐的，一聲悠長的牛哞，使時光變得更加飄忽而緩慢。鍋如佛，端坐在火的蓮花之上，灶裡飛出幾顆火星，濺成西天的霞光。院裡的雞們總是那麼不緊不慢地刨食，石磨下敞著的巢口，是深情的眼睛。站在屋簷下的鐮刀，手搭涼棚，眺望田野，鐮把平滑細緻，被汗珠打磨得均衡合手，那種形狀叫完美。鄉村此時獨有的氣息，任誰聞過一回也忘不了。刺鼻的牛糞和燻眼的灶煙相糾纏，乾草的味道和熱炕上的餿臭相交織。井裡新汲的水，無色也無味，倒在鍋裡一燒，就有了一絲絲甘甜。這種氣息不可言傳，它是酵母，糅合著每一個貧瘠的日子，放在鍋裡一蒸，便是飽滿燦爛的白麵饃饃。這白饃，嚼在口裡，全身沒有一處毛孔不熨帖；咽到肚裡，就是無邊無際的舒坦。

然而，老鍋離我們越來越遠。我們的家園被種上了茂密的鋼筋水泥。柴火垛越來越少，煤氣灶越來越多。高壓鍋、電飯煲們很是矯情，它們志得意滿的神態，讓我們一天天失去味覺，我們早年骨子裡沉澱的鐵質，說不定哪天就和臭汗一起揮發得一乾二淨。

一口老鍋，早晨煮熱一輪太陽，晚上燒開一瓢瓢月光。熬冬為夏，蒸春為秋，一口遍嘗世間炎涼的老鍋，是我們一生的念想和依靠。

鹹菜甕

有家的時候，就有了鹹菜甕，鹹菜甕和三間土屋是故鄉同時結出的兩個果子。在青菜奇缺的冬天裡，我們和鹹菜甕唇齒相依，是鹹菜甕支撐起老屋的笑聲。莊戶人的日子是清淡的，鹹菜甕把它醃得有滋有味。

鹹菜甕無根，卻比任何植物扎根更深。外地的風來過小院幾回，想動員它外出打工，鹹菜甕紋絲不動，風歎息一聲，繞著它轉了幾圈，帶走了一些輕浮的薄膜。有一次，我晾在鐵條上的褂子【註1】不見了，全家人都以為它跟風出走了，不料在鹹菜甕身邊發現了它。像一個做了錯事的孩子，它蹲在那裡。鹹菜甕，是小院永遠的守望者。家有鹹菜甕，心裡踏實。母親懷我時就大口吃鹹菜，大碗喝水，鹹鹹的水領我來到了這個小院。

一日三餐，鹹菜甕變戲法似的，總能變出不同的花色品種。兩塊鹹菜頭，一壺熱燒酒，父親的臉就大紅大紫地炫耀，如秋後的高粱曬米。我一年比一年高大，它一年又一年付出。我是鹹菜甕養大的孩子，我身上流出的汗水都是鹹的。

為了給鹹菜甕減負，我家又添了幾口小缸，很專業，有鮮蒜系，有香椿【註2】系，真正相容並蓄、博大精深還數鹹菜甕。每年夏秋時節，我們把吃不了的青菜和吃剩的菜根、菜頭放心地交給它保管。青椒對白菜頭說了什麼，我們不知道，白菜頭得標後已經有了一股辣味；芫荽根對蘿蔔說了什麼，我們不知道，蘿蔔成名後已經有了一絲香氣。

我有些納悶，鹹菜甕用了什麼辦法，使菜們消除了年齡界限跨越了語言障礙，而不分地籍、不分信仰地進行交流？我常常掀開蓋簾偷看，菜們神寧氣平，大薑貼近鹹疙瘩，豆角穩住鮮黃瓜，菜們的溝通是這樣的悄無聲息。一把年紀的鹹菜甕營造出一個美麗的童話世界。在鹹菜甕的故事裡，沒有尊卑貴賤之分，王子和乞丐都叫鹹菜。所以，從裡面培養出來的鹹菜個個表裡如一，心地純正。

有了鹹菜甕，才算安了家。有了鹹菜甕，清淡的日子不再有。把三間土屋放進去，會從裡面跑出大瓦房嗎？鹹菜甕開口笑了。

耙

一個炎炎夏日，在課堂上講解漢字構造時，我寫了一個大大的「耙」字。我說乍一看，這是一種齒狀的農具在和土地絮語。學生一臉的好奇。不，我不是在描繪一件出土文物。它，是我少年生活的一部分。

留在記憶裡的是那種釘齒耙。孩子幫牲口，大人站在耙上，對著牛屁股重複著簡單的口令。這是集聚了人的智慧、牛的力量、機械的性能而完成的一種對土地的創作。遠遠望去，那情形如蕩舟碧波，是田園風光最美的一幅插圖。

「三夏不如一秋長。」掰玉米前，耙就在角落裡喊父親。父親調理耙的姿勢虔誠而執著，少一根耙齒也不行啊，人少一個門牙嚼東西不爛。收穫後的土地有些激動，隆起厚實的肌肉。這時，耙幫它們理理頭緒，平心靜氣，打好下一季的譜。耙齒把大土塊嚼碎留給小麥，彷彿一位母親嚼爛食物餵給不滿周歲的孩子。

〔註1〕褂子：指T恤、短袖。多見於中國北方人的方言裡。

〔註2〕香椿：多年生的落葉喬木，樹木可高達十多米，原產中國。香椿營養豐富，是藥食兼用的食材，根、皮、葉、花和果實均可入藥，經濟價值極高的樹種。亞蔬——世界蔬菜中心（World Vegetable Center, AVRDC）分析一百多種亞洲蔬菜的營養成分後，發現香椿的抗氧化能力高居第一，是地瓜葉的三至十倍。

論輩分，耙應該是我爺爺那輩人。露在木框上邊的耙齒爬滿了鐵銹，下邊的越發光亮，我清清楚楚地看到了歲月的深度和時間的長度。對土地，耙最有發言權。父親扛著耙在前面一聲不吭地走，我趕著牛在後面小跑。父親把要對土地說的話全交給了耙齒。

耙地早上最佳，早上土地鬆軟。我是一肚子怨氣。眼睛還沒睜開，就跟著牛跑；牛鬧情緒了，在前面越拽，牛脾氣越大。父親站在耙上悠哉游哉，像坐在自行車的後架上。你也來試試？父親不想讓兒子只是個會念「鋤禾日當午」的娃。

耙地，運用的是動與靜的辯證法。站在橫木的右腳微抬，耙的右臂受到鼓舞，畫著驕傲的弧線向前，然後右腳落下不動，控制情緒，同時左腳微起，耙左臂後來居上。身體倚仗耙前繩子，略略後仰，與已經細膩柔軟的土地成一夾角。在我的想像裡，耙是一架古老的琴，人們用腳演奏，汗滴是音符，落在土地的曲譜上，奏出一段輕鬆的歌。

勞動累了，光滑細膩的鋤把、鍁柄都可以平靜一下呼吸，載起一段小憩。而耙不能，耙齒上面蹬的眼最大，在它上面的人只能站著。我就是在耙的注視下，站著走出了土地，站著走進了小城。站著做人，無論到哪裡，這是耙和我說的唯一一句話，我現在叫它——祖訓。

這些年，我越來越覺得，耙真是一位德高望重的長者。耙地，這再普通不過的勞動，卻使我們一家人，包括牛、院裡的狗緊密團結在土地上，並且相濡以沫。有一次回家，看見二叔一個人牽著牛，坐在耙上的是裝滿土的糞筐，耙後線條直直的，全然沒有土地的韻味。我扔下行李站了上去，二叔一臉的歡喜：這孩子，是咱莊戶地裡出去的！是耙，讓我盡領城鄉兩棲人【註3】類的風采。

耙的一生，是匍匐著的一生。它從不站起，儘管自己寬肩膀、粗胳膊、魁梧身材。是它，使喧囂的土地趨於平靜；是它，使平淡的生活更加祥和。我永遠也忘不了耙，一想起耙，就想起了我的父親和那塊土地。

〔註3〕城鄉兩棲人：中國的社會現象。農民背起行囊，帶著憧憬，離開了窮困的故鄉，走向城市，開始務工、經商的征程，這些人被稱為「農民工」。他們雖然生活在城市裡，已經和城市人沒什麼區別，不同的是他們的戶籍在農村，每當逢年過節和秋收農忙之際，都要返鄉幫忙，好像候鳥在城鄉之間往來遷徙。

02 土地上的物象

草垛

草垛是村莊的太陽。每每回老家，一看見守望在村頭的草垛，心就暖了。

草垛敦實而沉穩，站在場院裡一聲不吭，和村莊的男人一樣真實，寒冷硬是不敢進村。草垛的妻子苗條而飄逸，她的名字叫炊煙。如果誰家的煙囪幾天不冒煙了，冷冷清清的，一準是這家的草垛頂不起大樑。外面的草垛越高大粗壯，家裡的炊煙越豐腴秀頎【註4】。有了草垛，灶也底氣十足，鍋也大腹便便。草垛和炊煙的小日子過得挺紅火【註5】的，家裡的飯菜香噴噴，地裡的玉米黃燦燦。草垛，是莊戶人家生活殷實的標誌。

外村姑娘來相親時，媒人老遠就指著那威

武的草垛給姑娘看：小夥子，是個好把勢【註6】！莊戶人的意識裡有這麼一個推理：你垛不了草垛，肯定幹不利索農活；你幹不利索農活，還不是讓老婆孩子跟著挨餓。所以，麥子脫粒之後，垛草垛成了村裡最隆重的表演。該流的汗流了，該收的麥收了，垛出的草垛實際上是三夏會戰一個圓滿的句號。一身輕鬆的麥秸們通過一柄杈團結起來，這個過程多麼令人陶醉。

似乎所有的喧囂都被草垛的博大包容，場院復歸於沉寂。孩子們進了福囤進了城市，無邊無際的寂寞便留給了草垛。農村就有這麼一群人，他們忙活大半輩子，兒子住上大屋娶了媳婦，自己不中用了卻鬧著分家，說什麼老了，就圖個清閒。在場院裡，沸騰熱鬧的團聚，是有了麥粒；清靜綿長的日子，是草垛的。秋雨中，戴上葦笠的草垛目光祥和；冬雪裡，披著棉衣的草垛神情平靜。炊煙在後面怯怯地喊他呢！是在傾聽麥苗返青的腳步嗎？是在翹首春燕北飛的翅影嗎？草垛的心事，最清楚的莫過於黃土地了。

〔註4〕秀頎：美而高。這裡有筆直的意味。
〔註5〕紅火：生活過得幸福安康，經濟富足優越。
〔註6〕把勢：中國用語，表示老練、有經驗的人。

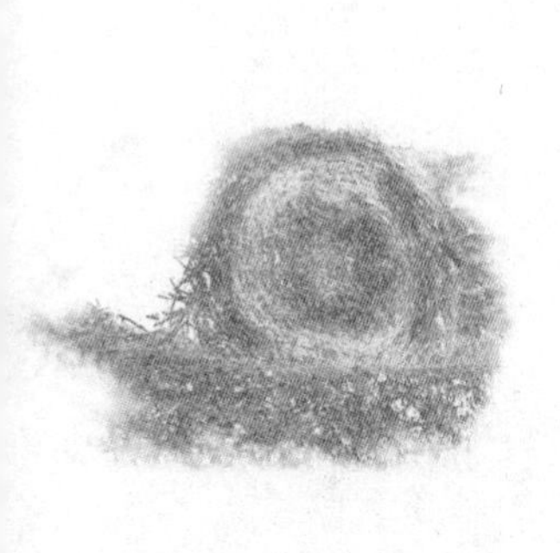

黃土沉默著，一如站在上面的草垛。

草垛醒了，灶膛亮了，炊煙高了，太陽紅了。多麼樸素清新的早晨，多麼寧靜溫馨的日子。站在村頭的草垛，站成了一個村莊的封面。草垛身後，生動著一篇拙樸富庶的家園。一根炊煙一根主線，站在了雲的上面。

土豆兒【註7】

土豆兒是村姑的小名，莊戶人叫習慣了，長得再大也叫土豆兒。隨便進一個村莊，你打聽一個姓馬的姑娘，那人准會說：「不認得，你說小名我知道，你說大號，嘿嘿……」土豆兒，養在深土人未識。

村裡別的姑娘都風風火火的，個性張揚。你看紅辣椒，只一眼就熱血沸騰，辣妹子夠味；黃瓜看似嬌羞，在綠秧裡半遮半掩，可一有風，就搔首弄姿，賣弄風情。長著窈窕身段的豆角，早長髮飄飄地進城當了模特。只有土豆兒，安分守己。

一個誕生在春天的生命，註定茂盛一生。驚蟄剛過，土豆兒就往上探頭探腦，往下

小腿亂蹬。上面蓋著的不是微膜，是太空被，保暖，不壓嫩。外面世界花花綠綠的，土豆兒深居閨中，根鬚兒所及盡是養分；露出巧手，在陽光下繡出朵朵白花，惹得蜜蜂爭風吃醋，一天跑好幾趟。土豆兒非常珍惜在土裡一百多天的成長期。既保持內心的純淨，又笑迎八面的來風，這就是土豆兒的品格。難怪莊戶人都說：還是土豆兒，最讓人放心，沒污染。你下了決心，決定要娶土豆兒。看了土豆兒敞在藍天下心形的葉子，你以為你讀懂了土豆兒。

但是，你必須等待。籬笆比你更清楚這一點。你不是麻雀，看幾眼印象平平就飛走了；你不是蜜蜂，看人家過了花季就分手。其實，土豆兒很懂事。麥收家家都忙人人都累，土豆兒就換下綠羅裙，穿一身布衣，出現在廚房裡，調節得人們胃口大開疲勞全解。土豆兒不要「三金」，不要摩托車不要家庭影院，一把菜刀，一個菜板，一雙筷子，一口鐵鍋，就行了。

〔註7〕土豆兒：馬鈴薯的中國用語，在中國各地，馬鈴薯的稱呼又有不同，東北稱土豆、華北（晉語）稱山藥蛋、西北西南與兩湖稱洋芋、江浙一帶稱洋山芋，廣東及香港稱之為薯仔。

這時，你認識到土豆兒的可貴了。黃瓜、豆角，有冰箱還行，條件一差，露水夫妻，長不了。當年唱通俗歌曲走紅大地南北的小辣椒，現如今空在屋簷下，靠細數簷雨打發日子，真是紅顏易老。還是土豆兒，還是去年的模樣，既不年輕，也不顯老，平平淡淡，樸樸實實，從從容容，穿梭在民間。很多年以後，想想這些，每次你都流淚。你，從心裡愛土豆兒，這是真的。你說：「土豆兒，給我生一大堆孩子吧，讓它們個個像你，多好。」土豆兒說：「你把我橫一刀豎一刀，有幾個芽就切幾瓣，種回我出生的地方，你必須這樣做，等我乾枯成一滴昏黃的淚，就沒用了。」你第一次懷疑自己的耳朵，一時間，竟以為是小時候聽過的一個民間傳奇。如此悲壯而偉大的分娩方式，平生你第一次看見。

以後的日子，你常常坐在菜園的空地裡，默默地想一些事情。你看到一個個小小的土豆兒齊刷刷舉起稚嫩的手臂，爭著回答春天的問題時，你說你終於瞭解了女人，瞭解了女人的你終於站成了籬笆。

故鄉的老屋

我沒有站成院裡的一棵樹，卻成了飛出屋簷的一隻鳥；我沒有循著血脈的方向舉高老屋的身軀，卻讓他佝僂在故鄉的煙雨裡。作為故鄉第一個從考卷裡拔出泥腿子成為城裡人的我，有些時候真說不清，我是一枚懸掛在老屋胸前金燦燦的勳章呢，還是沉甸甸的十字架？我越走越熱鬧，老屋卻越來越冷清。

老屋最早出現在我的文字裡，那是露珠的夢鄉、星星的憩園、童話的搖籃，我的故鄉則成了紅雨綠風、牧歌唱晚的同義詞。這是我的老屋嗎？這是我故鄉的老屋嗎？我卻用這些陌生的風景兌換了廉價的快樂和膚淺的成功。許多年過去了，老屋會原諒一個輕狂少年的淺薄和無知嗎？

幾年前回老家，父親平靜地告訴我，東鄰要翻蓋大屋，他同意了。按照故鄉民俗，東鄰房子不能高於西舍。當時院子裡堆滿了上好的木材、水泥檁條。母親戲言，這會兒相親好了。是啊，在農村，

三間大屋就是最好的招牌啊。之後，是長久的沉默。老屋的黑漆門欲言又止，守住了他的秘密。故鄉幾度寒暑易節，故鄉遊走的故事換了輕騎，換了汽車，換了遊艇，而老屋依舊以不變的姿勢靜聽我歸來的腳步聲，並且用一年一度的春燕啼綠把我提醒。

我最記得的當屬老屋的門檻。日常生活細節都鐫刻在門檻上，踩過了誰的足跡，誰的多少足跡，看不清了，也許世上有些東西其深刻就在於它的模糊。多少日子，走出門檻是燦爛的太陽，跨進門檻是溫柔的月光。門檻是快樂的起點，是溫馨的終點。從兒時的爬進爬出到少年的不經意間，門檻告訴我，那個風流少年可以仗劍遠行了。

年年親近老屋是把父親送來的吊瓠子吃得迴腸盪氣的時候。老屋院子不大，這植物能夠落戶小院，也算得上一份福氣了，並且有院牆扶持。她也爭氣，春來一個勁瘋長，清晨秧上都噙著感恩的淚珠，夏來綴一身白花掛、一枝豐稔，撐出陰涼，幫雞們、鴨們趕走苦夏。這時，老屋含笑不語。看到自己的孩子們如此融融洽洽，世上還有比這更幸福的際遇嗎？

當然，更多的是寂寞。雨在意味深長地下，風在沉思默想地走。老屋是淺睡低眠了，抑或在淺唱低吟呢？這時的老屋融入細密而無痕的煙雨之中，小雨成了天地之間我和他最晶亮的一條線索。

每次返鄉還家，東拍西攝。那些照片，怎能拼回一段真實的往事？把老屋囚禁在窄窄的五寸裡，襯以自己淺薄的笑容，就是對老屋最好的紀念嗎？不，老屋有些超凡，有些禪悟。他可以收容你的疲憊收容你的淚水，而當你一旦頭也不回紮進外面的世界，老屋依舊靜默在故鄉的煙雨中。如此不動聲色地面對落寞和歷經落寞之後的不動聲色，老屋該是一位聖者吧。

這些年，我常常想，我為什麼能在無根的小城幾經困頓而繼續，也許正因為我的腳上還沾著老屋的泥土。記得前些日子，父親看我女兒路過這裡，說起老屋的歸屬，東鄰欲買，賣就賣吧，就是老人倒頭後，在誰家發喪呢？我一急：爹，咱不賣！

遙遠的老屋，故鄉的老屋，成了我腮邊掛著的一顆淚珠。遙遠的老屋，故鄉的老屋，永遠是我心中最為高大的建築。

草帽，我的黃金小屋

儘管城市的樓群擠瘦了天空，儘管城市的肌膚瘋狂地流行小麥色，我依然懷念我的麥秸草帽。樓群的表情太呆板，流行的東西只是過路的風。

草帽，是我在鄉間的別墅。那裡，沉默著厚得無法再厚的黃土地，起伏著黃得無法再黃的麥浪。我的草帽，那是田野上升起的一輪金黃，不是太陽不是月亮，那是我的黃金小屋。在一個有月亮的晚上，父親坐在一片蛙聲裡，用麥秸和月光為我搭建起金黃的屋頂。從此，一頂草帽為我遮陽擋雨。即使許多年以後，遠離了草帽，我莫名其妙地煩躁，仍然被一種想像中的陰涼撫平。

我的草帽，糅和了麥草和汗珠的味道。頭腦昏沉了，只要嗅一嗅我的草帽，全身每一個毛孔都會打起十二分的精神。坐在地頭小憩，抓起草帽扇扇風，撲面而來一股秋天的香味，讓人好一陣子陶醉。當然，最奢侈的享受莫過於枕著麥稈兒躺在社路邊的樹蔭裡，做個「黃粱美夢」。草帽搭在臉上，即使樹影把我撇開，依然有飽滿的陰涼把我關懷。

更多的時間，草帽呵護著我在地裡勞作。不管我的頭仰得多高俯得多低，草帽總是高居我的頭頂。所以，草帽獨具慧眼，更能察覺莊稼的一些想法。玉米該施肥了，大豆該澆水了，有了草帽，我才成為莊稼的主人。我的草帽，開在酷暑裡，那是大自然的一朵笑容，是一種無可挑剔的圓滿。不管我前面的莊稼有多稚嫩，一旦經過草帽的薰陶，就變成大片大片的金黃，換下綠羅裙的莊稼們樸素而又端莊。

雨季裡，草帽是雨們最合適不過的韻腳。若是小雨淅瀝，我的草帽最詩意。草帽幾句清清爽爽的朗誦，逗發出莊稼們的靈感。總是草帽開頭，所有的莊稼跟著淺吟低唱。在那種幽雅的意境裡，誰都會成為優秀的詩人。那一刻，頂著草帽，傾聽著莊稼們的語言，我感覺我也是一棵莊稼，我的長勢良好，我的草帽越來越高。若是大雨如注，有我的草帽——我的黃金小屋，我就不會倒伏。草帽和我的莊稼們站在一起，共同奏響一曲恢宏的樂章。

冬天的草帽，樸素而又安靜。掛在牆上，彷彿鄉間又多了一輪月亮。被一種成熟的思想浸染著，我的夢境也黃燦燦了，不是嗎？醒來又是一個色彩斑斕的春天。草帽的顏色永遠是土地的顏色成熟的顏色，永遠透著一種質樸與恬淡。

當螢幕裡兩三江湖遊俠扣上破破爛爛的草帽玩酷，當大街上一些少女斜著做工考究的草帽扮靚，我的每一根頭髮都望成了眼睛：給我，給我一頂麥秸草帽吧。我只有頭頂我的草帽，才能成熟金黃的思想。有了這流動的黃金小屋，我不在乎五顏六色的目光，不在乎路有多長風雨有多大或者陽光有多麼囂張。

地瓜的新房

秋分剛過，地瓜就吵著要新房。父親下坡，瓜葉七嘴八舌的：小麥早睡進了福囤，玉米也驕傲地站在樹上。它們還托父親帶回些瓜蔓，讓豬牛幫話。吃飽了，豬嗚牛哞。父親喃喃自語：過日子，還是地瓜實惠，充饑，能接趟哩。

門前的小土丘自告奮勇，說這裡敞亮，風水好。地瓜大半年不見日月，父親特意把窖口開得圓圓的。土一筐一筐往外跑，人一寸一寸往下挪。五六米深了，見好就收吧。挖出水來，地瓜是萬萬不敢住的。窖底東西各開一個大穴，存地瓜，叫「坎子」；南北兩側留好「腿子」，人好出入。長在地裡，存在窖裡，地瓜的一生離不開泥土。

地瓜風塵僕僕趕來時，母親挨個撫摸它們，直到它們聽懂母親的手語，臉上露出紅潤。有毛病的不讓進，會帶壞其他地瓜的。塊頭小的只有乾著急的份兒，不由得埋怨自己先前只顧捉「泥」藏了。不要緊的，孬好都是果。沒入窖的，搖身一變，炫耀在原先的地裡。遠遠望去，白亮亮的一片，那不是瓜乾，是金幣。曬乾後，鑽進福囤，與當紅的小麥同倉共枕。地瓜的命運啊！

很多樸實厚道的地瓜，是在窖裡度過自己的後半生的，它們安安穩穩，與世無爭。

地窖是一個天然空調，冬暖夏涼，地瓜很知足。剛開始，還偶爾在窖底觀天聽風，大雪一至，封嚴窖口，地瓜便生活在無邊無際的黑夜裡。

冬天，豬牛在土丘前曬太陽，忍不住喊地瓜兩聲。原先在地裡就沒見面，盼回家又躲起來了，豬牛也想看看地瓜啊。地瓜卻像一個認真完成老師作業的小學生，喊破嗓子，也不挪動身子。還是公雞會辦事，每天站在窖上，為地瓜唱一支光明的歌，歌聲甜甜的，直沁進地瓜的心裡。

窖裡一定很好，要不地瓜上來後怎麼會容顏依舊光亮如初？

地瓜產量高，是一家人大半年的主食，進窖拿地瓜成了我的活兒。進窖後，四圍憋悶，呼吸困難，草草抓取，趕緊逃離。頭剛露出窖口就歇了，大口地喘氣。地瓜能保持住自己生命的顏色，卻是如此不易。我們在看見地瓜樸素的外表時，往往會忽略它的韌勁，它的淡泊。

我是吃地瓜長大的孩子，吃得肩寬腿長。窖裡的地瓜，彷彿窖存的美酒，一直散發出歲月的沉香，浸潤著我的生命。

03
聽吧，故鄉

蟬聲，響在我耳邊

蟬聲，這土腔土調的高亢，來自我的故鄉。整整一個夏天，它不知疲倦地響在我的耳邊。

蟬聲，是祖先青銅的面容，是故鄉的喉嚨。響在耳邊的蟬聲，是母親的一句句叮嚀，是一些粗壯的樹翠綠的風。我的耳邊，已搖曳著萬種風景。

群蟬歌處是故鄉。在清晨，只能被枕邊的蟬聲喚醒。父親的草帽早早升起在田野之上，麥秸的光芒深入每一棵莊稼的思想。摘下掛在天上的那把鐮刀，趕在豬哼牛哞之前，我從田邊割回了一筐新鮮。中午，是無數鳴蟬歌唱著的時間，蟬聲比天氣更熱情比炊煙更高遠。

故鄉的夏天，只流行一種音樂，它是土生

土長的，底氣十足，音域寬廣。比汗珠更閃亮比綠葉更茂盛，那是大地的歌聲。

蟬聲，響在少年的耳邊，是一股股熱浪。也許是離鄉太久太久的緣故吧，在鋼筋混凝土的城市裡聽蟬，卻是一陣一陣的清涼。

城市的空調很走紅，城市的流行樂很火爆，但沒有一個人像我這樣，延頸探耳，凝神屏息，只為了撿起點點滴滴的蟬聲。

城市的高樓很多，城市的陽臺很多，但沒有一處地方能讓蟬聲生動。這稀稀落落的蟬聲，是故鄉的炊煙嗎？它從老屋的屋頂啟程，趕到這兒，已是瘦瘦的一絲半縷，卻彌漫在我的耳邊，經久不去。

聽蟬！回故鄉去聽蟬！蟬聲，洶湧在耳邊，血液才會大河般湧動；蟬聲，洶湧在耳邊，腳步才會呼呼生風。

故鄉的道路，是不是已經眼睛只望著蒼天，不再理會我可憐的腳步？故鄉的樹木，是不是已經把臉扭向一邊，再也不想做我的保護傘？

我要回去，我要回去，只為了我的耳邊更加豐富飽滿。

既然我在城市裡迷了路，就索性閉上眼睛，只讓蟬聲牽著我的耳朵；既然故鄉離我太遠太遠，就乾脆把蟬聲當作一條回鄉的通途。

蟬聲啊，請響在我的耳邊，這樣，我的雙耳才永不失聰。蟬聲啊，請一直響在我的耳邊，這樣，在你最熱烈的地方，睜開眼睛，我會看到世上最美麗的風景。

貨郎鼓【註8】

貨郎鼓，是民間最優秀的器樂。空蕩蕩的鄉村，有一面貨郎鼓敲著，就不落寞。數一數，它輕快的敲打拴著多少稚嫩的耳朵。

一根扁擔，一頭挑著新鮮，一頭挑著破爛。一臉慈祥的貨郎【註9】，這流落民間的演奏家，搖響了一段明媚的時光。貨郎鼓敲起來，彷彿舞臺上的布幕徐徐拉開，向我們走來了一個神奇的世界：泥老虎吱吱地叫，吹個氣球滿天跑，吃一口糖豆，從頭甜到了腳。所以，在那些扯作業紙為風箏的歲月裡，我那沉悶的鄉村，最需要這種輕鬆而歡快的敲擊。

就這麼一面小鼓，兩頭繫上兩個小槌，就這麼來回地搖著，就搖走了我童年的饑餓，搖來了我少年的歡歌。院裡的破薄膜，牆角的舊鞋底，還有村頭上一個孤零零的油紙袋，它們都到哪裡去了？一不留神，懷裡的泥娃娃笑著說破了這小小的秘密。貨郎挑著擔子走了，挑走了鄉村的一些陳年舊事，鄉村開始變得輕鬆而又乾淨，熟睡的泥娃娃偶爾冒出一句夢話，也如密集的鼓點，鮮活了鄉村的夜晚。

那是兒時最奢侈的一段時光。在鼓聲中清洗著自己的耳朵，在新奇中明澈著自己的眼睛。貨郎鼓拙樸的音響以及玩具們豔俗的色彩，與窄窄的胡同、汪汪的犬吠最為親和。一群童真圍上來，眼睛都長出了釣魚鉤。羞答答的玩具，只露出一隻腳，卻探入許多眸子深處，耳邊的鼓聲變成咚咚的心跳。小小貨郎鼓，一個大大的吸盤，吸住了多少視線。貨郎鼓敲起來，多少拐角里弄，都被它從容穿過；貨郎鼓搖起來，多少苦惱煩憂都被它搖到腦後。

〔註8〕貨郎鼓：一種兒童玩具。於小鼓兩旁用短線各拴著一顆墜子，握住手把轉動，鼓面會因墜子敲擊而發出「咚咚」的聲響。中國地區的貨郎也會拿來搖弄，以代替叫賣。

〔註9〕貨郎：此職業在宋代晚期早已盛行。遊走於村屯鄉里、城鎮街巷，挑著扁擔，販賣日常用品的「移動商店」。挑擔者多為年輕男子，稱作「貨郎」，流行於中國大部分地區，不過因為交通逐漸便利，商品流通快速，貨郎已經逐漸消失。

我喜歡貨郎鼓，喜歡聽它輕快的腳步聲。當許多年以後，父兄們的雙腳敲響土地這面大鼓時，隔著城市的高樓，我依然聽到了渾實厚重的鼓聲，那是一種生命的律動，恢宏成一曲民間的絕響。

麻雀

我和一隻麻雀，在陌生的城市街頭邂逅。它一下子就喊出了我的乳名，這該是最鄉最鄉的鄉音吧。儘管只是一句招呼，在這座城市，我卻感覺自己不再孤單，並且全身溫暖。

麻雀，我故鄉的麻雀，它又一次把我灰色的目光引向了高遠的蔚藍。

麻雀還是那麼歡快地歌著，像我無憂無慮的少年。一身粗布衣服的麻雀，醜陋而又瘦小，長得像土坷垃【註10】，是故鄉最卑微的鳥兒。它總愛嘰嘰喳喳，活像村裡的二娃向我喋喋不休地訴說著快活。

故鄉，是麻雀的天然舞臺。它迅捷地奔跑，是曠野碧綠的心跳。停在一枝翠綠上，它是故鄉結出的一枚質樸而生動的果實，濃郁掩不住它喜悅的光芒；跳躍在打麥場【註11】上，它是鄉親們晾曬著的麥粒，靈動的鳥影注釋著金黃的夢境。它是一粒鮮活的音符，

潤上了我視線的琴弦；它是一個醒目的標題，閃亮在我故園的上面。

我和麻雀一樣，熱愛著老屋的屋簷。然而，當我羽毛豐滿，卻飛出了故鄉的視線。所以，這些年，我不敢膚淺地表達鄉情，這些年，在無根的小城，我裹著衣領，和灰色的心情一路同行。麻雀明亮的眼睛，揀回了我丟在故鄉的夢。

在上學路上，它輕靈的跳躍，讓我的腳步平添了幾分輕鬆；琅琅書聲中，它的發音最純正，並且裹著一股清新的風。它有多少次飛翔，我的少年就有多少個夢想；它有幾滴哀鳴，我的一生就有幾多愧疚。

我用石子擊打過麻雀，就像那次我對二娃拳腳相加。那一次，麻雀在樹上唱著民歌，我的耳朵容不下它的俗氣。一塊小小的石子，擊碎了樹葉的傾聽，這是多年之後的一記重拳，砸向我的前胸。

〔註10〕土坷垃：指圓形或者不規則形狀的黃土硬塊。多用於中國河南、河北等北方地區的本土農民口中，經常在地域性或地方性文字作品中出現。

〔註11〕打麥場：用來輾麥、曬麥的場地。

小時候，我跟麻雀學著起飛，可飛過老屋的屋頂，我迷上了更遠的風景。麻雀，只是從田間飛回屋簷，從屋簷飛向田間。在光禿禿的冬天，這卑微的生命，骨頭依然很硬，是寒冷裡醒著的種子，是沉寂中躍動的精靈。民族唱法的麻雀，依然是鄉村最優秀的歌者。

今天，站在陌生的城市街頭，說一口鄉音的麻雀，樸實得像我的農民兄弟。回老家看看吧！回老家看看吧！我豁然明白：我這只棲息在城市枝頭的鳥，只有飛回故鄉，才能找到自己的暖巢。

教女識牛

現在城裡的孩子已經很少見到牛了，工業城市的發達與牛的距離越來越遠，說不定哪天，牛真的成了外星動物。女兒，我要花上一整天的時間，帶妳到鄉下的老家看看，從村東到村西，從牛棚到坡裡。

說來我總是幸運。我的童年和牛一起度過，嫩草上的朝露最為牲口所欣賞。那一溝肥草，年年為我的牛生長，葉片寬闊，莖稈粗壯，握住牛繩，彷彿握住一年豐收的光景。女兒，握著你胖乎乎的小手，我又看見了那片肥嫩鮮美的青草。

遠遠的，刺鼻的，是牛糞的氣息。女兒，請不要捂起你的鼻子，在氤氳著這種氣息的村莊裡呼吸，你會像草木一樣綻放清香。這牛糞味兒，聞久了沁透心肺。它，是一隻手，對有些人是一種阻擋，對尋根的人，則是暖暖的牽引。真正有價值的東西大抵這樣。

女兒，村東場院裡曬太陽的那頭老牛你必須認識，論起來應該是咱的一門親戚。它曾是你姑姑家的整壯勞力，幫咱耕過二畝地運過四圈糞拉過六車麥子。現在，它老了，老成村莊的一部分，眼裡滿是慈祥的光芒。也許有一天，我也會拎個蒲團，挨著它坐下，在飄忽而緩慢的時光裡，靜靜地反芻過去的歲月。女兒，這是一個令人眼窩發熱的情節，待久了，我會一臉一臉的淚水。

牛的眼睛特別大。鄉親們形容一個人的眼大，不說虎目圓睜，也不說眼如燈籠，就說他長著一雙大牛眼。有人說，眼大無神。牛又生性木訥不善表達，行動遲緩，跟不上時代的節奏。於是，便有人覺得牛軟弱可欺任意使喚。深水無聲。女兒，當今社會，世風流轉，光聽其言只看其面，往往真假不分良莠難辨。一旦轡繩落入他人之手，拉著不走拽著倒退。人，永遠都要有一點牛的脾氣。

女兒，你聽見牛哞了嗎？一聲牛哞，將遠遠近近的農家凝成一團連成一片。牛沉默寡言，偶爾一喊眾聲啞然。為什麼古代出了那麼多優秀詩人，那麼多錦繡詩章？牛的做法，死啃硬吃，不是沒有道理。胃消化不了的，交給歲月。女兒，唐詩宋詞永遠是藝術的極品，背過了，總有一天會在體內發酵在血液裡洶湧。你要學會安於寂寞，有一種牛的堅忍與執著，萬不可作花枝招展狀。三年不鳴一鳴驚人，這是許多名人成功的路徑。

牛，不是狗，只會搖尾乞憐；牛，也不是貓，善於擺尾作秀。較之全牛，牛尾是小氣了點，卻是既靈活又實用的部位。趕走不必要的煩擾，保持內心的純淨，這就是牛的尾巴。牛尾巴拽不得的。一拽，躲閃不及，會遭牛踢，稍不留神，牛尾甩在臉上，幾道紅紅的血印。牛也好，人也好，最忌別人拽它的尾巴。女兒，牽牛，要抓牛的鼻子，這一點非常關鍵。

女兒，從村東走到村西，從牛棚來到坡裡，你看見我們的腳印了嗎？那段土路上依稀有幾個，一陣風就能把它們帶走。然而，這深刻在大地上的梅花狀的足跡，就是牛的蹄印。路面再硬，也會留下生命的擦痕，因為牛的內心充實，因為牛習慣了腳踏實地，因為牛負載著常人不能承受的重量。

女兒，到鄉下走走，看看耕牛，聞聞牛糞，聽聽牛哞。這對於認識生命理解生命，花一個白天是值得的，花上整整一年時間也是值得的吧。

聲音

幾間青磚瓦房，臥在一個小山谷裡，四圍是一些十年的樹木。書聲響起的時候，像極了一句古詩：上有黃鸝深樹鳴。

「吱呀」一聲，教室的門響了，是我的老師。我們最愛聽她朗讀課文了：「春天，果樹開花了。梨花開了，蘋果花也開了。我們村成了花園。」她的聲音輕柔芳香溫潤，所有的小樹都豎起了耳朵，校門外池塘的蛙鼓響了。

校園不大，四方圍牆銜著一角藍藍的天。中間自然是一條甬路，東面是操場，西邊是花壇。老師從家裡搬來了月季【註12】，連花盆一起埋在了土裡。老師說，等它長大了，會變成一花壇月季的。怎麼變呢？剪下它的枝條，插了，活了，就是一棵新的月季。說是操場，其實是一塊小小的空地。女生踢毽子，我們男生大多玩一種「跳跳長長」的遊戲：原地起跳，一蹦三尺高，有點危險。後來，我們進行了發明創造，兩個人手搭手有節奏地低空起跳，一夥人排了隊，手搭在前面同學的肩膀上，一起輕快地跳動，樣子很像現在流行的健美操或者集體舞。西邊的月季也在微風中舞蹈著，葉子在陽光下跳躍成了一群光明的鳥——多麼明亮的時光。

上體育課，老師就領著我們去爬山路。有些吃力了，老師便讓我們坐在石頭上聽她講故事。故事的結尾往往是「咱們回教室上課吧」。她說的是教室。我們都把整個大山當成了校園。有一天，她的聲音有點沙啞了，就像畫家筆下的枯筆。聽大人們說，村長去學校看危房的時候，看上了我們的老師，要脅她做村長的兒媳婦，只要一答應，就要她到城裡就工，不然，就不發她的工資。那一段時間，我們常常盯著她的背影，出神。她的兩條小辮，左右擺動著，她會像燕子一樣飛走嗎？遲到的學生來得也早了，搗亂的孩子比誰都聽話，我們把校園打掃得像天空一樣透徹。老師最終選擇了我們。只是，許多不為人知的艱難，如紛亂的頭髮，被她編織成了麻花的辮子。

那年夏天，風一吹，教室的窗戶哐當哐當直響。下雨了，蜿蜒的山路成了一條水蛇，唇齒間浸淫的劇毒一下子擊倒了一些稚嫩的身體。我的老師，依舊甩著她靈巧的辮子，拿薄膜，買鐵釘，拎錘子，密密地釘牢了窗戶。

山裡的日子就是這樣。一場雨淋了，校園的池塘滿了，接著就是蛙聲齊鳴了——

「秋天，果子熟了。梨熟了，蘋果也熟了。我們村成了果園。」

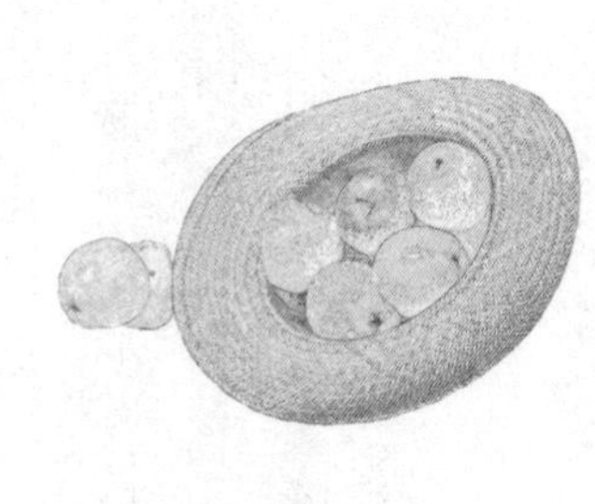

〔註12〕月季：薔薇科薔薇屬的一種，原產於中國貴州、湖北、四川等地，現遍布於全世界。廣泛應用在園藝栽培和切花，被世界各地所喜愛，外型與許多薔薇屬植物相似，英文就被稱為「中國玫瑰」（China Rose）。而紅色月季的切花更成為情人間必送的禮物，並且成為愛情詩歌的主題。

04

泥土裡長出的嫩芽

炕上的秧苗們

在炕上秧地瓜苗，那是十幾年前的事情了。舊年曆老掛那幾幅年畫，看膩了看黃了，可每年寒食以後，我家炕東頭住進的那一群嫩生生的生命，依然鮮活著我的記憶。

寒食前兩天，父親從南河裡推來細沙，那沙細得連新麥子面見了都臉紅，堆放在小院裡，惹得麻雀來搶食。這時，那一個個從地窖裡跑出來的地瓜已接受完母親的挑選，榮幸地當選為「瓜母」，擔負起培養接班人的重任。父親騰出炕東頭一米寬的地方，用磚壘好北頭炕沿和西邊。磚是紅磚，要橫著放，沙是黃沙，要略低於磚沿。躺在裡邊的「母親們」可以舒舒服服地做一個黃粱美夢了。看到父母如此忙忙碌碌地創造生命，我和小狗「虎子」更是躍前跑後，不亦樂乎。

忙完這些，就過寒食了，以後的細緻活兒全交給了母親。母親生過我們兄妹兩個，有經驗，會伺候。她每天往沙裡潑少量的水，沙面上蓋一層薄膜，保濕，護嫩。約莫七八天工夫，就有秧苗著急見世界，從沙裡探出幾個毛茸茸的小腦袋來，黃黃的，瘦瘦的，一副嬌氣十足、弱柳扶風的樣子。

其實，在炕上的秧苗是幸運的。睡過農家的土炕，讓人一輩子腰板挺直，也落不下個風濕病什麼的。晚上，母親做飯時添一把火，既鼓舞了秧苗們，一個勁兒直躥，又暖和了我們的被窩。秧苗們在香甜地做著地瓜的夢，我們則枕著地瓜入夢。夜裡，我們用鼻息交談，秧苗們很懂事，一字一句，記住了我們的呼吸。

在炕上的秧苗真幸運。只十幾天，就排起了整齊的隊伍。土地也閒不住了，一遍遍讓風捎來口信，說秧苗大了，她來看吧；還讓小燕子來屋簷下喊秧苗們。秧苗們一個個向窗外探頭探腦，小手蘸著陽光給土地寫信：「接著就到了，扁擔、水桶、小推車都等在院裡了！」秧苗們一跳下土炕，就開始了生命的輪迴，結地瓜，育秧苗。

當年的秧苗們已成了青絲長長的姑娘、腹部突出的婦女。可是，隨著市場經濟的發展，坡裡種地瓜的越來越少，炕上育秧苗幾乎不見了。每每想起這些，我的感歎就像秋風裡的地瓜葉一樣，悄無聲息。人們說我不簡單，作為一個中專生，教過小學，教過初中，又在城裡教高中。其實，我沒什麼，我只不過是老家炕頭上的最後一棵秧苗。

牽掛一棵西瓜苗

作為一個大男人，不去聚焦兩岸關係、巴以局勢新動向，也不去熱衷點數鈔票或者傍傍領導，卻不害臊地去日牽夜掛一棵小小的西瓜苗，說來真真讓人恥笑。

女兒一個突如其來的想法，啟動了那以後的許多日子。那天，四歲的女兒用舌尖輕輕送出一粒黑黑的種子：「爸爸，這種子種到地裡，能長出大西瓜嗎？」、「能！要不，咱一起種在爺爺的菜園裡吧。」父女倆一拍即合。怎麼會不能呢？經過女兒唾液的滋養，它已經是一顆珍珠，何況又在易開罐裡浸泡了兩天兩夜，石頭也會發芽的啊，那易開罐是剛剛廢棄的，正好起複委用，做了育嬰箱。還是有一點隱隱的擔憂：萬一不發芽怎麼辦？只有一顆種子，就像一脈單傳。或者，剛跟風兒學會一點點嫩綠的手語，就引來了一隻饑餓的麻雀。

種子還是破土了，就像國產電影的故事情節——既在意料之外，又在情理之中。我和女兒舉行了一個隆重的慶典儀式，女兒拿出看家本領：歌伴舞《花蝴蝶》，女兒準備在今年「六一」【註13】盛妝出演的節目。女兒擺動著靈巧的雙臂，是一隻流連在綠色間的蝴蝶嗎？我們尋來樹枝，圍成一個小小的籬笆，蜜蜂們可以自由出入，個頭大的雀鳥請站遠點觀賞，風兒雨兒經過時請放慢腳步。其實，我和父親埋藏著一個秘密，在廠區的一角還栽培著一些西瓜苗，這秘密露珠知道，太陽知道，一隻來串門的七星瓢蟲也知道，就是天真的女兒不知道。

父親漸漸適應了城市生活。他在一家小廠看門，工人不多，三十幾個，很有小國寡民的韻味，顯得廠區寬闊得像田野。如果再有一些綠色，哪怕是幾棵青草，父親每晚就

〔註13〕六一：指「六一國際兒童節」。一九二五年在瑞士日內瓦召開關於兒童福利的國際會議上，國際兒童幸福促進會首次出了「兒童節」的概念，號召各國設立自己的兒童節。此提議受到許多國家的認同，大多數的國家將兒童節訂為六月一日。而聯合國教育科學文化組織則將十一月二十日定為國際兒童日。

像在自家炕頭一樣睡個囫圇覺了。一棵西瓜苗，在這裡生長著。扁豆那架勢，像一些勇敢的護花使者，茄子一臉憨相，忠厚老實，還是黃瓜秧活潑，教著西瓜苗如何如何繡花，它們捧出的花朵，金黃金黃的，是採擷著陽光的絲線一點一點織成的嗎？我指著西瓜秧上的一朵一朵黃花給女兒看，女兒的笑容比西瓜還甜。爸爸，有的花為什麼叫「謊花」啊？它們的花很美，就是結不出西瓜，好比一個人撒謊時說得好聽，其實根本沒做好事。可是它們也很好看啊，女兒為謊花辯解。時間一長，你就知道了。忽然覺得有點滄桑，便一心和女兒去數黃花。

這段時間，我學會了「扣花」，就是人工授粉。不斷地摘一朵「謊花」，在另一朵掛果的黃花面前晃悠幾下。我幹得很起勁，所有的「謊花」都找到了它的另一半。等所有的瓜坐穩，選一個視覺效果最好的留下，其餘的輕輕掐掉。只能這樣，這是最好的結果。要把一個西瓜養大，多麼地不易。

我和女兒隔三岔五就來這裡，父親很高興，直誇孫女長得快。女兒謙虛得很，說西瓜長得才快呢，都和她的拳頭一般大了。說完，又像一隻蝴蝶逕自飛向了菜園。這時，我便和父親說話。常年在外學習工作，舉目無親，自己漸漸學會了與沉默相伴，偶爾回老家一次，也是蜻蜓點水，和父親談不了幾句。這些時日以來，我和他卻談得很多，彷彿前些年的沉默就為了現在的傾訴。傾訴也是傾聽。

我是男人，卻英雄氣短，喜歡侍弄文字，註定成不了魯迅【註14】或者茅盾【註15】。沒有我，地球照常運轉，太陽照常從東方升起。既然可以不怕死，就可以從容地活了。父親菜園裡的一棵西瓜苗，沒了我，可不行，澆水，施肥，還有「扣花」。我的欣賞就是它蓬勃生長的力量。男人就該金戈鐵馬嗎？男人就該縱橫捭闔嗎？我也是男人，我不知羞地牽掛一棵小小的西瓜苗。

〔註14〕魯迅：本名周樹人，被譽為「二十世紀東亞文化地圖上佔最大領土的作家」，代表作有《狂人日記》、《阿Q正傳》、《祝福》、《孔乙己》、《故鄉》等。

〔註15〕茅盾：原名沈德鴻，字雁冰，筆名茅盾、玄珠、方璧、止敬、蒲牢、形天，中國現代作家、文學評論家、文化活動家。其出生在一個思想觀念頗為新穎的家庭裡，從小接受新式教育，讓他走上改革中國文藝的道路，他是新文化運動的先驅者，也是中國革命文藝的奠基人。

父親的菜園

在城市結合部【註16】的一個小小的廠區，有一角巴掌大的菜園，父親和一把鋤頭最早發現了它，然後是露珠，是蜜蜂，最後是我。

父親從我那局促的單元樓掙出來，像一頭執拗的老牛，尋了一家小廠，成了工人，確切地說，是看護工人階級的勞動果實。那塊空地，像是專門等待父親似的。新鮮的泥土躲藏在亂石碎塊之下，卻打發一兩棵小草站在微風裡呼喊父親。父親是看大門的，眼不花，耳不聾，看得真切聽得清楚。遠離故土以後，父親終於有了自己的一份土地。剛去看門，父親就打來電話說：「別擔心，我睡得踏實呢！」

清明父親回老家上墳，帶回來大包大包的種子，或許我會記得它們成熟的模樣，小時候的事情，很是陌生。每逢週末，走下講臺，撣去手上、肩上的粉筆屑，去看看這些菜，便成了我必修的一門功課。史鐵生【註17】說：「在人口密聚的城市裡，有這樣一個寧靜的去處，像是上帝的苦心安排。」這去處，於他是地壇，於我自然就是父親的菜園。

菜園邊上有一棵櫻樹，守望者的姿態。在我的直覺中，櫻花的美麗過於囂張，開得早謝得快，像慶典春天的禮花，很能渲染節日氣氛。青菜們拱出地面的時候，櫻花落了滿園，看上去，整個菜園更像是一張洇染開的畫布。青菜們卻是疏密相間，錯落有致，行伍整齊，樣子像極了一群在春風中朗誦的小學生。

地是頭茬子，絕無大蒜、韭菜等過冬的菜蔬，也無聲名之累，青菜們可以自由率真地成長。土豆兒就種在菜園最北邊的壟上。它們的條件稍稍優越一些，土質鬆軟如麵包，畦壟闊大如廠房。土豆兒是不以出身高貴而矜持的那種。清明下種，麥收才能食用，一百多天的時間，深居土中，土豆兒只為根系的發達，探出的莖葉即使綴一點點小花，也很素淡，不張揚，很像生活中經歷的一些人，他們走在人群中很不起眼，接觸日久，才覺得他們別有風度，是人群中的詩人。父親在土豆兒之間的壟溝裡撒一行油菜，種一溜茼蒿，填補著歲月的空白。油菜茼蒿們生長週期短，個把月即可採食，在土豆兒未露

〔註16〕城市結合部：指城鎮與鄉村的交界處，或指都市和農村的土地用途混合、過渡的區域。中國在高度都市化發展下，出現了此專有名詞，加以形容都市邊緣地區獨特的景觀，被稱為「都市裡的村落」。

〔註17〕史鐵生：中國當代作家、電影編劇。史鐵生年輕時就雙腿癱瘓，後又患上尿毒症，需依靠透析維持生命，曾自嘲自己「職業是生病，業餘在寫作」。

頭之前，它們先狠狠地風光了一把。油菜葉寬，茼蒿莖長，各有各的優勢，葉大的採光好，莖長的吸水性強，無一不是物華天寶。它們或莖或葉，均以碧綠養眼鮮嫩動心。嚼一口油菜葉，滿嘴都是新鮮；剛一湊近茼蒿，就是撲鼻的香氣沁人心脾。

有些日子，工作很是緊張，生活有些窒悶，我便常去父親那裡，坐在菜園邊，透透氣。在我眼裡，菜不僅僅是菜，而是一群鮮活躍動的精靈。在菜們的眼裡，或許我什麼也不是，連一隻蜜蜂也不是，蜜蜂採蜜還能授粉，我都不知道自己幹了些啥事。人類一思考，上帝就發笑。於是想起澆水，拎了幾桶便大汗淋漓。然後坐在地裡，雙手支在身後，什麼也不去想，甚至閉上眼睛，什麼也不去看。常常在這時候，父親走過來，拔一些剛剛露頭的草，說一些好好持家的話，說麵不夠了就去買，自己蒸饅頭吃便宜，買麵的錢算他的，說你娘的手沒勁，肌肉萎縮，別讓她幹重活。看看時間不早，他便趕我回家。

在菜園邊，我很少說話，像一個認真聽講的學生。常常在傍晚，父親燃一支香煙，陪著我。借助煙頭的一亮一閃，我看見，土豆兒的葉子墨綠墨綠的，濃得像化不開的夢；扁豆白色的小花，羞答答地開放成夜裡的微光，匍匐在園的四邊；豆莢謙卑地生長著，好比一些隨筆，從容而閒適。

05 美好鄉村

慌年

一進臘月門，父親就掰著指頭進行過年倒計時了，那神情彷彿是站在地頭為揚花的小麥推算收割的日子。

小孩盼年，過年就有壓歲錢；老人盼年，過了年就是壽比南山。到了父親這裡，就要慌年了。這不，木柴碼了一過道，眼瞅著就要頂破大門樓。灶口熬得眼通紅通紅的，蒸饃饃煮豬頭做豆腐，憋著勁兒要跟太陽賽賽跑。鐘錶上足了弦，也沒父親的腳步快；父親的手腳再聽使喚，也不如爆竹的花朵開得歡；只要這節日的花一綻放，即刻就果實纍纍了，纍纍果實是一張張飽滿燦爛的笑臉。

眼瞅著小麥揚花，白麵饃饃的香氣就直往

鼻子裡鑽；聞見空氣中擠滿的火藥味兒，年味就濃了，年集就熱鬧了。爆竹市場就在年集的邊上，就像一通熱情洋溢的開場白，精彩的還在後面呢！大人趕集，手忙腳亂；小孩趕集，遊手好閒。大人慌著挑肥揀瘦，專往人多的貨攤擠；小孩急著瞧熱鬧出風頭，泥鰍一樣鑽來鑽去。古人造字，形象生動，這麼多鳥撲棱撲棱地飛來，這麼多鳥嘰嘰喳喳地啼叫，「集」的含義，一目了然。聽見爆竹心慌慌，瞅著年貨眼花花，既然過個肥頭年，就不怕錢袋子鬆垮垮。父親剛把魚啊肉啊拖回家，猛一拍腦瓜，我剛才怎麼就忘了買花椒和八角，沒了這佐料，年味可就變得不地道。

臘月二十三祭灶日。花花綠綠擺了祭品，整整齊齊剪了灶馬。剛擦著火柴，父親就催著灶王爺快馬加鞭「上天言好事」，吃了柿餅和糕點，嘴巴要甜，「下界保平安」，再有七天來過年，行動要快，實在不行就搭乘載人太空船。臘月二十四，父親磨刀霍霍，硬硬心腸，直奔雞欄。可是手下發軟，刀落了地，雞滿院亂竄，淋漓的血刺眼呢！全家人不忍正眼看，雞也懂事，忽然一歪頭便倒了地。父親喃喃道：「這樣殺的雞，煮出來味道才香。」沒了雞叫，父親反倒一夜沒睡著。第二天一大早就去了墳地，和爺爺彙報一年的勞動表現。

春節沒有腳，來得卻比網速還快。年三十這天，一眨眼，家家門上貼了春聯，紅紅的，就像秋後的高粱曬米，向太陽炫耀著自己的果實。年三十過大年，包餃子慶團圓，一夜連雙歲，睡了一覺，其實就是打了個盹兒，人人都長了一歲。一抬頭，小孩長得比秋天的玉米秸還高，老人活得比村頭的老槐樹還老。

拜年趕個早，後腳追前腳，進門先下跪，磕了財神磕長輩。大年初一忙完這些，父親又坐立不安了：過了一年，也不知坡裡的麥子長成啥樣了，我去看看吧。

月亮在天上

祖母走了，月亮便圓了。

中秋節這天，父親特意用三斤小麥換了一斤月餅。飯桌擺在敞亮的天井裡，月餅放在圓圓的盤子裡。月亮，是一顆碩大的淚珠，掛在天上。

祖母走了，家裡一下子變得冷清起來，好像突然少了很多人，空空蕩蕩的。我父親不滿周歲的時候，爺爺病故了。祖母就顛著小腳顫顫巍巍地圍著鍋臺轉，也跑到地裡捆捆麥個【註18】拔拔雜草。哪裡都是她忙碌的身影，就像皎潔的月光，一聲不響的，天井裡明明亮亮的，菜園的扁豆架下也有細細碎碎的花影，如一些銀幣。

月餅是完整的，猶如一個夢。父親收拾了桌子，橫一下豎一刀，把月餅均勻地分成四份，說：「你祖母不捨得吃，把她的那份留給大家了。」我，咽下去的卻只有淚水。

上小學時，課間有同學從書包裡掏出一塊月餅，炫耀，他很誇張地咬了一口，然後就聽到了冰糖咬碎的聲音，脆生生的。放了學，我拽著父親的衣角要。父親瞪了我一眼，嚇得我縮回了手。

祖母開始張羅起來。餡子是瓜乾麵，用油拌了，摻上紅糖，把麵團揉搓得綿軟軟的，再塞上幾塊碩大的冰糖，讓人眼瞅著直流口水。面，是白白的小麥粉。做好的月餅餡包在白麵裡，就像冬天的大白菜呵護著內心的甜蜜。月餅「卡子」【註19】是我跑到鄰居家借來的。那天我格外勤快。大把大把地從草垛上撕著麥穰，小跑著抱回灶屋，在天井裡撒了一溜，金黃金黃的，是秋天的陽光。

那年中秋真好。咬一口祖母做的月餅，看一眼天上圓圓的月亮，口裡心裡是蜜一樣的甜。月亮也是香酥酥甜膩膩的嗎？

祖母走了，一隻小鳥從此失去了一片濃密的樹蔭。以前犯了錯誤，我總是把祖母請出來，遮擋著父親嚴厲的目光。

生前，祖母信佛，閒著的時候，口裡就念念有詞。她說，她已經念了幾十遍佛經，用包袱把佛經包好，人死了就可以帶到天上去。祖母在天上看著我呢。

她總是省下自己的那份月餅，塞給我：「你吃吧，你吃了長勁兒呢！」

我低下頭，咬著手裡的月餅，像咬著一句誓言。長大，有時就在一夜之間。

抬起頭，天上的月亮真圓，那是祖母的笑臉。

柳細風清

感覺春天是一個地方，是因為那個郊區的村莊。相對於鄉村，似乎城市裡只有夏天一個季節，馬路漫長得明亮，使人內心悵惘。鄉村把陽光置換成綠蔭，城市則把它傾倒在大街上，任其大面積地氾濫。

〔註18〕麥個：麥子割下來捆成一束。

〔註19〕卡子：音ㄐㄧㄚˇ，夾取物品的器具。在此篇指的是製作月餅的模具。

那些日子，我幾乎每天都經由這樣的道路，趕往大城埠村，有時騎著摩托車，繞一個大圈，家的半徑擴大了。我發現，很多事物在和我一起趕路。譬如，一隻鳥從遠處飛來，它的翅膀馱著遼闊的湛藍，在一棵柳樹上消失，像一個突如其來的念想，消失在內心的寂靜裡。譬如，路邊的一棵薺菜，樸素草莖混跡於黃土，青翠的心事深藏不露，下了一場雨，它擎著小傘，離我越來越近，新鮮的笑容一閃而過。還有風，開始它只是試探著輕輕走動，風過無痕，一點也不黏著，慢慢地，它長成一個頑皮、好動的孩童，從樹底下拽出一片陰涼，跑到田野裡，翻出大片的嫩綠，不用刻意細嗅，空氣裡自有青澀的氣息，清爽的氣息。春天是一個繁華集市，花鳥草蟲，黃綠青藍，都趕趟兒湧來，擁擠卻異常的安靜。它最大的聲響來自天上。鳥在飛翔中鳴叫。雨點落在瓦片上的聲音，醇厚，綿長，這樣的聲音反而讓人安靜下來，不再做奔波之想，一如沉入湖底的石頭，想像著若干年以後，成為礦藏的模樣。

路上，遇見熟人，我說回家呢。妻在大城埠村租賃了兩間三十坪米的小南屋。那兩年，她很是在意別處的生活，讓自己的身影蜻蜓似的翩翩在中醫院和人民醫院的樓群之間。節省下來的四十里腳力，她用於晚上去黨校學習微機。二〇〇三年春天，我也不再趕往一個人的牢房，而是趨向廣闊的田野。這樣的路線，使我每天都體驗著從冬日趕往春天的近乎眩暈的喜悅。父親是一個很擅長渲染氣氛的人。他喝茶的聲音很誇張，我想他的嘴唇一定順著碗沿畫了一個很長的弧線，許多喜悅被他拉長了：母親屬雞，我也屬雞；他屬龍，小雨也屬龍。他的喜悅讓我的聽覺產生了通感：異鄉拉近成故鄉，他的話語猶如夜晚的燈火，聚攏了溫馨的家居氣氛。

我們一家五口彷彿被隔離了許多年，終於在那處租賃的民房裡湊成了一幅天倫之樂的畫面。父親來自縣城東南六十里以外的老家，家裡還種著地，他坐車回老家，就是往地裡趕。母親、妻子、小雨從縣城西去四十里的一所鄉鎮醫院完成了戰略性轉移：小雨走到哪裡，全家人的照顧和疼愛就出現在哪裡，小雨就生活在我們一伸手就能抓住的地方。頗有意味的是，小雨到了上幼稚園的年齡，我們需要嘗試著讓她慢慢地從我們的生活中剝離出去。還

是父親有辦法，他從一本幼兒讀物上發現了一首兒歌，能夠激發小雨對學校的嚮往。這首兒歌成了我家的主打歌，只要有空，誰都會和小雨對唱兩遍。小雨背著小書包，屁股一顛一顛地和我對唱。我拍著手，歪著頭，滿臉稚氣地問：「早早早，你為什麼背上小書包？」、「我要上學校，天天不遲到！」聲音像雀鳥一樣飛來飛去，它的輕快讓租賃的三十坪米成為一棵春天的樹，日益濃密的樹葉和綠蔭，使我覺得整個春天都是我們的家。一隻小鳥，從這棵樹飛向另一棵，飛向蔥蘢的一片，也是成長的必然。

小雨只是半托，家裡一下子就變得空蕩蕩的，好像少了很多人。母親拿根鐵鉤子，撥弄著越撥越不旺的炭爐。在簡易折疊床上躺不住的父親嫌空氣太沉悶，看起了VCD，不是呂劇【註20】《借年》，不是趙本山的小品，是小雨最愛看的《貓和老鼠》【註21】。「隔代親，親煞人。」突然被打亂生活秩序的兩位老人一時間茫然不知所措，越老頭腦越簡單，老成了兩個孩子。小雨中午放學回家，所有的空氣都被啟動了，甚至有一些氣體跑到炭爐裡，捧出一簇簇紅色的火苗。小雨讓她的爺爺扮成學生，教著他說：「快說呀，快說你放學了。」父親說了。小雨就一蹦一跳地喊：「我來接你了，我給你拿著書包。」如此簡單的遊戲，讓逼仄的三十坪米成為全家聯歡的舞臺。這舞臺對我的最大意義是，讓我在回憶和眺望之間確證著既有的幸福，如春草萋萋，綠在當下，不招搖，卻也坦然自若。

很多事物，經過時間和情感的洗刷之後，呈現出它的潔淨和晴朗。是一場雨。曉看紅濕處，花瓣溫潤瓷實，浮著一層脆薄的清潔的光，像蟬翼一樣微微顫動。柳條從容地低垂著，彼此之間不糾纏，不黏著，不相欠，一派柳細風清，令人內心通透，了無雜塵。

〔註20〕呂劇：中國八大戲曲劇種之一，山東最具代表性的地方戲。主要伴奏樂器是墜琴、揚琴、三弦、琵琶，稱「呂劇四大件」。以純樸生動的語言，優美悅耳的唱腔，豐富多彩的音樂而深得廣大民眾喜愛。

〔註21〕《貓和老鼠》：美國動畫系列短片，英文名為《Tom and Jerry》，台灣譯為《湯姆貓與傑利鼠》。

06 濃蔭掩隱

夏日小院

黃土路，纖細，淡定，植物葉脈一般，隱在了大片的綠色裡。夏日，沿一溜陰涼走回去，就像是從喧囂的現實回到靜謐的內心。院落很大，空地也多，白楊樹異常挺秀，看久了，眼睛會微微發疼。螞蚱們在野草裡沉著地戀愛，繁殖，也經常來宿舍串門，我一出現，就被認定是它們的親戚。很多空地被開墾成菜園，大家一起挑水澆菜，拔草施肥，公共生活如同在講臺上的授課，明朗，透亮，通俗。

一排排磚瓦房，獨門獨院，過往的讀書聲凝固成磚石，自有一種端莊寧靜的氛圍。學校給的兩間宿舍，切分四個單元，西牆一塊黑板貫穿著客廳和偏房，走來走去，感覺是在課文的某些情節裡，淡出淡入。滿院子尋來碎磚頭，鋪就一條甬路，從大門口到屋門，夢鄉的入口平坦，乾淨。小院很大，總不能荒著吧，就用來種菜。種的最多的是黃瓜和扁豆，架條就地取材，是修剪來的楊樹枝。廚房北面，種了兩墩絲瓜，它們沿一根細細的鐵絲，攀援，到了屋頂肆意伸展，彷彿一溪綠色，流成無邊的田野。在廚房裡炒菜做飯，綠意是嫋嫋蒸騰的香氣，或者，香氣是天上降臨的綠意。吃不完的絲瓜，任由它們在陽光下由綠轉黃，直至呈現質樸沉澱的灰黑，取下來，聽得見種子輕敲瓜皮的脆響。些許種子留給來年春天；絲狀的瓜瓤柔韌、細膩，絲絲相連，些微粗糙的手感，天做的一套清洗餐具的用品。在廚房和東院牆之間，搭了一個瓜棚，爬絲瓜、冬瓜、葫蘆、吊瓠子，也爬扁豆和青蟲。進了門口，破舊的小院流紅湧翠，鑲金嵌玉，自有一種闊大溫潤的氣場。有一年秋天，葉子枯萎，襯托著一個碩大滾圓的冬瓜，活像老家的石碾，在廚房上碾春為秋，卻不發出一絲聲息。那景象留在心裡，讓人始終持有對自然和細節的敏感度，以及蓬蓬勃勃的興趣。

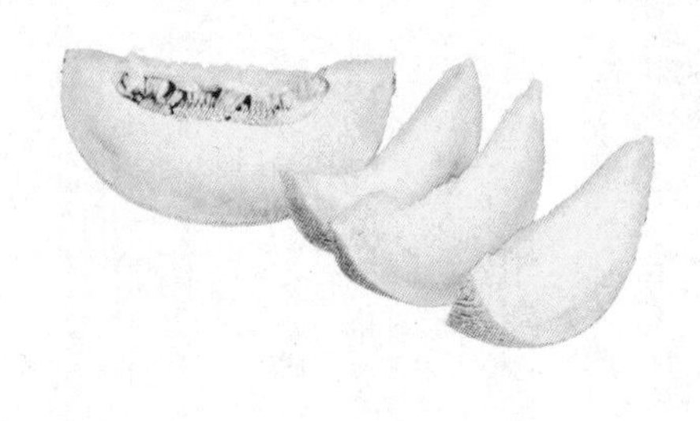

小院裡的菜蔬，確證著自我的感知。通過一朵扁豆花潔白的呼吸，內心收穫微小的幸福。黃瓜頂著嬌弱的花，花的黃，寶石

一樣熠熠閃光。花謝，瓜熟，自然的秩序這樣明朗，這樣一目了然，讓人明確時間的期限所在，心裡不自覺地安放了一個鄭重。

城區的田園生活，承接著過去的歲月，像一個人的清談，說著說著，轉換了地點。這種閒散、緩慢的生活，反而催生了我的勞動激情。「那些日子裡，閒散是最迷人的產業，產量也最多」（梭羅《瓦爾登湖》），所謂的城市節奏沒有俘獲我的內心，內收，自控，我如同一隻靜水裡的蚌，內裡潔淨溫潤，卻不自閉，一翕一張，吞吐擴張著周遭的水域。菜蔬種得用心繁盛。我和從老家帶來的種子，很默契地達成從根系走到果實的路程。

是一個尋常早晨。聽著小雨在小院裡「沙沙」地走著，心裡覺得異樣地安靜。很文學地說，點點滴滴的小雨，直落在我的心裡。我豎起耳朵，像一棵菜蔬張開所有的葉子，迎接這來自天上的滋潤。隔著玻璃窗，我能看見那種天與地的接納和孕育。潔淨的小雨，安靜的菜蔬，它們之間的路徑是遙遠而又迅捷的。小雨有著植物的屬性，它不是高談闊論，不由分說，亟不可待。沉著鎮靜，內心溫潤，小雨是植物的，從容，篤定，在植物的葉脈裡走動，悄然無聲。葉子青翠，空氣清新。我的心就像土地，是在那樣的一個時刻，一點一點地變軟的，身體裡的水分讓一個人乾淨、通透，如同靜默的植物，有著尋常的綠色，寬厚的接納。

庭院深秋

我對小屋的描述，要從一些樹開始，一些像鄉下老家的一樣繁茂的樹。夏秋時節，綠雲縈繞，小屋成了一座綠島。

說起樹，如果你對故鄉還有殘留的影像，你一定會想起蟬鳴、濃蔭，冗長的午睡，一種讓人舒適的場景。我想，不管一隻鳥遷徙到了哪裡，它總要選擇一棵樹來築巢的。

庭院的深秋有一種宏闊的美麗。白楊樹漫生的枝條留下的陰影，遮蔽著門口，彷彿小屋向前跨了一步。蔓生的牽牛，綠出一片好聽的童謠，銀白，碧藍，深紅，頻頻更換花朵的華裳，她們是這個盛大季節的主持。如果是雨天，空曠的空間變得緊湊，小屋縮成一片梧桐的葉子，雨落在屋瓦的響亮和撒在白楊的細碎是不同的聲部，就像一對年輕的夫妻在散步。

小屋只有十來坪米，容納的卻是兩個人的世界。新生活的開始，往往通過周邊環境的變化和內心世界的刷新呈現出來。妻子在一所鄉鎮衛生院上班，我記得，她最喜歡一種叫「小護士」的護膚品，她枕頭上貯存的馥鬱的芳香，常常加劇著我在夜晚的頭暈。因為上夜班，妻子一般兩天來一次。這，使得我們的新婚生活有了一種別人難以享受的等待、焦灼、新鮮的況味。告別的清晨，露濃花重，鳥聲清冷，幾片樹葉在風中趕路，空氣中懸浮著黏滯的、濕潤的、腥甜的氣息。我憎恨這樣的時刻，可季候給我的敏感和對明天的期許，使我最終陷溺於這種場景裡，不求自拔。

我的小屋是一個隱匿的所在。在濃蔭的遮蔽下，它堅硬地保管著內裡的芳香，像一枚時間遺失的核桃。這裡的建築都是平房，一律的紅牆青瓦，外牆的磚縫用石灰抹平，堅硬滑膩，是房屋外觀唯一素樸簡單的裝飾。房屋用這些清晰簡短的線條向我們陳述它與時間的諧和。和房屋平靜溫和的表情不同，那些花花樹樹擁擠吵鬧，它們被時光恩寵著，遮天蔽日的葉子，像盛夏冗長的午睡一樣，熱烈而沉靜；花朵至今不知道凋落的酸楚，她們眼裡沒有世事，恣意的笑聲裡包含著的瘋狂，讓人只能豔羨她們的巨大歡樂。

小屋所在的庭院，原先是一個校園，陽光與濃蔭間出沒的是縣城企業的一些職工，那樣一種很有質感的過往，現在看來，似乎是樹影把稚嫩的鳥鳴收集起來，給他們綠蔭，給他們清脆，然後在樹冠上，放飛。可以想見，昔日那些來自車間的學生，一定千紫百態異彩紛呈吧。他們當中有目光溫和的婦女，有亭亭玉立的少女，柔細纖弱的花莖上，舒張的是一些俊美俏麗的臉。也有喉結突出的青年，他們的聲音和氣息被樹的年輪收藏，在枝幹上延伸：白楊的聲音低而沙啞，花草的腔調細而輕柔。

庭院的南面西邊是村莊、莊稼和流動的風，北邊東面是呆板凝滯的建築物。北邊原先是一個服裝廠，停產之前，我們的院落裡總飛翔著一些輕柔纖細的絨毛，那些樓房看起來更像是我們庭院的北牆。自東而西，庭院像是一個阻隔或者堤岸，西邊的莊稼金黃流淌。庭院東南角探出一條一百米的土路，以此維持著與外界的聯繫。小路像根粗糙的繩子拴在柏油路上，在繩子糾纏盤結的邊上，是一家車輛維修部，修摩托車，也修自行車，店鋪的窗玻璃上還貼著「加工服裝」的字樣，字紅，屋暗，灰灰菜【註22】一樣，不打眼【註23】。那是一家夫妻店，店主小亓是郊區的農民，他妻子下崗【註24】了，依然用剪刀、縫紉機裁剪縫補著他們的日子。忘記了她的模樣，只記得個子很高（高出小亓一頭），就像田野裡一株秀頎的玉米，挺著飽滿圓潤的果實，散發著比生活本身更平實、安適的氣息。

我女兒出生以後，我調離了原先的學校，搬到縣城的東南居住，後來去過那個庭院幾次，它獲得了命名，成了一所高考補習學校，水泥堅硬的意志統治了路面和牆壁，大樹置換成趾高氣揚的辦公樓教學樓公寓樓。小亓的店鋪上爬著瓦楞草。那樣一個清爽、明淨、風韻的女人我再也沒有遇見過。

外婆的澎湖灣

我從故鄉調到小城教書的那一年，全市進行了學制改革：由「五四」改為「六三」，還是九年義務教育。教材由北師大的版本換成了人教版。潔白的書頁，像塗了一層薄錫，很是晃眼。多年以來，我對新鮮的明亮的事物，往往會產生一些莫名的茫然和惶惑。新教材保留了一些傳統篇目。「不錯的，像母親的手撫摸著你」，當我在課堂上讀到這個好

句子時，我的下巴微微上揚，臉側向右前方，好像成了一個離家出走的孩子，滿含著委屈和酸楚，乞求著這樣的一場撫摸。

我的父母是我結婚以後出現在我的新居的。那時，通信工具還不像現在這麼發達，我的父母，他們來得是那樣突然和沉重。

他們租了一輛農用車，拉著妹妹和妹夫，裝上饅頭、乾麵條、鹹菜疙瘩，結婚待客沒有吃完的豬肉（母親把它煮熟了），還有三條幾近脹裂的大蛇皮袋，一條塞滿了蘿蔔白菜，另外兩條是生炭爐用的玉米芯。可以想見，這輛農用車在故鄉發動時，多麼像一匹滿載收成的馬，它高高揚起的蹄聲，覆蓋了四圍的犬吠和鄉親的豔羨；進了城市，它變得笨拙遲鈍，紅燈停綠燈行都是鞭子，不停地抽在它的身上。

接到父母到來的消息時，我正在三十里以外的一所鄉鎮衛生院。那是我們新婚的

〔註22〕灰灰菜：別名野灰菜，為藜科藜屬，一年生草本植物。主要生長於田野間、荒地、路邊以及房前屋後等地。每年四至七月採收後的幼苗和嫩莖可食用，味道鮮美，口感柔嫩，營養豐富。

〔註23〕打眼：中國用語，指顯眼，引人注目。

〔註24〕下崗：中國用語，指失業。

延續：在妻子的單位大擺宴席。已是中午，我剛要把打好腹稿的感謝詞端出來，衛生院值班人員來了：兩位老人在家門口等著，讓你抓緊回去。我知道父親用的是哪家公用電話，可是我卻不知道號碼，即使知道了，人家也未必肯跑過去給父親送信。整個中午，我陷入了巨大的空洞之中，彷彿我的身體只是一個通道，酒肉穿腸而過，行色匆匆。強撐的笑顏和無法遮蔽的不安，成了我以後婚姻生活堅硬的表情。

回憶常常是虛無縹緲的，像風一樣遊移飄忽，它是一種虛構，只有和母親連接起來，它才顯得那麼真實，彷彿浮雕，聚斂多年的風聲凝固成了清晰的線條，伸手即可觸摸。

現在想來，那竟是成年以後我和母親挨得最近的一個夜晚。下午，我趕了回去，只看見母親一個人被鼓鼓囊囊的包袱、方便兜、大蛇皮袋們圍困著，她孤苦無助的樣子，讓我閃電般想起客運站門口臺階上那些坐著的老人，而車站陽光燦燦市聲喧喧。晚上睡覺的時候，母親執意要睡在床的外側（裡面是妻子的被窩），我知道母親的心思，她擔心自己一身的土味會弄髒新媳婦的被褥。拗不過，我只好像兒時睡在炕頭一樣，蜷縮成一個孩子。鼻翼吹拂著妻子淡淡的體香，耳邊輕拂著母親平勻的呼吸。這個夜晚，我睡得多麼踏實。類似的場景被我複製了多次。每每和女同事一起騎車上班，我總是不自覺走在外面，惹得女同事感慨係之：難得男人如此心細。

我的母親隱忍，沉默，不事張揚，父親則性情外露，率性而為，頗有魏晉風度。譬如母親病了，就一聲不響的，竭力把自己隱藏起來；父親不然，要麼半夜圍著石磨轉圈（父親大半生一直牙疼，這幾年牙齒脫落，只剩下了牙床），要麼趴在炕上，運用一兩個單調的嘆詞和豐富的語調陳述他對疼痛的理解。唯獨有一次，父親吃了變質的燒肉，肚子劇烈疼痛，他把自己隱藏到了我住處南面的玉米地裡，像驢卸了磨打滾一樣，渾身是土。晚飯的時候，妻子說，從老家帶來的燒肉不能吃了，扔掉吧。父親覺得花錢買的，吃了不疼瞎了疼，他自己悄悄地吃了，誰知不多久，急劇的疼痛就像老貓的爪子在撕扯著他的腸胃。他以為是給兒子丟了面子，怕我妻子瞧不起，他果斷地決定：挨，挨過去就好了。我對父親的病痛毫無知覺。過了一些日子，聽著母親的敘述，我無法想像，一個兒子，還不如幾棵青草，一些泥土，它們尚能緩解一位老人的痛苦。而青草泥土們腥甜的氣息，依然一波一波地，像風，在吹拂著我的內心。

二〇〇六年夏天母親走了，七歲的女兒依然懷念著她的奶奶，對她的胞衣之地自然沒有絲毫的記憶。我有時想喊叫，大聲地喊叫，就跑到KTV歌廳裡去折磨音樂，我唱《北國之春》，也唱《外婆的澎湖灣》。「晚風輕拂澎湖灣／白浪逐沙灘／沒有椰林綴斜陽／只是一片海藍藍」，我的外婆很早就去世了（當時母親只有十多歲），就像我的爺爺，在父親不滿周歲那年就離開了塵世。他們似乎只有一個任務：生下我的父親和母親（父親母親創造了我）。「那是外婆拄著杖／將我手輕輕挽／踏著薄暮走向餘暉／暖暖的澎湖灣」，一屋的朋友都在嬉笑打鬧，沒有人知道我唱的什麼，而我——已是淚流滿面。

07 一個人的河山

慈母山

打開我家的後窗，就是慈母山：我不過去，山就過來。這是我生命裡繞不過去的一座山。

我在慈埠搬了四次家，越搬離慈母山越近了，像是一種宿命。慈埠，原先就叫慈山公社，改成慈埠鄉、慈埠鎮，後來鄉鎮合併，慈埠就還原為一個純粹的地名。我理解慈埠，我覺得，它更願意自己像山上的一棵樹那樣活著，本色，淳樸。

妻子在慈埠衛生院上班。我們沒有親戚，朋友也不多。慈母山就成了我家的後花園。

我不知道，是不是所有的山都被故事保護起來。慈母山也有故事。三國時期，青州別駕王修不從曹操為官，回家侍母，死後母子二人埋骨「桃花山」。後人感念子孝母慈，改「桃花山」為「慈母山」。山上已是墓碑林立，高低錯落，成了一個新的村莊。

我要看的是桃花。山上到處是桃樹。鐵褐色的枝條，是寒冷凝聚的骨骼，一眼看去，讓人肅靜，也讓人有著隱隱的疑慮：蒼老的容顏，會綻放飽滿的微笑嗎？繽紛搶了眼，馨香奪了魄，是桃花的節日。我很幸運，在這樣的一座山上，看著醜陋的枝條，我看到了通往春天的道路。

都說小別勝新婚。我和妻子在不斷的別離中越來越陌生。母親看在眼裡，手上的活計卻更勤快了。看孩子，做飯，打掃庭院，後來母親還趕集買菜了，在老家，都是父親出頭露面。

農閒了，父親也兩腿泥巴地趕來，背上馱著一根尼龍袋子，像一個外出打工的，馱回一年的忙活。進了門，就大口地喘氣，咕咚咕咚喝水，忽然一指袋子：快把乾糧拾掇出來，麵條剛壓的，要晾開。

一座山，像是一個敦實的糧倉，讓我們心裡特別踏實。父親是一個閒不住的人，他早上出去溜達，像順手摟把青草給牲口，他拉回一些桃樹楊樹的枝條。山上很多，冬天生爐子吧。冬天過去了，房前還堆著大捆大捆的柴草。父親買了一個燒水爐，它的造型像一口鍋，大腹便便的，一面探出一個圓柱形的進口，往裡填木柴，另一面是出口，父親豎了一根廢棄的煙囪管。後來，母親看出了門道，她把鋁鍋放上去，蒸饅頭。面是老家帶來的，母親做了饅頭，父親就坐在燒水爐前生火，添柴，咳嗽。這種生存方式，很原始，卻也實惠，自給自足。

我的父母，用低到泥土裡的姿勢，換取了妻子的認可和舒心。醫院宿舍區多用抽煙機，我家的煙囪低低地豎著，炊煙便順著這根藤蔓，開出了嫋嫋的花束，就像節日的盛典。

父親的目光終於有了著落。

他看好了山上的一塊荒地，想開墾，母親不同意：鐵鍁鋤頭水泵不全都靠借？家裡還有地呢。

父親是一隻候鳥。秋涼了，大雁向南去，父親往北飛。第二年開春，他帶來一些蔬菜的種子，有大蔥、辣椒、絲瓜。大蔥種在院牆的外面，炒菜的時候，信手掐一個蔥葉切細了，煉鍋，滿鍋都是熱烈的油星。辣椒站在西牆根，是對粗糙牆壁的一次藝術修補。

最是絲瓜得意，幾根木條導上去，廚房的屋頂是天然的架子，有吃不了的絲瓜任其風乾，掏出裡面的絲瓤刷碗刷鍋，乾淨，衛生，很原生態的洗刷工具。宿舍區正對路的地方，不建住房，垃圾成堆，父親忙活了一天，運垃圾，鬆土，調畦，跑集市買茄苗，栽種。茄子開花時節，翩然飛著一群紫色的蝴蝶。

農閒變農忙。父親在慈母山下尋了一個加工活。每天接送女兒上幼稚園外，父親還用自行車帶著母親去，一起上路，回家，融入了當地人的生活。

母親生命裡的最後六年，有四年在慈母山下度過。一輩子能有幾個四年呢？

我長久地凝視著一棵桃樹，回憶遠去的花朵。桃樹是轉世的母親。「嬌嫩而又頑強，親切而又飄忽」，我以前寫桃花的句子，卻成了眼前重現的意象。爭開不待葉，密綴欲無條。忙碌，綿密，多像勤勞的母親。

這是一座桃花山。因為桃花，它一直保持著自己的一種色調：絢爛歸於質樸。

起風了。滿山的樹葉喧響著，在我聽來，是天籟，是《聖經》的聲音：「你的母親先前如葡萄樹，極其茂盛，栽於水旁。因為水多，就多結果子，滿生枝子。……這枝幹高舉在茂密的枝中，而且它生長高大，枝子繁多，遠遠可見。」

這是頌歌，也必用以做頌歌。

朱耿河

一條河流，在我的肉體可能是一團模糊的氣體時，就消逝了，就像舊曆年祠堂上供著的祖先，薄薄的燈光漂洗著他們的名字。

它是朱耿河。朱耿河是一條季節河，它的出身和消逝，像謎一樣糾結在我的眉頭。「一條大河波浪寬，風吹稻花香兩岸」，這歌聲在我聽來，有時就是鋸齒，切割著我內心的隱痛。幾乎每個人都有一條童年的河流，但是，我沒有。一個沒有河流的童年，他的胳膊只能在半空中划來划去，以槳的姿勢。

「東朱耿，因位於朱耿河以東而得名」，看過故鄉的地名考，我只能臆測出這樣的意象：一根匍匐著的藤蔓，結出了兩個葫蘆，葫蘆長大以後成為瓢，在水缸裡，浮浮沉沉，藤蔓像一條羸弱的手臂，滿是皺褶，水分在悄無聲息地，流失。

六十多年前，爺爺永遠躺在了朱耿河的西岸。我的小腳奶奶抱著一個（我不滿周歲的父親），領著一個（我的大伯），走過了朱耿河。父親太小，他後來只知道爺爺的名字是劉世溫。大伯十一歲那年得病死了，父親成了劉家的獨苗、郝家的長兄。父親說，要是現在，你大伯就不會死，條件不行啊。父親重重的歎息像石塊，壓得他低下頭，只好用胳膊支撐著自己的倒伏。晚年的奶奶是父親和二叔輪流贍養的，一家五天，按當地的集市日計算。是奶奶決定的，這樣時間短，遇上農忙，兩家都能顧上。奶奶來來回回，就像趕集，隔牆喊一聲，奶奶便小腿勤挪，一步一顛地過來了。奶奶沒有名字，生產隊裡按人頭分東西，我看見奶奶的那份寫著「郝趙氏」（奶奶娘家趙姓），我的胸口像是被一床棉被堵著，憋悶，脹痛。我上學了，填寫履歷，「家庭成員」一欄：奶奶，趙氏。我對父親心存芥蒂：他那時是生產隊長，是郝姓家族的大哥。「水往低處流」，經年之後，我理解了奶奶和父親。他們以水的姿態，把自身降到了最低

處，贏得了最低限度的尊嚴。

一條河流，縫合了斷裂的土地。西邊是我的籍貫，東邊是我的故鄉。這是一條負重累累的河流。它是一個趕腳的漢子，每天都在路上，忽然有一天，它走累了，躺下，沉溺在漫長的夜晚。它生在天上，死於大地。

我無比懷念我的爺爺，儘管他一直是一個稱謂。我在鄉下教書的時候，見過我一個同事的父親，七十多歲，腰都直不起來了，他彎腰抱起小孫子的時候，胖乎乎的肉墩正好填充了他的胸前，使他的身體不再是一個弧，而是敦實的，像裝了新麥的糧囤。我停下來，作業不批改，只抱著筆，怔怔地看。有個爺爺多好，他用長長的鬍子扎我的臉，他拽著我的小雞雞問：這東西是幹什麼的？我頭一偏，看天：打種的！我高興了，就騎在他頭上，去捋高高的槐花。

一個沒有爺爺的童年，註定是殘缺的。消失的朱耿河是一根暗啞的琴弦，它的失語，讓枯黃的葉子遲遲找不到春天的樹枝。

今年清明，給母親添了新土，我轉道去了爺爺的墳墓，和我的女兒。爺爺的墳很小，像小時候的窩窩頭【註25】。這些年，我們一家人不停地搬來搬去，東朱耿，慈埠，安丘，直到把母親搬到亙古的黑暗裡，才恍然明瞭，獨獨把一個人扔在了西朱耿。如果我是一滴水，爺爺必是我的上游。如同河流消失了，村莊站立著。

無論我怎麼眺望，依然看不到我的朱耿河。那是怎樣的一條河流？夏天的時候，田野的裂縫被朱耿河溫柔地覆蓋；到了冬季，它羸弱的手臂，依然挽著兩個村莊，綿延的體恤，悠長的慈悲。

真的有過一條朱耿河嗎？

我問父親，他說，河流沒有什麼兩樣，河流西邊是咱村的墳地，有個西朱耿姓韓的在看林子，就叫了韓家林。韓家林已經是一塊耕地的名字，有我家的責任田，現在由我的妹妹、妹夫耕種，農業稅不收了，真是種瓜得瓜種豆得豆。

而我的爺爺，他一直就在河的西岸，他一個人（奶奶去世後葬在郝家的墳地）。他一定看見了我的父親，在土裡刨食，還有我的母親——一個老實巴交的女人。他看著我們夏日割麥秋天澆水，看著我們的日子慢慢好起來。蒸了新麥饅頭，上新麥墳，首先讓爺爺嘗一嘗。我想，爺爺肯定餓壞了，他顫巍巍地接過來，吃得手上嘴裡全是熱氣，然後，不住地打嗝，幸福得幾近窒息。

奶奶肯定能記得爺爺的模樣，她沒有說。我的記憶開始明朗的時候，父親快四十歲了，早活過了爺爺的年齡。更多的時候，我注視著村裡的老人，構造著我的爺爺。可爺爺呈現在我眼前的形象總是這樣：英俊且悲哀。一個英年早逝的人，就像一條消失的河流，我們記得的，應該是有那麼兩排白楊守護著的一泓水流，水草肆意地生長，有蜻蜓從水面掠過，低低地，在麥浪之上飛翔。

每一棵莊稼和青草，都是河流撫育的孩子。

一條沉寂在地下的河流，它緊緊握著植物的根系，在無邊的黑夜裡。當每一株綠色挺出地面，都是一條向上的河流。

〔註25〕窩窩頭：中國北方地區常見的麵食，在過去，是窮苦人家的主食。

08 幸福和溫暖

鞋墊

母親健康的時候，每年冬天，我都會有兩雙嶄新的棉鞋墊。上面是長長的線頭，就像春日茸茸的草地。下面是密密的針腳。一段綿長深邃的時間。

母親把做鞋墊叫「割鞋墊」。割，其實是做鞋墊的最後一道工序，好比割小麥收玉米一樣。鄉村很看重最關鍵的一步。

母親先把平日節餘的碎布片找出來，平鋪在桌子上，然後在上面均勻地抹上麵糊，再鋪好一層布片，如此三次，布片就厚厚的，像一面擋風的牆。冬日的陽光看似不緊不慢地晃著，厚布片卻越來越硬實堅挺了。鞋墊樣子，母親早早畫好了的。我的腳在廢棄的報紙上一踩，母親拿筆環繞著我的腳劃拉一圈，就是最合腳的鞋墊樣子。按照鞋墊樣子，母親的剪刀在厚布片上彎彎曲曲地走上兩圈，就像大蒜褪去外皮，留下物質的核心。把一雙鞋墊的雛形對折，重合，中間夾上四層麻袋片子，用潔白的布片包裹了，再筆直地走上一條白線。兩隻鞋墊，就像菜園裡的蘿蔔和白菜，隔著一些籬笆，通過來來回回的風，傾吐著心事。

鞋墊上的圖案，是母親帶著我的圓珠筆，托一個嬸子畫的，是盛開的桃花或者牡丹。紅的，紫的，綠的，藍的，無數根彩色的棉線在鞋墊上穿梭，這似乎意味著，腳下的路五彩繽紛。用菜刀從鞋墊對折的中間，均勻地小心地切開，兩隻鞋墊便燦爛在陽光下了。割好的鞋墊，大紅大紫著，樸素飽滿，是鄉村堆砌出的節日的顏色。鞋墊對折著，塞了麻布片，也就留了足夠的空隙，使得線頭像茂盛的草，柔軟，細膩。這是任何一種布料都難以企及的品質。

母親給我割一雙鞋墊，一般要用一個月的工夫。每年都是這樣。我把去年的抽出來，塞進新的鞋墊，就一腳踩在地上了。

鞋墊很輕，沒有負擔。十八歲的時候，我曾經陷溺的天地開始向外界打開。我豎著衣領，像一隻誤入城市森林的黑烏鴉，把鞋子交給了異鄉陌生的街道。我可能提著簡單的行李，或者腋下夾了一本詩集。現在想來，這些年，我一直拎著的行李可能只有兩件：我的夢和母親的鞋墊。

是的，我以前是個詩人。我把鞋子寫作船，停泊或者航行。我把雙腿誇張成了桅杆，蔑視著地平線。我記得我沒有寫過鞋墊的。在腳底下，被油亮的皮鞋裹著，它不動聲色，彷彿一直睡著，睡在鄉村靜謐而緩慢的時光裡。

鞋墊不是詩，它是腳踏實地的生活。

冬天的風景是單調而枯燥的。母親的鞋墊，與春暖花開的季節構成了一種顏色上的呼應。常常，一雙踩在腳下不見天日，一雙花朵一樣綻放在窗臺上的陽光裡。好比我的兩張面孔，一張面對自己，一張笑對別人。其實，鞋墊就是鞋墊，它本身並沒有什麼特定的含義。母親不是精於女紅的那種，她之所以中年以後去努力掌握割鞋墊這一繁的工藝，完全跟我的腳有關。

以前，寒冷總能從我的腳上打開缺口，然後順著腳心直往上走，我的身體便晾在異鄉的冷漠裡。腳上滿是裂口，像銼刀，一截堅硬粗糲的歲月。最難捱的是春天。柳樹發芽以後，我的雙腳也有一種蚯蚓一樣的東西，在腳底遊動。奇癢無比，心煩意亂。赤著腳，施施然走在冰涼的水泥地上，緩和著一時之癢。

顯然，母親用一種棉質的關懷和綿密的體貼，在塑造著我的形狀。我是一棵樹，直根鬚根都浸潤在柔軟的水裡。

走了這麼些年，我一直走在母親的鞋墊上。

後來，我戀愛了。

看到了我的鞋墊，女友秀問我：「哪裡買的？真好看！」我想我的反應一定很快，我母親納的。

秀是穿著母親的鞋墊出嫁的。那是一個女人最燦爛的時刻，一朵東風枝頭雍容華貴的牡丹。結婚的那天，我忽然呆呆地看著我的母親。她微笑著，迎來送往著每一個客人。新娘是婚禮的焦點。我的母親，是秋日收穫後的土地上一朵兀自開著的喇叭花，在不為人注意的角落，裝扮著大地的顏色。

結婚八年，孩子六歲，生活並不浪漫。吵了，鬧了，笑了，好了，婚姻有點磕磕絆絆。母親一直跟著，哄孩子，掌勺子，縫縫補補著家庭的裂痕。我呢，看看書，也寫寫詩，偶爾也給過去的女生髮發短信。

針與線，在我的母親所表現出來的最炫目的成果是她的鞋墊，細膩豔麗。而我，走了這麼多路走了這麼些年，一腳踏著的是母親健康的歲月。

母親是孩子的鞋墊，磕磕絆絆拉拉扯扯地，是一生的呵護。

如菜蔬一般的婚姻

錢鍾書【註26】先生把婚姻形象比作「圍城」，然後是詮釋：圍在城中的人想突出來，城外的人想衝進去。然後是「圍城」中人在各種背景、糾葛、情勢之下的可憐、可笑、可歎與可悲。作家對人生的諷刺和感傷，無意中被那個時間落伍的計時機包涵了。曾經很流行的一句話，「婚姻是愛情的墳墓」，不說也罷。才子佳人小說中，郎才女貌、花前月下、舉案齊眉都是物化了的婚姻圖像。

所有的小說都是捏造的。

「對方怎樣的好是說不出來的，只覺得很適合，更適合的情形不能想像，如是而已。」我是讀到了葉紹鈞【註27】先生在《過去隨談》的一句話，才確信了婚姻的模樣。

確切地說，我是看到了我父母的婚姻，才真正體會到美好的婚姻其實就是彼此適合。

祖父病故，祖母改嫁到了東村一姓郝的人家，拖著年幼的父親，更多的艱難只能想像，我無法描述。姥爺當過私塾先生，在巴掌大的小村，母親家也稱得上是書香門第。我問母親，當初為什麼會嫁給父親？只是好奇。你姥姥走得早，大舅當兵去了，小舅就和小雨那麼大，家裡那時缺人手呢！冬天的菜園裡，白菜愛上了蘿蔔，白菜是捲心的經霜的白菜，蘿蔔是塊莖粗壯的青皮蘿蔔。清清白白的婚姻。

母親得了肌肉萎縮，舌頭也短了，說話有點含混不清，羞澀的表情是健全的。當時

〔註26〕錢鍾書：中國作家，文學研究家。字默存，號槐聚。詩人余光中曾分析當代中文時，常稱道錢西學列於中國人之第一流。

〔註27〕葉紹鈞：後改名為葉聖陶，中國現代著名作家、教育家及出版人。他是五四運動首個新文學社團文學研究會的創立人之一，終身致力於語文的家學。其座右銘「文學為人生」。

父親給一家小廠看大門，也給母親穿衣、解手、洗臉、餵飯、熬藥。母親從我的單元樓搬出去不多久，雙手已經不聽使喚了，走路時胳膊軟塌塌地垂下。我想伺候母親，工作丟了可以再找，可母親只有一個。母親願意去父親那裡。

這些年，我離開老家一直在縣城教書。妻在鄉鎮衛生院上班，生小雨時大出血，查出子宮肌瘤，保守治療後復發，只好手術。她從此離不開小雨，我母親便一直跟著她們。莊稼地裡的雜草急急地划鋤完一遍之後，父親便坐車趕到我這裡，爺倆坐在學校外面的路沿石上說一會話，他動身趕往母親那裡，也就是在人家的地頭上吸一袋煙的工夫。一個週末去看我女兒，午飯了，還不見父母的身影，一問，父親給人家加工大蒜，母親也陪著去了。正午的陽光下，父親騎車帶著母親回來了，車輪從細細碎碎的樹影裡碾過，父母的說話聲，像遠處滑過來的一道煦暖明朗的陽光。那情形我熟悉，就像十年前父親帶著母親下坡幹活回來，就像二十年前父親帶著母親趕集買新衣服回來。

我幾乎每天都要聽同一首歌：《最浪漫的事》。我問同事，小城能買到搖椅嗎？同事笑我寫文章的人就是浪漫。父親有沒有聽過這首歌我不知道，我聽見父親常常對母親說：「咱老倆誰走得早，是誰的福。」我能看到的，是父親很耐心地給母親穿衣、解手、洗臉、餵飯、熬藥。父親是個急性子，就像老家屋頂的地瓜秧子，冬日的陽光不緊不慢地搓著，不知不覺地就柔軟了。

父親是二〇〇五年春節以後出去給人看大門的。母親住過去的時候，滿園的時蔬長得正旺。菜園就在傳達室和廁所之間，原先是一塊荒地，父親和一把鋤頭發現了它。父親每天攙著母親來回地走，像一次次美麗的旅行。母親胳膊上的力量在悄無聲息地消失，身體是一天不如一天。茄子越來越紫，像一團濃得化不開的夢；豆角一天天地把日子拉長了；土豆一直不聲不響著，到收穫的時候，一個個成了攥緊的拳頭。都是些平常菜蔬，種子也是老家帶來的，父親卻寶貝得像自家子女一樣。那段日子真好，依稀回到了少年時光，我放學回來，輕輕一跳，就碰到了幸福。有一陣子，母親的手上看著長肉了。我想起來了，那時滿園的扁豆掛滿了架條，在綠秧的提示下，我看到了一些些青色的手指和活潑的心情。

但是，母親的體能在迅速地衰竭，先是躺下自己起不來，需要人攙扶，後來胳膊完全成了擺設，只好靠雙腿慢慢地往床裡面移動，半夜裡常常疼起來，父親的一個耳朵老是醒著，幫母親拿拿胳膊挪挪腿。母親不喊疼，老是「嘿嘿」地笑，說自己成廢物了，父親說這是「讓你享清福啊！我還能動彈呢」。醫書上說，肌肉萎縮的病人發展到一定程度，往往好哭好笑。每當聽到母親的那種乾澀的笑聲，我的心就不自覺地疼著。

母親是幸福的。我可以暗笑我父母的種種迂腐，但我必須肯定他們的婚姻。母親在漫長歲月裡的勤勞和寬容，父親在困難時期的攙扶與呵護，可能是我這一生都不可能親歷的。園裡的菜蔬，從下種到開花，從施肥到澆水，從掛果到收穫，別人看到的是果實——菜蔬一年中最華美的段落，自己經歷的卻是風風雨雨，從發芽、結果到枯萎，它們堅持的是同一塊土地。好比蘿蔔和白菜，在冬天的菜園，它們相互溫暖著。經霜的白菜才有甜味，冬天的蘿蔔順氣通竅。一年的相守一冬的攙扶。從種子開始，他們就注視、鼓勵、呵護、疼惜。

捲心的白菜，粗壯的蘿蔔，冬天的菜園。我看到了婚姻的美好的模樣。

09 舌尖上的故鄉

蘿蔔小豆腐

俗話說，蘿蔔白菜，各有所愛。我要說的蘿蔔小豆腐這道民間小吃，在那些年代是貧農出身，絕對吃香。

豆腐，因是「都福」的諧音，只在過年時打扮得白頭淨臉晃晃人眼。蘿蔔，被冬天寵壞了，「冬吃蘿蔔夏吃薑，不勞醫生開處方」，那時，只要抬眼看看鄉間初冬的菜園，一定有蘿蔔們青翠著最後的顏色。貧下中農一條心，樸素的階級意識使煎餅緊密團結在大蔥周圍，也使蘿蔔和豆腐在一口老鍋裡相濡以沫。

時令既然是冬天，坡裡的活兒都忙完了，該收的收了，該種的種了——去菜園裡拔蘿蔔實際上成了一項輕鬆的娛樂活動，握慣了鋤把拔完了玉米秸的大手拔起蘿蔔來，那情形簡直是歡快的舞蹈，泥巴四濺如音符紛飛，跑到女人手裡的蘿蔔溫順得像剛剛懂事的孩子，一臉恬靜地享受著柔情的撫摸，這場面，哪有半點勞動的艱辛？更有頑皮的孩子伸手去拔，蘿蔔鬧情緒就是不聽指揮，剛準備使出吃奶的勁，蘿蔔偏偏自己從土裡跳出來，讓那孩子摔了個四仰朝天，一嘴的泥土堵不住滿園的笑聲。鄉下至今還有「拔蘿蔔」的遊戲，大人（有時是大孩子）愛昵地捧起孩子的頭，把孩子從平地上「拔」起。

終於等到了蘿蔔小豆腐。蘿蔔埋在天井朝陽的地方保鮮，是今冬明春的菜蔬。掰下的蘿蔔纓【註28】餵豬，太奢侈了，還是來一鍋蘿蔔小豆腐吧，是菜，也可充飯。把蘿蔔纓洗淨，剁成指甲蓋般大小，燒一個開鍋，撈出來，放在井水裡一浸，便是一盆色彩養眼的翡翠了。在菜板上剁碎剁細，用兩手攥去菜裡的水分，攥成一個個「拳頭」一樣的菜團。該磨豆子了。豆子，是昨天夜裡早早泡好的，在石磨裡三磨兩磨，豆子與水就變成豆漿了。石磨是上下兩扇的，下扇不動，周邊卻湧流著珍珠的瀑布。青青的菜蔬，白白的豆腐，在火的熱情簇擁下相親相愛了。火最好是玉米秸火，

焰長，面大，勢頭均勻，五六個開鍋之後，便是食物中的鴛鴦配——蘿蔔小豆腐。

許多年後偶然的一天，在城市的美輪美奐裡大談文學，餓了，紳士般打開精美的菜單，點上一道「珍珠翡翠白玉湯」，服務生端上來，竟是一盆蘿蔔小豆腐，一時間誰也顧不上高談闊論了。忽然想起家鄉的一個女孩，課間對同桌說她昨晚如何如何吃了三碗蘿蔔小豆腐，不想被男生聽了去，從此私下裡叫她「蘿蔔小豆腐」。那女孩膚白肉嫩，手是嫩藕，臉如荷花，現在長大了，不知是不是成了一位「豆腐西施」。

家鄉的蘿蔔小豆腐做法單一，就那麼青青白白的一鍋，但吃法多樣。最普通的吃法是一家人圍著一口大鍋，一人一碗，青白相融，色嫩味鮮，不管年老年少有牙沒牙一概食如甘飴，開胃充饑，嚼在嘴裡，是無邊無際的鮮美，直接扒進肚裡也行，酥軟酥軟的，禁飽，撐不著。如果再鋪張浪費一點，抓一小把黃豆蒽花般撒在鍋裡，整鍋美味就越發形象生動了。做好了蘿蔔小豆腐，耐下性子，可以和麵，早些時候是地瓜麵，加工成蘿蔔豆腐包，一下子就解決了好幾天的溫飽問題。吃不完的蘿蔔小豆腐，還可以在下一頓

〔註28〕蘿蔔纓：蘿蔔纓是蘿蔔的莖和葉。它是天然的鈣片，它的營養價值非常高的，不僅可供食用，亦可入藥，具有極好的藥用保健功效。

投到油花四濺的熱鍋裡一炒，端上飯桌，就是一盤清爽爽綿軟軟的小炒蘿蔔豆腐，品質柔細，調味拉飯，粗茶淡飯變得有滋有味。

鮮有鮮的味兒，陳有陳的理兒。拔完了蘿蔔，把蘿蔔纓順手往屋頂上一扔，冬天的陽光就那麼不緊不慢地晃著，不知道過了多少天，青青的蘿蔔纓黃燦燦的了，用長長的棍子劃拉下來，掛在通風的屋簷下，整整一個冬天的黃粱美夢啊。嘴饞了，摘下來，彷彿從樹上摘下蘋果，做成的蘿蔔小豆腐耐嚼，越嚼越香，因色黃味永，鄉下人又稱它「黃菜豆腐」。蘿蔔小豆腐軟和，不怕吃撐，「吃蘿蔔嗝氣，不如狗放屁」，吃蘿蔔小豆腐也不例外，一連幾碗吃下去，嗝幾下氣，卻是上下舒坦，渾身通泰無比。

隨著人們味覺的豐富與挑剔，蘿蔔小豆腐漸漸淡出了我們的生活，但是那種讓人放心的原汁原味，那種青白相融的色澤，像極了鄉親們的情懷。我不知道是不是可以這樣說，嘗出了蘿蔔小豆腐的滋味，你就咂摸出了生活的味道。

煎餅的味道

就想吃母親攤的煎餅。

母親攤的一手好煎餅。「圓如銀月，大如銅缸，薄如剡溪之紙，色如黃鶴之翎」，這是蒲松齡〈煎餅賦〉裡的描述。

我不知道，從什麼時候開始就有了這樣的印象。母親盤腿坐在蒲團上，面前臥著一面鏊子，母親剛用「油搭子」勻勻地擦了一遍，鏊子黝黑的臉龐即刻泛起油亮的光澤，像酷酷的很男人的笑，火是玉米秸火，焰長，面大，勢頭均勻，鏊子滾燙的時候，母親左手舀了麵糊，扣在鏊子正中，右手握了竹箈，懸肘，提腕，但見麵糊徑直而下，如溪水出澗，到鏊子底部，又旋即攀援直上，像秒針，速度快，也毫釐不差地走一個圓，竹箈逐漸平起內收，鏊面上就現出一個圓滿的圓。滿是麵糊的滿，是一種彌漫，一種覆蓋。煎餅熟了，母親輕掀兩邊，米黃色的一張煎餅，薄薄的，浮光輕閃之間，隱現出母親的笑臉。

我的小舅就認母親攤的煎餅。小舅結了婚，兒子上了大學，還經常請母親過去攤煎餅。這是經年之後的一種味蕾上的認同。姥姥去世的那年，母親已經十九歲了，她的身後拖著四個弟弟和一個妹妹，小舅只有五歲。外公當過私塾先生，我就是在他的窗臺上讀到了《水滸傳》、《三國演義》，我迷上了文學，在我的小學時期。多年以後，在別人的讚美裡，我多麼羨慕我的母親，她攤的煎餅大而薄，捲起來只有拇指那麼粗細。母親是嫁出去的閨女，卻是潑不出去的水。夫家、娘家是一個村的，腿去也就五分鐘，來來回回，不過從一面鏊子走到另一面鏊子。在老家，攤煎餅還有一個說法，叫「辦乾糧」。逢年過節，割麥忙秋，母親總要提前辦好兩家的乾糧，那些年，除了攤兩摞煎餅，似乎真的沒有別的乾糧了。兩摞煎餅，白天擺在堂屋裡，夜晚晾在石磨上，煎餅越翻越薄，日子越積越厚。許多年就這樣過去了。

母親嫁我父親後，就像一面鏊子站在屋角，悄無聲息。或許，家裡讓她忙的活太多了，譬如攤煎餅。我家人口多，二叔、二姑、三姑都姓郝，父親是大哥，姓劉。我還有一個大姑，也姓劉。爺爺病逝了，奶奶抱著不滿周歲的父親，改嫁了東朱耿一戶姓郝的人家；大姑十歲，送給南林村一孫姓人家做了童養媳，挨到長大，成婚不久被拋棄，大姑先是改嫁東朱耿，然後又是南林（夫家姓曹），最後是院上，現在，子孫一大群，活得挺滋潤。說說我家吧。二姑、三姑先後出嫁，二嬸過門了。三姑和二嬸是換親。說來也巧，撮合這門親事的是父親的姑表，他把妹妹的女兒許配給我的二叔，又安排我三姑嫁給他的外甥。也就是說，二嬸的母親是我的表姑，我一直這樣稱呼她。兩門親事，看似錯落盤結，事實上沒有一點血緣糾纏。我是不是說得有點淩亂？

其實，我們一大家人在一起，日子不會太好，但也不會更糟，這種情形，很像一種乾糧，它是煎餅。煎餅的質地就是一家人的品格。

記得母親攤煎餅以前，頭天夜裡，就泡了滿滿一盆糧食。攤玉米煎餅，要把玉米大豆碾成餷子，然後和小麥一起浸泡。如果是瓜乾的，先把瓜乾泡軟，切碎，最後和玉米大豆們在水盆裡會合。遇上年頭不好，一家人就四處打撈榆樹皮，去大碾磨碎了，再囤裡甕裡尋些高粱瓜乾小麥玉米，它們顆粒大小不一，顏色紅黃不均，卻都是土地上長出來的物華。在溫潤的水裡，過了一夜，玉米性子綿軟了，小麥胖胖的，十足的富貴相。天亮了，糧食們從磨眼裡湧進去，再流到磨臺上的時候，就是麵糊，你根本分不清哪是玉米，哪是大豆，哪是榆樹皮，只是晶瑩的黏稠的一盆。

在農村，攤各種糧食的煎餅，幾乎都要摻些大豆，半斤即可，一斤也行。這樣，煎餅就不會黏鏊子。沒有哪一種煎餅用大豆命名，你用牙齒反覆分析，也只是品出整個煎餅的鬆酥爽口，大象無形，大豆如空氣，卻是無處不在。它可能不是房屋的檁條，但它一定是嫋嫋的炊煙，有了炊煙，房屋不是房屋，是家。糧食的粗細其實就是日子的枯榮，一把大豆，就把糧食們結合成了煎餅，大若茶盤，薄如蟬翼，聞著吃著，都是無邊無際的舒坦。

後來，父親和二叔分家了，在我舅爺爺的主持下。家什【註29】是我和團結（二叔的兒子）輪流挑的。他指了指手推車，我說，我要鏊子。老宅子給了二叔，我們一家四口早些年不停地搬來搬去，妹妹小，覺著新鮮，睡覺也踏實，聽不到深夜裡父親重重的歎息，和母親輕輕的安慰。母親人隨和，手藝好，經常被左鄰右舍請去幫工。攤煎餅，盤腿時間長，重複動作多，兩個人一倒班，就可以減緩一下勞累。農村給了母親一面巨大的鏊子，讓她不斷提高她的技藝，她用一張張煎餅和村裡人對話。她特別在乎別人的邀請，似乎整個人活在了鄉親們的認同裡。她不在乎身體的疲憊。作為回報，母親往往拎回來幾張新攤的煎餅，讓我們爺仨吃了個風捲殘雲。問她，她說吃過了。母親只是看，臉上蕩漾著微笑。這是母親一生中極為榮光的時刻。

我家一日三餐，多是煎餅。餓了，一碗白開水泡一張煎餅；閒了，掰幾塊乾脆的煎餅充點心，咬出滿嘴的「嘎嘣」聲，日子不也是這樣的酥脆響亮嗎？過日子，好比攤煎餅，是要粗糧細做的。糧食們在深夜的水中握手，在清晨的石磨裡相融，在上午的鏊子上結合，這太像一種儀式了，煩瑣而神聖。攤煎餅的母親，坐在蒲團上，有如揮筆的畫師，不同地塊、不同季節的糧食們，可能粗糙，可能瘦弱，現在已是細膩溫軟的麵糊。色彩豐腴的麵糊，母親揮著竹笣的畫筆，把它們繪成了一張張太陽，或者月亮。

我的母親，現在和太陽月亮們生活在了天上，即使人世間有千萬面鏊子，於我，不過是一些空空的蟬蛻。我再也吃不上母親攤的煎餅了。這樣寫著的時候，我的臉上，已經流出三尺長的涎水，或者淚水。

陽光的河流

酒像某種女人，讓你難捨難分。先是被它的異香吸引，味蕾上的焦渴，使得你的身體成為愛的器皿，想整個兒裝下它。然後，酒像長蛇進入，攪動你的五臟六腑，顛覆你的現實世界，讓你沉醉，燃燒，沸騰，整個人處於一種曼妙的飛升狀態。你進入另外的時間，成為另一個人。

〔註29〕家什：家庭所用的器具，如沙發、桌椅等。

酒與愛情，是否有著某種隱秘的關聯？有力的愛情，是透明如水的，也是熱烈似火的。愛情帶來麻醉和歡愉，是超脫生活表層的幻覺。

想到酒的出現，不妨對此進行一番大膽的虛構。酒的傳說很多。相對於真實的情感，傳說更像是一場超時空的虛構接力。在我們視線的終點上，酒以透明的液態的形體存在，它能讓我們看到什麼。

酒廠的生產流水線，呈現著時光的序列。空空的酒瓶，在迷宮一樣的路線上尋找著春雨的灌注，像挺秀的小樹，長出夏天的濃郁，成為絢爛的秋，卻不像蘋果一樣長出傷疤，或者香氣散盡，果實腐爛成泥。它以它的通透純淨回應著時間的無涯。由此想到酒的釀造，是否遵循著一個精密的數學公式？它依賴的是糧食與水的臨界點，還是時間的緩慢進

程？如果是後者，那麼，釀酒本身就蘊藏著太多的藝術成分。在純糧釀造車間蒸騰的熱氣裡，一群強悍的男人在燒旺的大鍋周圍勞動，就像萬物朝向心中的太陽。雄性的氣息內斂，釀酒工藝在包裝車間顯露出它陰柔的特徵。清一色的女工在檢查著酒瓶的透明度，黏貼醒目的商標。在線形的流程上，她們每一個細小的動作彷彿朵朵輕柔的浪花，呈現著流水的韻致。像生命的創造，最後的工序由女性完成。

這讓我看到了時間的幻象。最初的釀酒人，他的身影擺渡在莊稼的波浪之上。潑灑的陽光，把他渲染成油畫裡的人物。他在勞動，更像是深陷於陽光的芬芳和植物的氣息裡，無法自拔。他對時間和往事有著綿長的情意。他像《香水》裡的葛奴乙，有著驚世絕倫的嗅覺。是嗅覺，讓他在大地的勞動中抓住了縹緲的夢。他企圖保存香氣的唯一方式就是為糧食安排來生，讓眼前的夢浸染遙遠的未來；或者，循著香氣的路徑，他可以在許多年以後輕易地抵達過往的激情。莊稼夏榮冬枯，去年的種子長出今日的果實。在這有限與無限的形象暗示下，他發現，形態的變換可以使短暫的事物達成恆久。由此，我對今天的一些技術產生了懷疑，「真空包裝」給出的時間期限是常溫避光下的短短兩三月。越發地神往那最初的釀酒人。是怎樣的一種單純而熱烈的激情，使他把固態的糧食固執地指向了液體的白酒？

大地上的香氣如花綻放，赤橙黃綠青藍紫，讓人自然而然地看到萬物之上的太陽，它的七彩歸結為清澈的金黃。釀酒人，他在個人的隱秘王國裡，掌握著上天的旨意，他從大地深處醒來，植物的香氣在如水的陽光裡升騰，那是釀酒人提煉出的夢境，一種透明的芬芳。作為酒上好的大麯，夢境無法複製，我們只能從迷醉的酒香裡確證著它的存在。

這樣的酒香，無疑使更多的味蕾得以復活，能夠在平淡的生活裡品出酸甜苦辣，最大限度地解放了人類的知覺。從某種意義上說，「透瓶香」使酒具有一種親和溫暖的氣息，我們因此看到了那個被香氣的祥雲籠罩著的普度眾生的神。

我願意把酒看作居住在人的身體裡的神。三杯兩盞落肚，「酒助神威降猛虎，誰道三碗不過岡」，人類認識到自身力量的單薄，便創造了酒，用「酒勁」和身外殘酷的世界相較量。想起梁山聚義廳裡，一碗雞血酒，八百里水泊滌蕩乾坤，水滸英雄代理著上天的權力。想起醉臥沙場，將士們試圖在酒的力量裡規範世界的秩序，以戈止武，酒成就了多少快意英雄。外部的酒成為身體的內核，人變得強大起來，就像西方電影裡的超人，完成著常人狀態下很難完成的事業。有了酒，人類實現了自我救贖，身體裡生出神性的力量。

酒是一種宗教。精深教義的外延，多是一些慈祥的寬厚的造像。酒的光潔的面容，具有親和力和可信性。人們樂於接近它，像一個個虔誠的信徒，向酒傾吐著內心的隱秘，獲取溫暖的撫慰。「借酒澆愁」，人們把個體無法消解的苦難，全交給了酒。酒杯似乎成了人們身上生長著的器官，酒如血液，很容易打通全身的經脈。一個獲得內力的人，他因此與別人不同。他的面容看起來並無二致，我們只能從他的舉止中窺探他內心的火焰。「酒入豪腸／七分化作月光／剩下的三分／嘯成了劍氣／繡口一吐／就是半個盛唐」（余光中〈憶李白〉），李白是繞不過去的一個人物，他似乎為詩歌而生，他的身體同時也是一個巨大的酒的容器，他和酒糾纏，彷彿在所有的時間和自己相戀。他舉杯邀明月，當歌對酒時，酒使他成為燃著的焰心，光芒照耀著他的領域，再難消散。「酒中仙」不是一個榮譽稱號，而是一種落拓不羈超然出塵的生存方式。

酒把天上的陽光和人間的芳香融為一體，充滿著深厚的慈愛和深層的悲憫。作為大地的精華莊稼的魂魄，酒改善了農民和生存的關係，酒在溶解勞動艱辛的同時，也熱情地覆蓋了他們的困窘，繳活沉悶的氛圍，使得空氣裡的每一個分子都在膨脹，生活不斷地呈現著它新鮮的表情。他們身上交織著的汗味與酒的熱烈，彼此的屬性正好對接，如水湧流在植株裡，「輩貪杯我聞香」（臧克家），不知杜康、XO為何物的鄉民們，一杯家鄉的白酒讓他們活得有滋有味。「沾唇不禁念故鄉」，是酒在證實著我們的籍貫。酒，是味蕾上的故鄉。

去參觀的酒廠位於大地的中央，四圍是青青亮亮的莊稼，陽光在大地上流淌。莊稼在陽光闊大寬厚的撫慰中，向我傳送著大地深處的氣息。

香蕉冰棍

「香蕉」這兩個字，是我們那個年代的孩子只能在小學的課本上才可以見到的。聽說香蕉長在樹上，可我們望酸了脖子，北方的樹上只有「吊死鬼」（即大吊蛾，一種害蟲）。槐花倒是年年飄香，誰知結出的還是又老又醜的「槐噹啷」。

不知是哪一個夏天，突然從小村外面飄進一股涼爽的風：香蕉冰棒——香蕉冰棒——

南方的香蕉到北方都凍成冰棒了，我們的好奇心就像盛夏的陽光一樣強烈，可香蕉冰棒卻是上了花轎的大姑娘，聽見五分硬幣硬邦邦地拍在蓋頂上，才閃亮出場，一身的羽衣霓裳，在陽光下極為搶眼。這派頭，絕不亞於今天的某些大牌明星。誰稀罕誰呀，不就是根冰棒嗎？摻上一點黃顏料就假冒香蕉，這點包裝誰不會？我們一幫窮孩子，就編了一個順口溜對它進行輿論攻擊：香蕉冰棒，吃了斷氣。特別是賣冰棒的小販喊出上句，我們一齊對出下句，那感覺比吃了什麼香蕉什麼冰棒還甜還涼快。可能小販一宿沒睡，也可能世界變化太快，到第二天天剛想熱的時候，從小販嘴裡拋出的口號就改成「香蕉冰糕」了。香蕉冰糕，吃了斷腰。你看誰的變化快。

也不知道是天氣太熱，還是遭到了孩子們「惡毒」的打擊，到了下午，香蕉冰棒便人老珠黃面容消瘦了，身價也一落千丈，二分一支，小販一咬牙，五分錢三支賠本也賣，不比後來的冰淇淋、小雪人們冰雪聰明，駐顏有術，深居冰櫃裡，五十多歲的人了，一登場還是一副天真爛漫美少女的模樣。

當時，鄉下流行一種最原始最直接的買賣：物質交換。譬如用麥子換火燒油條，拿豆子換豆腐之類，多為用原材料交換加工品。有賣冰棒的瞅准了商機，推陳出新，可以拿空酒瓶兌換冰棒。這一招真靈，天不晌午，小販就滿載酒瓶哼著小曲直奔廢品收購站了。

那些個夏天，我特別勤快，父親喝酒不多，人卻熱情，家裡短不了客人的，跑腿買酒的活兒全被我壟斷了。父親也從不過問空酒瓶的去向。記得那一天，我眼瞅著半瓶白酒，嘟囔著：「咱家好幾天沒人來了。」母親白了我一眼：「小孩子懂什麼，來客你忙活？」中午父親沒回家吃飯，偏偏「香蕉冰棒」的叫賣聲在蟬聲最熱烈的時候響起，一陣一陣地讓人心煩。怎麼辦？扳不倒葫蘆灑不了油，我乾脆把半瓶白酒倒掉，抓起空空的酒瓶換了一支冰棒。香蕉冰棒入目鮮黃晶亮，入口甘洌清涼，視覺味覺都是高度享受。風捲殘雲地吞完之後，確乎真的有了一絲絲涼意，不知是冰棒的功效神奇，還是真的有了一點點後怕。

晚上放學一回家，母親就迎上來問我：「你見那半瓶白酒了嗎？你父親正急呢！」我心一沉，小心翼翼地站在父親面前，低下頭，眼睛只能看見自己滿是泥巴的腳丫。父親的手臂一揚，我以為會是雷霆震怒，誰知那影子的移動是緩慢的，最後落在我頭上，是愛撫，「酒也是糧食做的，倒了怪可惜的。先用瓜乾去小賣部換一斤散酒吧，今晚你二叔要來。」

在雙手端著一瓢瓜乾去兌換散酒的那一個夜晚，我告別了香蕉冰棒，也告別了我的童年。

冰糖葫蘆

在我的記憶中，冰糖葫蘆常常在年關俏立在大集的拐角，冬日暖陽裡的一襲石榴裙光彩照人。我有時哭著鬧著，跟在父親後面，小跑五里路，就為了冰糖葫蘆。她，是我青梅竹馬的朋友。

我至今搞不明白，為什麼人們把山楂說成是石榴。兩種果實碰面時就用「大小」分得很清楚。兩個都叫「妮」的女孩耍到了一塊，不管原先相熟不，兩家大人就「大妮」、「小妮」地叫開了。山楂裡外都是酸的，無遮無攔的。石榴的酸是裹在裡面的，只有人們觸動她的心事時，才流出一粒粒的淚珠，晶瑩剔透，即使憂傷也美麗動人。用竹簽把山楂穿成一串兒，蘸上熔化的冰糖，酸裡裹著的甜，是淚水浸泡出的微笑。這種滋味給人的回味是長久的。血紅的色彩是山楂生命的象徵，甜酸的味道是冰糖葫蘆存在的表達。

南國詩人車前子說「糖葫蘆是北方凍得通紅的鼻子」，比喻新奇形象而有失真切。溫和的南方人，敬畏棱角分明的北方像敬畏自己的父親。今年回老家過春節，我還是買了兩支冰糖葫蘆，和我兩歲的女兒小雨一人一支。拉著她的手，在家後的灣塘上溜冰，我心裡暖暖的。這成熟與童真的並行，這紅與白色彩的對比，兩串火紅的太陽燃燒在白茫茫的冰上。我不知道哪一種紅色能像冰糖葫蘆一樣始終放射著家園的暖晴。我甚而覺得，這是歲末年初唯一的亮色，它趕走了童年的缺憾，驅散了少年的迷茫。

聽說我生下來時很胖，可後來只長高不增重，身子越長越像竹籤兒，腦袋成了一個糖葫蘆，莫非我前生就和她有著某種血緣關係？我童年的手與巧克力、娃哈哈【註30】、喜之郎【註31】果凍是絕緣的，在我手中成為匆匆過客的一定是一些千篇一律的樹葉，停留稍稍長久的該是一朵黃黃的、瘦瘦的苦菜花，交給家裡空空的大盆吧。母親摻上號召力強的地瓜麵，就成了菜饃饃。不難想像，在沒有味精的日子裡，冰糖葫蘆是怎樣緊緊抓住我的雙手的，我的童年也被這一串串紅燈籠照亮了。

父親趕集賣完蓋簾常捎回一支冰糖葫蘆。我的舌尖一觸到它，那甜就直直地鑽進了我心裡。慢慢舔，細細品，那是一種無以復加的快感，像一個獵人不疾不徐地追趕著一隻跑不掉的野兔。最上面的那個糖葫蘆越發得紅潤了，我奢侈地一口吞掉她。「九」減去「一」，我口裡數著，小腦袋一點一點地伴奏著。只有一根竹籤了，也和它的夥伴做了我加減運算的工具。竹籤兒耐用，不易折斷，比木棒強多了。一支支冰糖葫蘆，構築起我的思維空間，無論形象還是抽象。我一直這樣認為：當一種東西一旦進入你的生命，它將豐富你的一生。

白菜的白

這標題，一見，似乎感到有點輕鬆，似乎無須過多聯想，你的耳邊就濺起鮮嫩嫩脆生生的童音：白菜的白，老師的老。是一群小學生在強化識字練習嗎？

是的，你只要撥開世俗的雜色，往霜降後的鄉間菜園看一眼，你會發現，這標題與你的從前有關與你的生命有關。

其實，白菜最初的色澤是青翠的，一如你清純的童年。白色，不是與生俱來的。正如年年秋天需種麥子一樣，老家人每年也少不得要栽種白菜。每一棵白菜都不是獨自來的，她們有自己的青梅竹馬。一棵白菜一個窩，她的朋友要麼拔掉，要麼移栽別人地裡，成了童養媳。還

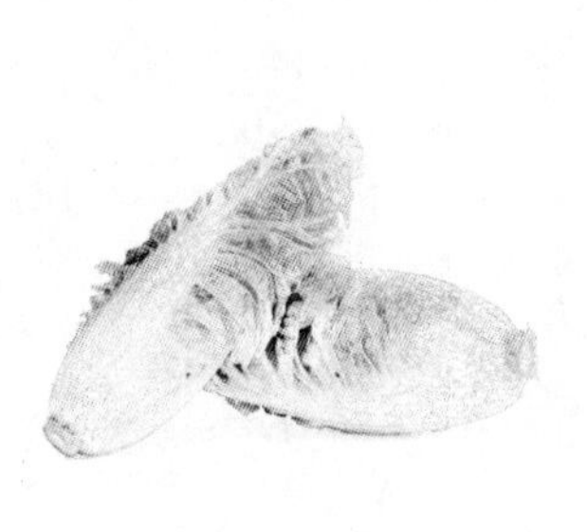

〔註30〕娃哈哈：中國最大的食品飲料生產企業，其兒童乳酸飲料最為有名。
〔註31〕喜之郎：中國果凍食品領域的第一品牌。

只有小碗口那麼大的時候，白菜就經歷了一場生離死別。生活的酸澀，白菜體會得比誰都深刻。也許很多年以後，小白菜噙著的露珠不知不覺就流成了你的眼淚。

從立秋到小雪，白菜清楚自己一百多天的生命長度。所以，她總是探出一片葉子，再探出一片葉子，又探出一片葉子。不停地擴張，只為收集更多的陽光；層層地鋪墊，全為了寒風裡緊握成拳。有一句俗語你應該知道，鄉親們說一個人無精打采，就說他被霜打了。不是嗎？地瓜葉一夜之間褪盡青衫，精神萎靡。猶如當頭一瓢涼水，經霜後的小小佛手不再做夢停止生長。霜降是一道坎。

許是習慣了在月色的清涼裡梳妝，白菜覺得秋霜是另一種月光，給自己帶來了福音。這時的菜葉已片片收攏，有的紮塊地瓜秧，像女人繫著圍裙。白菜吸收著霜裡的潔白和糖分，在瑟風裡不斷充實著自己的內心。打霜的白菜潔淨又溫柔，有一種特別的甜味，宛如成熟的女人。經風浸霜後，變得更加鮮嫩純真白淨從容，還有什麼蔬菜能夠如她們這般和諧於風霜？白菜的白，和麥子的黃一樣，和辣椒的紅一樣，都是美的極點。

面對素雅的白菜，好男人不能不沉思。你想起來了，一冬一春是蔬菜奇缺的季節，你母親夜間把白菜暖在炕東頭，白天曬在陽光下，總是把吃剩的白菜疙瘩醃在鹹菜甕裡，第二天一早撈出來，用菜刀切成細條，澆上幾滴陳醋，入口甜酸甜酸的，是純正的過去生活的味道。你母親說，白菜味甘性涼，能清熱解毒、消渴祛煩。一日三餐，她總能把白菜做成不同的花樣，讓平常的白色泛起親切的光芒。

只是你不明白，為什麼霜前的白菜有一種澀味，在許多蔬菜止步於霜降之時，為什麼白菜反而開始甜美自己的思想？小雪之前走出菜地，正是白菜堅守潔白心靈的開始。既能從陽光中找到生長的能量，又能從秋霜裡提取生命的色澤，白菜抵達了許多同類無法逾越的境界。

終於有一天，你一臉的莊重，像打開一部經典，一頁，一頁，當打開所有的葉片，你幾乎不相信自己的眼睛：在遠離了泥土許多天之後，在遠離了水分許多天之後，那白菜心兒依然是鵝黃的一抹，依稀是秋日裡燦然笑著的花朵，又如隨時破繭而出的蝴蝶。

那年冬天，你回了一趟老家，從菜地裡背來很多很多的白菜，碼【註32】在你的屋子裡，你說那是一個暖冬。

〔註32〕碼：此作堆疊之意，同「垛」、「放」。

10 鄉村教師的風景

眼鏡老師

師範生，在小村眼裡是一個生僻的語詞，自稱「睜眼瞎」的鄉親們便親切地喚他「眼鏡老師」。

眼鏡老師一抬頭，學生們就覺得眼前唰地一亮。回家找根秫秸編個鏡框，架在鼻樑上好不風光。其實，眼鏡老師的兩個圓圓的鏡片，一個照耀眼前的道路，山裡的坷垃石頭很多，溝溝岔岔也不少；一個輕輕遮擋內心的憂傷。那個愛跳「快三」的女同學只來過一次，回去以後便失去了位址。黑板還是那麼方正，粉筆還是那麼潔白。密密麻麻的心事，知根知底的，只有深夜的日記。

好像那事情就發生在昨日。那個男孩一臉

的好奇，老師的自由夾裡有張相片，上面的人真美。眼鏡老師想也沒想，說那是鞏俐。消息像長了翅膀，從教室到操場，從大街到小巷，眼鏡老師搞了個好對象，名字叫鞏俐，模樣比電影明星還漂亮。男孩的姐姐嫁給眼鏡老師，那是許久以後的故事。她常來學校借書，一來二去，知道鞏俐只生活在電影裡。

眼鏡老師用普通話組織課堂，學生們都愛聽他撇腔。眼鏡老師拿著教鞭指了黑板：麥子。學生齊念：ㄇㄟˋ・ㄗ。教鞭連連敲打：麥子。學生們一時拗口，眼睛齊刷刷望向眼鏡老師，ㄇㄞˋ，都覺得眼鏡老師的口型變得好快好可愛，忍不住一齊笑出聲來。一放學，學生們字正腔圓理直氣壯了：爹，咱坡裡種的不是ㄇㄟˋ・ㄗ，是麥子。咋啦，你爹種了半輩子ㄇㄟˋ・ㄗ，不是ㄇㄟˋ・ㄗ，還能是啥東西？板著的臉孔似怒非怒見怪不怪。覺著好笑，孩子他娘一口水嗆著了，情急之下噴在孩子他爹身上。

眼鏡老師也有幾個同事，都是幾個老民辦，他們上完課後深入農忙，把眼鏡老師一個人扔在夕陽下的操場上，眼鏡老師鑽進被窩後，整個校園顯得更加空曠。閒來無事，眼鏡老師就和一杯濃茶一起揣摩一個小課題，順手拿支筆，蘸了墨水，塗抹些零零碎碎的感想，以此來打發漫長而寂寥的時光。農閒季節，小村過節性地放場電影，便有學生來敲眼鏡老師宿舍的門窗。左手牽著一個，右手挽了一個，前面一群，後面一撮，雜在學生中間，眼鏡老師一時興起，索性閉了眼睛，獨自咂摸【註33】師者的尊榮。

學校規模不大，再找一個炊事員，等於加重農民負擔。於是，村裡明文規定，對離家五里以外的教師一律實行派飯制度。說白了，就是眼鏡老師一頓交上兩毛錢，一天交上六毛錢，就有一個值日學生挎了籃子來送飯。其實，也不用交現錢，那場面太難看，到了月底甚至年底，村裡會來一個把算盤撥得劈裡啪啦的會計。一開始，眼鏡老師一個人在學校裡索然無味地悶吃，送飯的學生在辦公室裡翻翻老師批過的作業，或者拿眼瞅老師的參考書。眼鏡老師吃完了，那學生收拾了碗筷，再鞠一躬，拎了籃子就走。慢慢地，眼鏡老師一邊吃，一邊和學生嘮嘮家常，學生有疑難問題了，也就拿來問眼鏡老師。眼鏡老師邊吃邊講，吃得是津津有味，講得倒飯渣亂飛。再後來，有大人炒了四個小菜，讓孩子來拽眼鏡老師。拗不過了，眼鏡老師便坐在熱乎乎的炕頭上，剛一拿起筷子，便嘗出了莊戶菜的味道。進百家門，吃百家飯，小村的優待讓眼鏡老師夜半失眠了，眼鏡老師躺下時自然摘了眼鏡，那晚，眼鏡老師卻看得比任何時候都清楚。

眼鏡老師去學生家吃飯，大人正忙著活計，眼鏡老師手癢癢了，就過去打個下手，主人也不客氣。班裡有個學生輟學了，他爹病著，家裡沒人扛活。眼鏡老師二話沒說，請了假，去坡裡幫那學生掰了一天的玉米，臨走只撂下一句話：明天還來。第二天一大早，那學生挽著褲腿，一腳的泥巴去了學校，屁股剛挨著凳子，就是一臉的淚水。孩子不聽話了，便有大人大聲呵斥：瞧，你這個熊樣，俺不指望你成啥大人物，當個老師，教個書，像眼鏡老師那樣，俺和你娘這輩子就沒白忙活了。

眼鏡老師的眼睛越來越不好使了。冬天，在微弱的燭光下，眼鏡老師在蠟紙上刻試題，字越刻越大，眼鏡老師以為自己的近視越來越厲害了，也沒在意，視力實在模糊了，就用涼水洗把臉。後來，眼鏡老師的眼睛更加混濁不清了，眼鏡幾乎成了擺設。後來的後來，鄉親們知道眼鏡老師患的是白內障，治療以後，雙眼雪亮。鄉親們每每談起這事，總是一臉的懺悔，好像是他們害得眼鏡老師眼睛患病似的。

那些日子，眼鏡老師鼻樑上依舊架著眼鏡，儘管眼鏡當時對他已基本失去功能。可那兩個圓圓的鏡片，怎麼端詳，左邊一個都像太陽，右邊一個都像月亮。

〔註33〕咂摸：體會、分辨的意思。

鄉村校長

那天，被村長從玉米棵子裡拽出來，推搡著上了村裡的祠堂後，他便成了小村唯一的教書先生。

「地裡不缺你這個人」，村長這話現在聽來，更像是對那些莊稼說的。莊稼不會因為你多划鋤了兩遍，而把節令提前，青草來年照樣把鋤把磨得溜圓。早早換下開襠褲的孩子等不得，去東莊借讀老受欺負。村長要強，朝東莊的村官吼了幾句，便滿坡裡找他。祠堂不供祖宗我敬後生，有了拿教鞭的，不愁山旮旯裡不長出好苗子。

孩子們恭恭敬敬地叫他「老師」，村裡人客客氣氣地稱他「校長」。他本是平頭麥子，恁地【註34】高人一頭，多少有點惶惶然。只好像莊戶人夏秋看坡一樣，捲上鋪蓋去了學校，夜裡睡覺還抱著一本字典，清早用涼水搓把臉，便在講臺上底氣十足了。從前，鐘聲只在鄰村響起，遙遠得像稀疏的汽笛，現在滿地都是，生動如自家的雞鳴，茂盛如坡裡的麥苗。有時，敲鐘的鐵槌壞了，他隨手抓起開了二畝荒的鋤頭應急，剛敲一下，便有一群雀鳥「撲棱棱」飛出樹杈上的暖巢。

他身上的文化氣息是從腳上的白襪開始的。有一天去鄉文教組開會，他光著腳，拖拉著饑餓的黃膠鞋，一進屋就覺得渾身不自在，彷彿他成了一棵麥蒿，那些校長才是地道的麥子。會議剛開完，他第一個衝出來，跑到百貨商店為自己挑了一雙襪子，潔白潔白的，是粉筆的顏色。那些目光五顏六色的，他忽然覺得白色簡單而親切。有人打趣他：乾頭淨臉的，不怕俺家土炕髒了你的白襪子？他嘿嘿一笑：俺教書是黑底白字，就是到你家變成白底黑字，黑著白著，還是本職工作，還怕你再讓崽子曠了課去為你做活去！

那時，孩子們喜歡玩一種「打尖」的遊戲。挑塊榆木條或者槐樹條最好不是白楊樹的，兩頭削得尖尖的，用木板在地上一磕，在「尖」彈起的剎那，迅速把它擊遠，誰打得最遠誰是勝者。這種遊戲，危害性極大，張家小子玩得最漂亮，卻光榮負了傷，幸虧沒「尖」到眼球上。作為校長，他要讓孩子們從單調無聊的遊戲中脫離出來的唯一方式——是要讓他們清澈的目光去追逐知識。於是，他擬定了一個雄偉的計畫，發動學生

〔註34〕恁地：如此、這樣。

參與「知識儲蓄」，就是每人存入學校一本書，然後共用大家的所有書，畢業時帶走自己的那本，「利息」就是增長的見識。看到孩子們因為搶一本書而急紅了眼，他有點自鳴得意了。書俏人紅，孩子們的積極性就像春天的花朵，爭奇鬥豔。

都說君子坦蕩蕩，為什麼自己的心裡常戚戚？他想不明白，也解釋不出來，有點越描越黑的架勢。利用勞動課的機會，他帶領孩子們去坡裡去溝沿撿拾麥穗，拾得多了，成了錢，孩子們有新書了，教室裡頓時亮堂了許多，門前的空地上也多了一面旗子，鮮紅鮮紅的。村裡的閒言碎語也多了，說啥的都有，一些話不好聽了，他晚上睡覺都蒙著被子，村長更是三天兩頭找他談話。他一時氣不過，大喊：咋啦，咋啦，俺不是吸血鬼，俺這是在給孩子們補血！

喊聲再大，也只是一個人的，鐵鐘面無表情，遠遠的草垛也沒有回應。那年期末考試終了，領回鄉裡發的「教學工作先進單位」獎狀後，他也「屆滿」了。其實，他也不是什麼校長，充其量只是個村小負責人，管著一群孩子和他自己。他到南方打工去了，在夏季的酷熱裡，他身上一陣一陣的淒涼，他終於沒有等到秋的金黃，他不是一隻候鳥，年年秋去春回。只是每年年關，村長都收到一筆匯款，定向捐給村裡的小學。在集資建校的村民大會上，村長平靜地讀著這一串串數字和後面的匯款日期。村裡人聽了，出奇地積極，有錢的出錢，有力的出力，麥苗剛剛探出綠茸茸的小腦袋，嶄新的小學校園已經舉高了小村的地平線。

蘭姐

蘭姐第一次上講臺那天，特意用粉紅手帕束了頭髮，整個人看上去輕鬆自如。

蘭姐家很窮，弟弟考上了縣裡的重點，替姐姐好好念書。把弟弟一把推進敞亮的教室裡，蘭姐輟學了。小村偏僻，公辦教師派不下來，蘭姐就幹了代課教師。那天，剛下講臺，一臉挑剔的校長就找到蘭姐，說手帕太扎眼，轉身寫字的時候，有學生指指點點，分散了聽課的注意力，當老師不懂點心理學知識咋成？蘭姐用一根黑色鬆緊帶紮了頭髮，埋進作業堆裡，半天不見抬頭。

蘭姐很賣力，放了學還拎了一包作業或者試卷回家批閱。也不知哪個節骨眼兒出了問題，隱隱約約有人說蘭姐整天往家裡拿白紙。無風不起浪。有人說得有鼻子有眼，她弟弟用的演算紙就是學校的活頁備課本。蘭姐年終民主評議分數很低，教學成績很高。蘭姐的成績太扎眼。代課教師，說白了就是臨時工，每月大票一張半（人民幣一百五十元），校長也不用三天兩頭跑鄉里要教師了，校長愛護公物，也愛護成績。

忽然有一天，蘭姐從包裡倒出一些花花綠綠的糖塊來，劈裡啪啦的，像是秋風裡炸響的豆莢。是花，都得開。蘭姐嫁人了。男方願意供她弟弟上大學。那天，蘭姐紮著的粉紅手帕，左飄右擺，像一隻翩然起舞的蝴蝶。蘭姐生小孩期間，學校只是象徵性地發個七八十元，學校記掛著蘭姐呢！孩子百日剛過，蘭姐就趴在了辦公桌上。她就是代課教師，總不能老讓別人給她代課啊。

有一年，我和蘭姐對桌辦公，都教平行班的語文。每次去鄉里參加評優考核會議，我們都把蘭姐一個人拋在空蕩蕩的辦公室裡。開完會，蘭姐把我滿桌子的作業都看完了，遞上來分門別類地批改記錄。我說：蘭姐不好意思啊。蘭姐說：看多了輕車熟路了，瞭解一下你班的情況也很好啊。蘭姐說：給我打聽個事成不？我說，好啊。

半天，推過來一張小紙條。我找了縣教育局的同學，可得到的結果讓我不忍心對蘭姐說，縣裡確實想把一部分代課教師轉為民辦，可上級沒有批准，說每年都有學生考上師範院校了，師資短缺只是暫時的。回來後，我對蘭姐支吾著：可能吧，人家都這麼說。蘭姐的眼睛一亮，我分明看見兩汪清澈的山泉。

我調到了城裡，蘭姐還在代課。後來，聽說代課教師一律清退，我的眼前忽然飄過一抹紅雲，那是一方粉紅色的手帕，它的光芒柔和卻執著。偶然的一天，我作哲人狀，在市聲的喧囂中行走。這麼深沉啊。一看，是蘭姐。我自個兒在村裡辦幼稚園了，來給孩子們買玩具呢！

粉紅手帕，飄上飄下，蘭姐整個人成了一隻輕盈的蝴蝶。

輯二

大地的花朵

嘮兩句家常，聽思念拔節的聲音

我的童年，是和棉花一起度過的。我的一生，也將在棉花的溫軟裡度過。我和世界之間，隔著一朵棉花，我通過一朵棉花，去愛著這個世界，體味著世間的溫暖。

01

遠去的棉花

不戀虛名列夏花，潔身碧野布雲霞。
寒來舍子圖宏志，飛雪冰冬暖萬家。

——左河水【註1】〈詠棉花〉

二十多年前，我的母親一個人管理著一兩畝棉花，是植棉組的組長。那時，父親是生產隊長。

棉田在下窪。故鄉的耕地有上坡和下窪之分。窪地，顧名思義，是低窪的地方，非澇即旱，多黑土。上坡在村南，黃土鬆軟細膩，如新磨的小麥粉。「坡地，山坡上傾斜的田地」，是字典的解釋。我的故鄉沒有山，這「上坡」頗讓人費解。現在想來，在故鄉的意識裡，「上坡」就是「下地」幹活，村南地肥人勤，多種小麥玉米；村北地窪，只能植棉。這「上坡」「下窪」，如同「上城」「下鄉」一樣，仔細一想，倒大有學問。

也命該母親有官運。那一年，大隊裡分地，抓鬮，父親甩著兩手泥巴趕到隊部時，就只剩下一個揉皺的小紙團，趴在暗紅的桌面上，像一隻淋了雨的流浪貓。那時的上坡下窪，就是種糧植棉。糧是口糧，小麥玉米高粱穀子都是糧；棉是經濟作物，是當時主要的經濟來源。別人眼裡那些板硬的土坷垃，父親卻寶貝得像金子一樣。他擬訂了一個宏偉的計畫，抽調青壯年勞力組成植棉專業隊，生產隊副隊長任隊長，每人負責三畝棉花，從育苗到拔棉花秸，實行全程全面管理，割麥忙秋季節，也要守著棉田。他還成立了植棉組，一個婦女精心侍弄一畝。他動員的第一個人自然是我的母親。植棉組更為深遠的意義，在於它使家庭婦女從棉襖棉褲棉鞋的縫縫補補中解放出來，在鄉村廣大的土地上種植栽培一種棉質的溫暖。

一株棉花從育苗、栽種、坐蕾到開花、掛桃、結果，要穿越一年的時光。期間，有

〔註1〕左河水：中國現代詩人，曾榮獲二〇〇八中華詩詞復興獎金獎。

兩次綻放，起初是五彩的繽紛，最後一回是暖暖的飽滿，很像母親的懷抱。

棉花是一株一株栽培的。還是種子的時候，先在二三十度的溫水裡泡澡，就像胎教，徐徐彌散的熱氣縹緲成一種背景音樂。泡了一天一夜，接著打「疫苗」：用一種叫「3911」【註2】的農藥浸種，日後到大田裡圖個體格健壯。忙著忙著，寒食就來了。該育苗了。點種的細緻活兒，通常由母親來做。我的任務是擺放「營養缽」。烙煎餅有鏊子，打火燒使卡子，加工營養缽就要用制缽器了。制缽器的主體，是一個下底面空著的鐵筒。往上好的黃土堆裡一插，泥土便湧了進去，鐵筒裡面有一個上下活動的圓蓋，偉大的創意就出在這裡，圓蓋下面正中凸出一個小小的球體，大人們用腳一踏圓蓋上連的鐵板，再抬起制缽器，一蹬，就有一個圓柱體滑了出來，乾頭淨臉的，怎麼看，都是一個憨實厚道的孩子。它上底面的中心有個凹進去的小窩，這就是「缽」了。

有一年，我把一個營養缽帶回家，在小窩裡撒了一粒黃黃的大豆，大豆發芽的時候，我捧了它，像捧了一根蠟燭，對生的葉片，泛著淡綠的微光。

育苗的畦子一般開在田邊地頭，上面用細沙鋪了，微膜蓋了，棉花睡在小小的「缽」裡，到穀雨一覺醒來，伸一伸懶腰，站起來，就是一株翠綠的「小樹」。在所有的農作物裡，棉花最有樹的氣勢了，一身的濃綠，堅實的秸稈，紛繁的枝葉，纍纍的棉桃。

穀雨過後，棉花要走向廣闊的農村田地了。調好溝子，揚了底糞，母親捧了營養缽，把棉花移栽到地裡。棉花前後間隔三十釐米，左右相距七十釐米，伸伸腿彎彎腰做做操，誰也不礙誰的事，大家走的是群眾路線。棉花們成排成列，過著大集體的生活，每一株卻都在吸收著周邊的養分，即使一陣微風拂過，棉花也要拍打一下葉子上的塵土，露出一身乾淨的綠羅裙。

開始，棉花都在各忙各的事情，沒有見誰去影響田野上的另一株棉花。可能是風吧，灰頭灰臉的，回來了，有一株棉花忽然「噗哧」一聲笑了，笑從雙臉生，是紅潤的花朵。所有的棉花都覺得它笑得好看，笑得燦爛，這是平時照鏡子所看不見的。

〔註2〕3911：「甲拌磷」的別稱。它對種莊稼的農民來說是殺滅害蟲的法寶，但它是劇毒農藥，要是使用在蔬菜、果樹上，將會造成過量的農藥殘留。甲拌磷是透明、有輕微臭味的油狀液體，主要用途是殺蟲劑，具胃毒、解殺、薰蒸作用。中國曾公告明定，甲拌磷為高毒農藥，不得用於蔬菜、果樹、茶葉、中草藥材上。

於是，棉花們受到了感染，一株一株都笑了，大朵大朵的花在田野裡張揚著，鋪陳著。遠遠望去，棉花不再是單獨的一株兩株，而是青翠的一片。近前，只見棉花們的枝條紛繁著，錯落著，在跳著一曲集體舞。

棉花進入了青春期。施肥，噴藥，打杈，母親更加忙碌了。棉花五彩繽紛，搖曳生姿，蜂飛蝶舞。蚜蟲妒顏色，這些長舌婦，也趕來搬弄是非，中傷美麗。農藥是少不了的，每隔四五天就要噴灑一次。

母親背著噴霧器，手持噴頭，深入棉花們中間，說著一些貼心的話語。噴藥的時候，母親是絕不讓我進棉田的。我不知道母親和棉花說了些什麼，即使二十年以後，我站在講臺上，用教鞭敲打著某一些漢字，我也只能這樣說，記住並理解它們的含義，這些漢字就會開口說話。在母親眼裡，大片的棉花就是一群美麗的姑娘。棉花常常異想天開，犯一些現在想來非常美麗的錯誤。比如我，撿了木柴，支起水壺，蹲在地頭給母親燒水，我偷了一個地瓜放進去，那水真甜，母親喝了一口就覺出不對勁。說說棉花吧。棉花淘氣，總愛搞小動作，分出一些小杈杈，和風嬉戲著。母親趕緊制止，像給孩子剪指甲一樣，輕輕掐掉嫩嫩的棉花杈。

棉花太調皮了，母親剛剛走過去，她們就豎起「小耳朵」，來探聽動靜。幾個來回，母親自然累得腰酸背疼。棉花長高了，要一門心思結桃，母親就給它們一個一個盤頭，棉花要做新娘了。模樣俊性子綿心腸軟，棉花出落成鄉村百裡挑一的好姑娘。這是一種儀式。在鄉間，習慣的叫法是「打尖」、「打頭」，我的記憶裡，母親從來沒有打過我們，從來沒有。

轉眼就是麥收。棉花的日子比麥粒還稠。紅的、黃的、粉的、白的花，落了，棉花掛桃了。哪怕葉子上的一顆露珠，母親噴藥時也要躲閃著，小心呵護著它的圓潤晶瑩。這是棉花最沉靜的時刻。在我們看不見的地方，棉花默默地把絲拉得又細又長。有時一場意想不到的大雨，擊落了幾個棉桃，母親一個一個地撿起來，在地頭上曬了，掰開，潔白潔白的，是棉花的心，手裡濕濕的，棉花還在流淚呢。

棉花成熟的目光來自秋天。立秋過後，棉桃綻開了，是大朵大朵白色的火焰。開始是一朵兩朵，掩在葉子裡，怕羞。幾朵白雲從棉田的上空飄過，棉花似乎受了鼓舞，悄悄地呈現星星的白，風耐不住性子，過來推一把，棉花就站在了農村大舞臺的中心：一張豐滿的臉，天仙的臉，如凝霜雪。

從春到秋，一種作物，能兩次達到美麗的極點，它是偉大的。上午十點鐘，站在地頭的母親，抓一朵棉花一咬，聽到「嘎嘣」一聲響，母親把包袱繫在腰間，下地了。拾棉花，和搶收小麥一樣，打的是一場時間戰。一到這時候，母親忙得中午也不回家。都是我給母親送飯。我站在田邊，喊母親，她聽不見，我遠遠地望著，母親的背影，晃動在大片大片的雲彩裡。她只看見了棉花。

我的母親性子綿軟，幹活有耐磨，她管理的棉花畝產皮棉兩百多斤，成了鄉里有名的植棉能手。有一天，縣委辦公室主任穿過繁忙的事務和飛揚的塵土，下鄉視察，來到了母親的棉田，他向母親伸出了熱情的右手，我的母親，我的出了家門就泡在棉田的母親，卻從包袱裡抓了一把棉花，塞到了人家的手裡。後來，母親被棉花們推選為縣人大代表。臨去開會的時候，父親反復地叮囑：你看人家上哪兒你上哪兒，人家選誰你選誰，棉田，我先替你管兩天。

我的童年，是和棉花一起度過的。我的一生，也將在棉花的溫軟裡度過。我和世界之間，隔著一朵棉花，我通過一朵棉花，去愛著這個世界，體味著世間的溫暖。現在，我的母親，永遠地生活在了大片大片的白雲之上。

我和棉花的關係，也因母親的遠去而日益密切。可是，我的故鄉已經找不到一株棉花了。在故鄉務農的妹妹，十年以前，就種起了大薑，經濟收入遠遠超過了我。

我的母親埋在了昔日棉田以北的樹林裡。給母親上墳的時候，我看到，村南上坡的土地早早地站起來了，站成二層小樓或者沿路門市，村北是大片大片的玉米。——棉花消失了，我的眼前一片空洞。

02 葵花朵朵

青青園中葵，朝露待日晞。
陽春布德澤，萬物生光輝。
——漢樂府【註3】〈長歌行〉

葵花，不在城市裡生長。

城市裡，只栽種腳手架混凝土，還有高跟鞋和紅綠燈。

飽滿的葵花子是城市的，它們很氣派地站在大超市的櫃檯上，期待一雙紅唇烈焰般的親吻。

低頭是民間，仰首是長天。葵花依戀土地，它唯一的低垂的頭，不停地訴說著秋實的赤誠。葵花是我們舉手即可觸摸的天空，而遠在葵花之上，那一輪流轉的金黃，不過是更高的花朵，晨開昏謝。謙卑的葵花熱烈的葵花，是茫茫黃土的太陽，從早春到深秋，一直伴隨著農事而榮而枯。

田壟上，溝渠邊，籬笆旁，隨便一處地方，都有葵花在生長。葵花，在農忙季節裡燦爛著。在鄉間，隨處可見它們遊動的身影。天剛放亮，早有幾棵站在田間地頭察看莊稼的長勢，抬頭就是一臉的陽光。畦埂上的那些，長得特別高大強壯，看起來更像一群「鋤禾日當午」的漢子，拄著鋤把，擦去汗水，看看頭頂的烈日是不是又毒了幾分，這樣，能曬死地裡的雜草，免得再糟蹋禾苗。

許是常在井臺旁轉悠的緣故，村頭菜園裡的三兩株，葉子尤為青翠，晚炊裡，那該是母親手搭的涼棚吧？

在葵花的注視下，我們一點點長大。每每抬頭仰望，總能看見一張燦爛的笑臉，讀

〔註3〕漢樂府：樂府歌謠產生於漢代，其來源是仿效周代的行人之官，到各個諸侯國收集民間詩歌，以便知道民間疾苦。「樂府」這一個官方機構，在漢武帝時設置。漢代以來，也有文人作家模仿樂府的風格進行創作，因此「樂府」逐漸成為一種文學體裁。

不出它的一絲憂傷，也聽不到它哪怕極細微的歎息。也許是因為我們這一些籽粒，被葵花高舉在頭頂，眼睛只注意了遠方的風景。這情形，極像勞累了一天的父親，晚上還馱著我去大隊的場院裡看電影。就為電影的畫面看得再仔細一些，我騎在父親的頭上，雙腿夾住他的脖子，他抓緊了我的小手，彷彿只有這樣才牢靠些，才成為父親身體的一部分。

那時節，放映場上最神氣的我，除了偶爾感覺到父親肩膀的寬闊身體的溫熱之外，我不知道還有別的什麼。葵花，承受著生活的重負而又了無抱怨。

總是在葵花燦爛的季節，我們一次次遠走他鄉。黑黑的籽粒成熟，太陽消失了，只有枯萎的葵盤，像一張滄桑的臉。那年冬天，我把一個葵盤帶回我蝸居的城市，供在我的書房。

有一天，三歲的女兒問我，爸爸，等我長大了，你會怎樣呢？我會老的，模樣就像這個葵盤。爸爸，我不要長大！我不要長大！我鼻子陡地【註4】一酸，硬是把淚水咽回

肚裡，然後一臉的陽光，一遍遍對女兒教唱「葵花朵朵向太陽」。她，是葵花的後代，她應該保持一顆「向陽心」。

土地太遼闊了，黃色一鋪千里。葵花，是站起來的土地。它濃得化不開的色彩，正是從土地上一點一滴地積攢起來的。

葵藿傾太陽，物性固莫奪。【註5】葵花，註定是皇天后土的太陽，它的每一朵花瓣上，都閃耀著農人的光榮與夢想。

〔註4〕陡地：突然的意思。

〔註5〕葵藿傾太陽，物性固莫奪：向日葵生性就朝著陽光，生物與生俱來的習性是難以改變的。藿，角豆的花葉。此句摘自杜甫〈自京赴奉先詠懷五百字〉。

03 蓮在江南

江南可採蓮，蓮葉何田田，魚戲蓮葉間。
魚戲蓮葉東，魚戲蓮葉西，
魚戲蓮葉南，魚戲蓮葉北。

——樂府古辭〈江南〉

蓮在江南，猶如菊開東籬，是一種遙遠的嫵媚。

江南可採蓮，蓮葉何田田。人生最幸採蓮人。乘一葉扁舟，載一船清香，攏一帆柔風，低眉抬眼之間，望不盡白雲碧水、綠葉紅蓮。此花端合在瑤池，人間能得幾回現？唯有江南，唯有水光瀲灩的江南煙雨空蒙的江南，才能滋養出這般絕世的紅顏。有花堪折直須折，莫留殘荷聽秋聲。

站在北方的池塘邊遙望江南，那該是十分荷葉五分花的清麗意境吧。葉是粉牆黛瓦，花是款步而行明明朗朗的江南女子。所有的江南女子都叫蓮花。蓮花在青山上採茶，蓮花在碧水邊浣衣，蓮花在園林裡撲蝶。

她們的清眸如水，她們的黛眉如煙。她們有的叫小荷，有的叫芙蓉，有的叫菡萏，腰肢輕擺，嫋嫋娜娜娉娉婷婷在水鄉江南，她們都是朵朵含笑出水的蓮。無水不蓮無蓮不花無花不燦爛的江南啊。

徜徉在詩詞歌賦的古典裡，很古色古香地觸摸蓮花，我閱讀的手指如呼吸梳過美女的雲鬢，是一種麻酥酥綿軟軟微顫顫的感覺，眼睛被一些嫩藕鮮荷潤澤著，不由得濕潤亮閃閃清澈澈了。

此刻，蓮花就在我的掌心。楚腰纖細，鶯歌宛轉，吳娃雙舞醉芙蓉。古典的蓮花，簡直就是一個美麗溫柔嬌豔的代名詞。凌波微步，羅襪生塵。古典的蓮花，象徵著端莊靜美、優雅高貴的東方神韻。

少年會老，歲歲年年，蓮花依然是最初的容顏，如初戀清純依舊顏色不改。既然今生註定不是蛟龍，何不做遊魚一尾，去嬉戲蓮葉間，搖落滿天的星星成晨露，一開口就是一些瑩澈的話語。池面風來波豔豔，陂間露下葉田田。

在水的透明中輕攬蓮花的腰肢，再也不讓多愁善感的姑娘撐著碧羅傘，獨自在雨季裡哀怨又彷徨，魚是幸福的。在詩詞的長河中，撐一支長篙，向蓮花更花處漫溯，眼睛是快樂的。

北方杯水難以邀蓮。江南多水，多以蓮為芳名的女子，羞答答嬌滴滴水靈靈在江南的夏天開放，默默又脈脈、幽幽又悠悠地飄著清香。選擇夏天，去江南採蓮，這於信奉不到長城非好漢的北方，是不是一種行為的背叛？

我覺得，在柔婉可人芳香醉人色彩迷人的蓮花面前，勇敢地吐露真誠，是一種忠實生活回歸自我從心靈出發抵達心靈的率真表現。愛寫在詩箋上，卻埋在面具裡，到了中年，再去做個採蓮人，卻要跨過一座長長的廊橋。那是橫亙在紅塵與理想之間的一座奈何橋啊，等在季節裡的容顏也只能如蓮花般的開落，紅衰翠減。

江南可採蓮，蓮葉何田田。就在夏天，就在今年，打點心情，架起小船，去江南採蓮。

04 潔白的茉莉花

刻玉雕瓊作小葩，清姿元不受鉛華。
西風偷得餘香去，分與秋城無限花。
——宋・趙福元〈茉莉〉

這是一朵一朵潔白的茉莉花。在夏天的夜晚，像一顆顆星星閃耀在碧澄的夜空，像一葉一葉銀帆悠然在綠色的海面。

一卉能熏一室香，炎天猶覺玉肌涼。是時，我正在讀泰戈爾【註6】（一八六一—一九四一）的《新月集》，我真切地感受著這濃郁的芳香。茉莉花名本是音譯，南宋人王十朋【註7】有詩曰：「遠從佛國到中華」，說茉莉花是從遙遠的佛國印度傳入中國的。沿著茉莉花開闢的悠遠的香徑，一九二四年泰戈爾訪華成功，分與秋城無限花。他的詩歌從此在中國廣為傳誦，如同茉莉花，現在各地多有栽培，已有六十多個品種。

芳香濃烈而醇和，清雅而不濁滯，沁人心脾，這就是泰戈爾的詩歌。茉莉花在印度人的心目中，是純真無邪、潔白無瑕的象徵。「呵，這些茉莉花，這些白的茉莉花！／我彷彿記得我第一次雙手捧著這些茉莉花，這些白的茉莉花的時候。」（泰戈爾〈第一次的茉莉〉）詩人的思緒，完完全全被茉莉花的潔白填滿了。

詩人崇尚白色，因為白色是一種簡潔，彷彿最簡單的生命形式。一朵一朵潔白的茉莉花，我感覺，那是等待詩句的白色紙頁，它拒絕著繁雜與華麗、矯情與膚淺。

上帝創造了世界上的一切，還要詩歌創造什麼。鄭振鐸說，《新月集》具有一種不可測的魔力，「它把我們從懷疑、貪婪的罪惡的世界，帶到秀嫩天真的兒童的新月之國裡去」。在印度的一角清淨之地，住著泰戈爾和他的一顆童心。

在陽臺的角上，在那栽著杜爾茜花【註8】的花盆放著的地方，矗立著只有詩人才能看見的國王的宮殿：牆壁是白色的銀，屋頂是耀眼的黃金。窗外榕樹旁的小池裡，日光在微波上跳舞，好像小梭在不知疲倦地織著金色的花氈。

那裡有的是貝殼，可以做餐具；那裡有的是落葉，翩然成小舟。當然，那裡有一群一群的花朵，在地下的學校裡上學。連跳動的心都是花朵呢！「朝陽出來時，開放而且抬起你的心，像一朵盛開的花。」（泰戈爾〈孩子的天使〉）

泰戈爾的詩歌就是他的生活。竹雞印在潔淨軟泥上的細小的足印就是一些清詞麗句，坐在泥土裡用枯枝斷梗隨便一劃，就是永遠的經典。他不會精心雕琢去追求一種富麗堂皇。滿紙是鮮活的意象，又看不到意象。

〔註6〕泰戈爾：羅賓德拉納特．泰戈爾（Rabindranath Tagore），一位印度詩人、哲學家和反現代民族主義者，一九一三年，他以《吉檀迦利》成為第一位獲得諾貝爾文學獎的亞洲人。

〔註7〕王十朋：字龜齡，號梅溪，南宋著名政治家、詩人、愛國名臣。他曾以「攬權」中興為對，被宋高宗親擢為狀元，官秘書郎。曾數次建議整頓朝政，起用抗金將領。孝宗立，累官侍御史，力陳抗金恢復之計。因救災除弊，有治績，時人繪像而祠之。乾道七年，王十朋逝世，年六十。紹熙三年，追諡「忠文」。著有《梅溪集》等。

〔註8〕杜爾茜花：指的是印度聖羅勒，「杜爾茜」在印度語中即為「無與倫比」的意思，在他們的生活中可以隨處可見印度聖羅勒的身影。根據印度古老傳說，聖羅勒是印度教大神毗濕奴妻子「吉祥女神」的化身，每年十月中、下旬印度各地都會慶賀「聖羅勒節」。

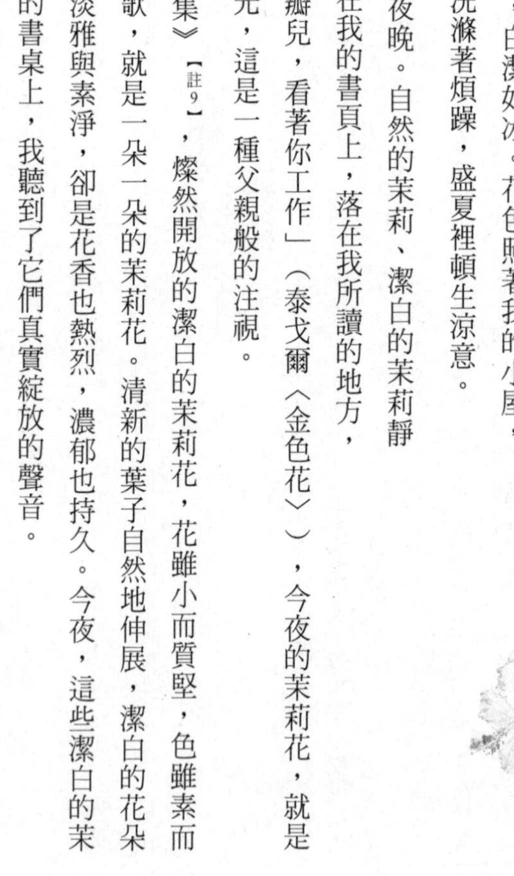

意象於他已不是包裝。豐富歸之於單純，絢麗凝練為樸素的風格。泰戈爾的詩歌，線條是那麼簡潔，自然得像生活本身，真是些燦然開放的茉莉花。葉子青翠，光澤和潤；花瓣色淡，白潔如冰。花色照著我的小屋，夜晚更加靜謐；花香洗滌著煩躁，盛夏裡頓生涼意。

這是一個美麗的夜晚。自然的茉莉、潔白的茉莉靜悄悄地綻放，花香落在我的書頁上，落在我所讀的地方，「我要悄悄地開放花瓣兒，看著你工作」（泰戈爾〈金色花〉），今夜的茉莉花，就是泰戈爾柔和平靜的目光，這是一種父親般的注視。

泰戈爾的《新月集》【註9】，燦然開放的潔白的茉莉花，花雖小而質堅，色雖素而至潔。一篇一篇的詩歌，就是一朵一朵的茉莉花。清新的葉子自然地伸展，潔白的花朵恬淡地綻開。一身的淡雅與素淨，卻是花香也熱烈，濃郁也持久。今夜，這些潔白的茉莉花就簇擁在我沉默的書桌上，我聽到了它們真實綻放的聲音。

茉莉花，自初夏至晚秋，花開不絕，蓋過各種花事；花香濃郁，有「人間第一香」

的美譽。花開在綠葉之上，彷彿碧澄的夜空閃著璀璨的星光。泰戈爾，一九一三年獲得諾貝爾文學獎金，一朵東方的潔白的茉莉花，燦然開放成最高的星辰。

啊，這些茉莉花，這些白的茉莉花！

〔註9〕新月集（The Crescent Moon）：泰戈爾創作的詩集，主要譯自一九〇三年出版的孟加拉文詩集《兒童集》。泰戈爾以孩子的眼光觀看這個世界所寫的作品，塑造了一批神形兼備，天真可愛的兒童形象。

05 春來醒世的紅顏

桃之夭夭，灼灼其華。
之子于歸，宜其室家。

——詩經〈周南．桃夭〉

我國是桃花的故鄉，桃花幾乎遍布大江南北。黃山桃花峰，蘇州桃花塢，每一處古跡，之所以能夠穿越時空而來，似乎也因為沾惹了桃花的清香。女孩的乳名也常常潤一「花」字。

你喊一聲桃花，一個村姑回過頭，三個村姑回過頭，家家戶戶溝溝坎坎，全是羞答答鮮嫩嫩的笑容。

我們喜愛桃花，因為它是一年中第一個給大地帶來豔色的使者。時令既然是立春，可陽光幾近無色，如冷冷的河水。風還是那麼無拘無束，裹著你時不由分說。覺著天氣轉暖，閃念間，春寒就順著褲腿直往上鑽。

白楊挑起毛毛蟲，那不是春天，灰黃蒼白怎會是春天？雀鳥唱著嘹亮的歌曲，也不是春天，隨便一隻麻雀，寒冬裡也能吼幾句通俗。春天在哪裡？春天在哪裡？你一千遍地問天，天空答你一把冷冷的雪花；你一萬遍地問地，大地應你漫山遍野的枯草。

爭開不待葉，密綴欲無條。在你一遍遍質問檯曆之時，桃花開了，而且開得這樣迫不及待。桃花開了，桃花開了，桃花熱烈成民間獨醒的紅顏。在過冬的鐵褐色枝條上，桃花細嫩的微笑撞開春天的門窗，一夜之間，紅色在大地上鋪陳。

陽光的表情還是淡淡的，桃花清幽的笑聲卻翻越了破敗的柵欄，消融了最後一抹殘霜。淺淺的笑意，纖弱的花萼，讓人憐愛，也讓人肅然起敬。

桃花，這世上燦爛絕頂的紅顏一降臨人間，我們的生活便由寒轉暖。你聽，那是一隻只站在枝頭的春鳥，那是一朵朵集結火焰的宣言。你看，每一根桃枝都是一條通往春天的大道。周邊的枯草也許明天就泛綠了吧，這樣想著，你感覺足心癢癢，似有人呼吸，是新綠在頑皮拱土。

桃花紅了，天空藍了，衰草綠了，春風香了，細雨甜了。鋤和渠水愉快地指向遠方，一群女子走到返青的麥田裡。她們是轉世的桃花。桃花如夢。桃花從古典的民間從女子的腮上悄悄升起。

「桃之夭夭，灼灼其華」，最早的桃花在《詩經》裡燦爛著，經久不謝。凌寒傲霜的菊花已不再是花，簡潔得只有精神。桃花卻是大俗大雅著的，它既以豔紅的色彩嫵媚的體態給人以視覺上的享受，又以優雅的詩意淡遠的意境給人以精神上的愉悅。它嬌嫩而又頑強，親切而又飄忽。遠遠望去，萬枝丹彩，洇染了一方天空，加之山嵐的渲染，那情那景，依稀是桃源仙境，似近實遠，忽隱忽現，似游龍騰霧，飄忽閃爍。

走到近前，桃花玉面含羞，如空谷佳人，紅中透紫的麗容在綠羅裙的烘托之下，顯出一種骨子裡的柔媚與風騷。轉過一棵桃樹。轉過一棵桃樹。你走進了一個傳說。惝恍迷離中，你忘了來路忘了來生。走不出憧憧花影，你是一個心甘情願的迷失者。

桃花的深處是村莊、流水和源遠流長的春天。從桃花的花蕊到桃源，也許只有一步之遙。花開灼灼，我們的夢想也茁茁；花開從容，我們的步履也輕鬆。營養桃花的，是淳樸溫厚的民間；澆灌桃花的，是永不凋零的希望。

06 虞美人

垓下已捐身，花枝血濺新。
芳魂化幽草，羞做漢宮春。

——清・孫念謀〈虞美人花〉

一種花草，名之以美人的名字，花色五彩繽紛，有著千嬌百媚的神韻，根系深長，離開故土便會枯萎死亡。如此美麗而孤傲，恐怕只有虞美人了吧。

「單瓣叢心，五色俱備，姿態蔥秀，嘗因風而舞，儼如蝶翅扇動。」品著《花鏡》【註10】裡的描繪，恍惚間覺得花不再是花，而是一個嬌豔多姿、翩然而舞的女子。影弱還如舞，花

〔註10〕《花鏡》：清代園藝學家陳淏子於一六八八年（康熙二十七年）所寫的一部園藝學著作。

嬌欲有言。它要訴說什麼？「漢兵已略地，四方楚歌聲。大王意氣盡，賤妾何聊生！」這是一個柔弱女子在男人時代最剛烈的表達，她高亢的聲音讓許多長槍一時間找不到詞彙。她，是虞姬。

虞美人，草本植物，莖枝纖細。虞姬，縞衣綦巾【註11】，窈窕淑女。虞美人，耐寒，喜向陽，宜植沙質土壤。虞姬，硝煙改變不了青春的顏色，只要伴著項王，唯願山高路長。

項羽也許不是秦朝末年最優秀的男人，但肯定是一個值得虞姬為他慨然赴死的男人。

那是一個深夜，深得只有曼舞的水袖。嬌小的身軀擋不住四面的楚歌，一柄長劍只能在瑩白如玉的脖頸上作一次淒美的旅行。「項王啊項王，在你迎風屹立胸襟開張的時候，我只是你征衣上的一顆紐扣。而今，你要躍馬疆場突圍殺敵，我怎會延緩你的馬蹄？」

虞美人的根很深，虞姬的愛扎得更深。芳魂化幽草，羞做漢宮春。在江上草和漢宮春之間，虞姬毅然決然地選擇了前者選擇了死亡。相傳第二年春天，虞姬的墓地「嗟虞

墩」上開滿了一種小花，五顏六色的，人們都叫它——虞美人。

虞美人很美麗，它的美麗在於它的傲骨在於它所堅持的土地。虞美人很鮮豔，因為那是碧血凝就，是一種死後重生的絕色。不知人世間所有美麗的東西，是不是都來自徹骨的痛？是不是都接受了血的洗禮？是不是都經歷了一番生命的涅槃？

有一則鬼故事：一萬年才修得人形，再有一萬年才修得七情六慾，才可以站在所愛的人面前，流下第一滴眼淚。

有一個女子，站在所愛的人面前，用第一滴鮮血，濺他出鞘的寶劍，用所有的熱血，化而為花，廝守著他們生活的土地，生生世世。人已沒，愛還在，彌而不去，終成香魂，在天為蝶，在地為花。

歷史的殺伐聲早已遠去，漢家的霸業早已隨江水流逝。只有虞美人，還是青春的模樣，年年春天，開遍大江南北。習習春風裡，那是一群翔舞的蝴蝶。百歲光陰一夢蝶。

啊，虞美人。

〔註11〕縞衣綦巾：白娟上衣與淺綠色圍裙，為古時女子所穿著的衣服。

07 傾聽雪語

六花來應臘，望雪一開顏。

——宋．韓琦〈詠雪詩〉

雪和雨都是水的精靈，卻有著不一樣的性情。雨，每走一步都要不同凡響。芭蕉葉上的雨聲，鮮亮著千古的惆悵；油紙傘上的腳步，踩痛了百年的愁怨。

雨聲，聽不得也。那晚，雨尋來一個廢棄的易開罐，朗聲吟哦，讓人聽了有一種清涼的傷感。還是聽雪吧。那是一群翩然起舞的蝴蝶，潔白的翅膀，紛然地下降，落在瓦片棲在草色，輕軟軟，細沙沙。在薄暮時分豎起所有的聽覺，傾聽這來自天國的鐘聲，讓人自覺不自覺寬闊了許多飄逸了許多。

一個靜靜的雪夜，我讀懂了這樣的詩句：「村民們悄悄地回答，火車悄悄地駛過。那教堂圓圓的頂上，長滿青草，鮮豔奪目。」

俄羅斯詩人尼古拉．魯勃佐夫【註12】（一九三六—一九七一）對生活的感覺，像雪花淺淺的絮語，打動著我的耳朵。是的，在世俗的斑駁與喧囂中，誰能從一朵雪花的焚燒中提取細細的溫暖。我靜靜地坐著，看這場大雪如何從內心鋪開，悄聲細語地抵達我的品格。

也許我應該坐上一夜坐上一生，讓這種潔白的聲音完全趕走我心中的嘈雜。白色的敲門聲，很輕。

走在雪地裡，腳下發出乾草一樣的聲響。雪落在樹枝上，雪落在腳印上，雪落在雪上，大地白茫茫一片真乾淨。眼角有溫熱的液體，那不是我的眼淚。雨天裡行走，一身

〔註12〕尼古拉．魯勃佐夫：俄羅斯抒情詩人，因父親戰爭時犧牲、母親因病早逝，六歲的尼古拉就在育幼院生活，不幸的往昔、戰爭、大自然和故鄉構成他抒情詩的憂鬱基調。一九六二年以後不斷發表詩作，遂成為前蘇聯詩歌界六〇年代和七〇年代初「悄聲細語派」的主要詩人。以抒情短詩著稱，筆觸細膩，從平淡常見的事物中發掘詩意，善於捕捉內心的瞬間感受。

泥濘，怎麼也詩意不起來。

列夫．托爾斯泰【註13】臨終前離家出走是在一個下著大雪的夜晚。夏花的絢爛最終歸結為秋葉的靜美，在俄羅斯鄉間的雪地裡，托翁變成了雪，除了雪，再也沒有別的什麼，整個世界都是一座潔白的宮殿。是雪重新創造了天地，是雪把托翁的絕望改寫成生命的飄逸。

俄羅斯給人的印象總是白雪茫茫。藍白紅三色旗中，白雪的光芒沐浴萬物。雪永遠是白的，久遠的雪至今不化，永遠也不會化，最深最厚的雪沉積在詩歌裡。

符拉基米爾．索科洛夫【註14】（一九二八—）是「悄聲細語」派詩歌領袖，他討厭詩歌像雨點搞出形形色色的聲響。「詩從來不是無聲的，也不是『高聲』的。詩只要是真實的和真摯直率的，即便是在細語，人們是仍然可以聽到的。」多麼自信的表達，閃爍著雪的清輝，隱隱透出雪的風骨。

大雪扇動萬籟，凌空飛揚，眼前滿是潔白潔白的詩句：「我希望在若隱若現的雪網中，有一盞路燈在搖晃，不要過早地熄滅它的光芒……我希望人們的雙手，不再在昏暗中，在轟炸時，冰得冰涼……」一片，一片又一片，恍惚間，一個世紀的身影走過。紛揚大雪裡，時間變得飄忽而緩慢，空間再也沒有界限，在漫長無邊的歲月裡，誰都可以感受著精細的生命。

最細微的聲音最有韌性，最能穿透厚重時空。「靜」派詩人索科洛夫們以一種喃喃絮語靈敏著我們的聽覺。我承認，這是這些年來最打動我的聲音。「大聲疾呼」只是瞬間的轟鳴，如絲如縷的訴說讓人細膩讓人深刻，讓人的靈魂輕得不能再輕，變成一朵雪花，淡雅而空靈。

鮑爾吉．原野【註15】在他的散文〈春雪化時〉這樣描繪草的歌聲：「草是草的歌聲

〔註13〕列夫．托爾斯泰：俄國小說家、哲學家、政治思想家，同時也是非暴力的基督教無政府主義者和教育改革家。著有《戰爭與和平》、《安娜．卡列尼娜》、《復活》等幾部被視為經典的長篇小說，被認為是世界最偉大的作家之一。

〔註14〕符拉基米爾．索科洛夫：「悄聲細語」派詩人，代表作〈我多麼希望〉。

〔註15〕鮑爾吉．原野：蒙古族，現為遼寧省公安廳專業作家、遼寧省作家協會副主席。一九八一年開始發表作品，已出版多本散文集，曾獲得魯迅文學獎等多種獎項。與中國歌手騰格、畫家朝戈並稱為中國文藝界的「草原三劍客」。

所喚醒的。那是清脆的，碎片式的，嘻嘻哈哈的歌聲。像小孩站在岸上往水裡擲冰。」世上有許許多多這樣的聲音，蟄伏在喧囂之外心靈之中。靜靜地聽，我的心呀，聽那世界的低語，這是它對你求愛的表示呀。後面這話的原主人是泰戈爾。

只是，在我們這個漸熱的星球上，漫天的大雪，如同太白先生【註16】的一襲白袍一樣罕見起來。我蝸居的這座城市，有時下雪只是表示個意思，比時髦女郎塗在臉上的脂粉還薄。但是，只要有一朵雪花，只要有一朵，它就會從六個方向感應著你心的律動。

傾聽雪語吧。淺淺雪聲，宛如脈脈細流鮮活著我們的血管。世上所有的嘈雜和喧響，將紛紛失去聲音而寂然黯然。

白雪，一個很耐咀嚼的意象，一座挖掘不盡的礦藏。

〔註16〕太白先生：李白，字太白，號青蓮居士，又號「謫仙人」，是唐朝浪漫主義詩人，被後人譽為「詩仙」，與杜甫並稱「李杜」。

08 牽牛花開

卉中深碧斯為最，繡蝶紅蜻宿近枝。
巧補疏籬陰漠漠，善緣高竹實纍纍。
——宋．舒岳祥〈牽牛花〉

牽牛花開了，似歡快的微笑。這是一支歌唱的隊伍，踩著節拍，吹著喇叭，一路搖搖擺擺向我走來。

最前面的一朵，圓似流泉，色如碧紗，仰面朝天，宛若空谷佳人吟詠風華。後面有一朵半遮半掩，臉頰飛霞，似有宋時的琵琶聲入耳。這是我第一次在田間地頭看一群奮然前行的生命。

聽說，牽牛花初綻放時，通體的潔白，牛乳裡洗過的色澤，濃綠掩不住的清純與明淨。

那時，我應該還在做夢，醒來後拉開窗簾，便把自己交給了喧囂的窗外。現在才覺得，凝神諦聽牽牛花輕快的腳步聲，是一件多麼美麗的事情。

原來生命是如此的多彩多姿，如一朵小小的牽牛花：素、碧、藍、茜。然而，一朵牽牛花的花期極短，開在露珠裡，枯在陽光下。短暫的花期，繽紛的色彩，豐富的生命，讓人想起遙遠的俄羅斯土地上的一棵嫩綠的小草——葉賽寧【註17】。

在田野上，葉賽寧自由地放牧著他的歌聲，欣然接受著水草的邀請。詩，是有氣味的，葉賽寧的詩歌，散發著一種質樸的泥土的馨香。高爾基【註18】說，葉賽寧是自然界特意為了詩歌而創造出來的一個器官。經歷過十月革命【註19】的葉賽寧，三十歲時便把土地當成了永遠的眠床。

我喜歡葉賽寧。這朵既然開放就要歌唱的小小牽牛花，這朵短暫而燦爛的小小的牽牛花。

開在秋風裡的牽牛花，有一種恬然的自信，它飽滿而燦爛地笑著。百尺柔條，千葉秀蕚，這朵謝了，明晨還會有新的笑容綻開。插在花瓶裡擺在餐桌上，有一些花永不凋謝，它們在美化真實的同時歪曲了生命，它們完美得太殘缺，沒有蜂鬧蝶戲，沒有暗香浮動。

地上一種牽牛花，天上一顆牽牛星，這是一種無意的巧合還是冥冥中的註定？總之，牽牛花燦爛著一個美麗的傳說。天孫滴下相思淚，長向秋深結此花。據說，貧苦孤兒牛郎與天帝的孫女織女兩情相悅，卻被滾滾銀河無情阻隔。

一年漫長的等待，只為一夕的相會。農曆七月七日，鵲橋，鵲橋下面葡萄架，葡萄架下碧玉串串。因為只有一天，所以中國只有一個乞巧節。在這一天，所有的事情都要帶一個「巧」字，這樣一年中就都會碰上巧事。

〔註17〕葉賽寧：俄國詩人，以創作抒情詩文為主。一九一五年發表第一本詩集《亡靈節》，開始聞名於文壇。直到一九二五年十二月二十八日，被發現在聖彼得堡一家旅館輕生，時年三十歲，他在死前留下了最後一首詩——〈再見，我的朋友，再見〉。

〔註18〕高爾基：本名為阿列克謝．彼什科夫，馬克西姆．高爾基為其筆名。社會主義、現實主義文學奠基者，政治活動家、蘇聯文學的創始人。

〔註19〕十月革命：因各黨爭權鬥爭，列寧提出「和平、土地、麵包」口號，組織工、農「紅衛兵」保護各地蘇維埃，於一九一七年十一月發起政變，推翻民主政府，另建蘇維埃政府。

有一種花，在寂寞的長夜靜靜等待，等待綠葉上響動起清涼的露珠，它開放就要歌唱。它絕色而內涵豐富，但是它晨開——午謝，一生的努力，也只能獲得短暫的燦爛。短短幾小時的花期，卻創造了生命的奇跡。

既然無法延長生命的長度，就只有拓展生命的寬度。

啊，今生今世，我願做一朵小小的牽牛花。

09 梨花飛雪

梨花如靜女，寂寞出春暮。
春色惜天真，玉頰洗風露。
素月談相映，肅然見風度。
恨無塵外人，為續雪香句。
孤芳忌太潔，莫遣凡卉妒。
——元好問【註20】〈梨花海棠二首〉其一

登山北望，大地敞亮，自西而東，是一幅奇異的場景。濰水【註21】蔚藍，它是大地中心的一道亮光，照耀著河邊的水草和莊稼，讓綠

〔註20〕元好問：字裕之，號遺山，山西秀容（今山西沂州）人，世稱遺山先生。金、元之際著名的文學家。著有《中州集》、《南冠錄》、《壬辰雜編》、《續夷堅志》等作品。

〔註21〕濰水：別稱「濰河」。中國山東省濰坊市主要河流之一，其中游的峽山水庫為山東省第一大水庫。

的碧綠，黃的金黃。

相對於石頭穩固的生活，濰水的流動為河畔的人生提供了另一種可能性，這裡的人們很早就漂洋過海，去南洋打撈異國的陽光。固守家園與闖蕩世界，耕讀漁樵與濟世救國，就像兩個不同的聲部，和諧在一曲生命的大音和家園的交響裡。

濰水之東，是大片大片的作物，仔細看，這片耕地也不是單一的色調，而是碧綠的小麥、潔白的地膜和金黃的泥土交互呈現，使得大地成了一個調色板。還有些單調吧，田間地頭站立著那麼三兩棵樹，沉寂的色塊也變得鮮活起來，春風吹吹，種子在鬆軟的黃土裡做夢，幼苗在暖濕的地膜下呼吸，植株在溫熱的陽光中拔節吐綠，共同構成了一個家族的眾生喧嘩。

這樣的一段過渡之後，新的光出現了。耕地東南，千樹梨花飛雪，大地一片潔白。玉潔冰清的色。玉骨冰肌的貌。好白！蜂擁而至的白，讓人色盲，讓人眼前生出無窮的幻覺來，讓人覺得大地原本就是一片流銀樣的潔白。望著望著，似乎看見每一根樹枝上都懸掛著一輪月亮，每一輪月亮都閃著潔白無瑕的光芒。

山之陽陽光充沛，尤令人內心敞亮，梨花節開幕式上人頭攢動，各色小吃香氣亂撞，到處洋溢著俗世的歡樂和介入生活的熱情；山之陰月光蕩蕩，一樹一樹的白妝素裙，宛如靜女月下佇立，美麗得讓人心疼。

如果說山之陽是陽性的，熱情爽朗，有著岩石一般的滄桑面容和鮮明棱角，那麼山之陰則是陰柔的風花雪月，是芳春照流雪，是玉頰洗風露，是萬頃琥珀光，容顏如玉，倩影翩翩，寂寞出春暮，在桃李已現倦容之時，梨花是多麼的超塵脫俗，多麼的高潔清逸。

熱烈與涼薄、粗獷與細膩、堅硬與柔情、喧鬧與安靜、世俗與精神，就這樣奇妙地融合在大地之上，這實在是大地的奇觀，地理的奇觀，文化的奇觀。

也許有人對此不以為然：大地本來就是這樣的嘛，寫作者喜歡粉飾所見拔高所寫罷了。如果一條河流湧動著五顏六色的垃圾，如果砍了梨樹打造水邊度假別墅，那又是怎樣的景觀？在這個戰天鬥地的新時代，大地上的事物能夠保持原在，本身就是一件驚心動魄的事情。

千年梨園有多個截然不同的入口。從梨花節開幕式現場側身而入，有一條硬化的旅遊線路，可以買到去年的謝花甜、馬蹄黃和剛剛疏花之後的落英，可以遇見千年梨王，站在大紅地毯上，與它合影。

另一個入口是登山北望，模仿當年漢武帝的行為方式，獲得一個異於平地的視角。以不同的方式進入，看到的景觀自然相異。我的雙腳一踩上鬆軟的沙地，就有一種臉紅心跳的感覺，似乎是碰觸了女人的某個敏感部位，我甚至擔心給踩疼了，卻又想多逗留一會，延續這種親密的接觸。

梨花就在眼前，我確信它們看到了一個花癡。輕輕拉近梨花一枝，我的鼻子努力地往花瓣上貼，故意作深呼吸狀，似有淡雅的香氣。在凝視梨花的剎那，發現它也素面向我，心頭一顫：它的潔淨清婉讓我想起了初戀。

學校要舉行歌詠比賽，晚飯以後，我們全班同學都要進行排練，在自己的教室裡，有時也去搶佔

比賽場地，男生女生一律的白襯衣黑長褲，就像一個個音符融合在一曲大合唱裡。不用刻意細嗅，我也能呼吸到她的淡雅的香氣；不必凝神諦聽，我也感覺她的歌聲經由我的耳朵觸電般傳遍我的全身。

初戀是世間最美好純淨的情感，但遺憾和傷感也往往是它的賜予。

梨花，讓人變得脆弱感傷。「玉容寂寞淚闌干，梨花一枝春帶雨」，是白居易的詩歌，我覺得，這絕美的十四字是描寫梨花的上品，它不僅傳達了那等在季節裡的容顏的寂寞之狀，也呈現了在空間上梨花那讓人不忍碰觸的美麗之姿。

寂寞無形，卻使時間起伏漲落，空間愈加空洞和寬闊，在這清冷的寂寞裡想抓住什麼，於是思念就乘虛而入，此時的伊人，蛾眉間鎖淡淡愁，眼睫上掛瑩瑩淚。梨花是古典的靜女形象，它安靜自持，真真的愛戀，默默的哭泣。

在這樣的美麗面前，我寧願是一灘稀泥，軟弱無助，任憑梨花的珠淚一滴一滴，擊潰我的身體。

梨花讓人柔情似水，梨枝卻使人從容如風。山陽有著敬仰祖先也敬仰神靈的古風。這種敬仰，使得先人的血脈和智慧得以向後傳遞，後人也擁有了歷史的眼光；這種敬仰，讓梨樹生長了一千年而不倒，年年春天都捧出一樹嬌嫩的花朵。

梨樹低矮，稱得上樹木中的弱勢群體，但它的每一根梨枝都狀若虯龍，質如堅鐵，都從時間的深處延伸而來；梨枝的每一次縱向或者橫貫，每一次執拗或者彎曲，看似隨意自然，實則是梨樹「在每一個微小的自然細節上做出的深思熟慮、天衣無縫的應對」（李敬澤【註22】〈大地上的標記〉），比如冷雨來襲，比如蜜蜂飛臨。

千年梨園，萬頃月光，在這恆定不更的場景裡行走，恍惚間，竟如時空穿梭，滄桑的歷史以樹枝的姿勢出現，而鮮亮的今天則以梨花的方式綻放。

〔註22〕李敬澤：祖籍山西，北京大學中文系畢業。歷任《小說選刊》雜誌編輯、《人民文學》雜誌編輯、第一編輯室副主任、主任、副主編。

10 山中的紅櫻桃

石榴未拆梅猶小，愛此山花四五株。
斜日庭前風嫋嫋，碧油千片漏紅珠。
——唐・張祜【註23】〈櫻桃〉

四月天，當陽光又一次投向這個一百五十六平方公里的山區小鎮時，最先光芒四射的是摘藥山。這座柘樹、雲松、板栗、槐花、茅草、丹參、遠志、瓜蔞、黃芹、生地、玄武石、石灰石共同簇擁著的高山，因為處於大地的中央而被無數美好的事物所環繞。白雲被它感化成甘霖，流水被它打磨成翡翠。一棵小草在它去

〔註23〕張祜：字承吉，唐代著名詩人。出生在清河張氏望族，家世顯赫，人稱張公子，有「海內名士」之譽。張祜在詩歌創作上取得卓越的成就，其中就以〈宮詞〉得名。

年的根上拔節，一隻雀鳥在開闢著絕不雷同的飛行路線。

大山的子民呢？他們只要每天勞動在摘藥山周邊，心裡就特別踏實溫暖。春華繼以秋實，青翠接續枯黃，環繞它的一切都在變化，山的子民仰望的姿勢崇拜的眼神內心的指向永遠不會改變。

山腳下，櫻桃正紅。櫻桃是「百果第一枝」，它紅豔光潔圓潤豐盈，在人間四月天裡呈現著它的全部美麗。「懿夫櫻桃之為樹，先百果而含榮，既離離而春就，乍苒苒而東迎」，一樹櫻桃使後梁宣帝的文字從古代延續到今天，並呈現在摘藥山四月的天光裡。

一切美好事物都有固定的精神指向。飛鳥歸巢，樹枝搖翠。一朵黃色的小花在自己的陰涼裡陶醉。淺淺的櫻桃花，掩隱在枝繁葉茂之間，積蓄生長的能量，就像日出扶桑，剎那間爆出一樹小小的紅太陽。像珍珠，像寶石，那是大眾的比喻。早春第一果，它紅

透在摘藥山下，而並非城市的陽臺上，一定有著非同尋常的意義。

採摘櫻桃時，我們異常地小心謹慎，生怕碰落了其他的瑪瑙，畢恭畢敬地伸出靈活的右手，接近紅果時，拇指和食指鄭重地靠攏，捏住纖細的櫻桃蒂，輕輕地掐斷，千片碧油裡的一顆紅珠才成為手心裡的寶。整個採摘過程需要足夠的細心和耐心，有著儀式一般的莊重和虔誠。

由此想到老子採藥修行，或者孔子周遊列國，這些思想家並非搖唇鼓舌者，而是在用個人的行動構建一種思想體系，依照這種思想的導向選擇著自己的存在方式。採摘櫻桃時，我們只是出於內心的一種珍惜，「豫兮，若冬涉川；猶兮，若畏四鄰；儼兮，其若客」〈道德經．十五章〉，在無知無覺的狀態中，我們卻再現了老子的行為方式。

11 四月雪

當四月的天空，忽然下了雪霜，就會想起信仰；當個人的往事，忽然失去重量，就擁有堅強的力量。

——王菲《四月雪》

一路上，默讀著柳樹，我把每一樹柳條都讀成柳山的索引，試圖探尋小鎮形成的緣由。

柳山，遠古封山之地。堯帝封賜給丹朱的朱虛就是我視野裡的山河嗎？堯之後，帝王們開始了一場跨越時空的御賜接力。「臨淄為京、城頭為城」（城頭，柳山鎮轄區城頭村），是春秋的手筆；朱虛侯國設都城於城頭，則是大漢的作為。這裡人說話，往往最後一個字用降調，聲音是下沉的，在一番曲折變化之後，是深深的感歎。

柳山在用它的地名和年年柳色記憶著一個外鄉人的姓名，一個遠去的背影。柳下蹠，本名展雄，春秋末年魯國西北部柳下（今新泰西柳村）人，西元前四七五年率九千奴隸起義。蹠，赤腳奴隸。義軍轉戰於黃河流域，曾在此山安營紮寨，習武練兵，柳山因此得名。歷代帝王斥為盜蹠的反動人物，不曾想，卻被柳山大地尊為千古英雄。

去廟山村，看「四月雪」。兩株站在路邊的古樹，吸引著我的目光。兩樹在地平面上相隔十餘米，到了樹冠的高度，則「枝枝相覆蓋，葉葉相交通」（〈孔雀東南飛〉），形成近千平方的濃蔭。

兩株古老的流蘇已有六百多年的樹齡，是廟山村的樹神，最初是三株，日偽漢奸生生砍了其中的一株，修了炮樓，也修了葬送自己的墳墓。如今，這兩株流蘇就是一片森林，遙想每年的四月中旬，流蘇開花了，潔白的翅膀，紛然地下降，清風吹吹，樹葉簌簌，如蝶起舞，如雪飛揚。看哪，看哪，四月大雪，好大的雪。

老人們的目光向著流蘇樹仰望，一群孩子嚷著好白好白，落到地面就可以打一場雪仗了。兩株美學之樹，一村鄉土詩人。一邊是煦暖的陽光，一邊是清涼的香雪，讓從古樹旁邊走過的人覺得自己是在走向美好的天堂世界。

古樹也影響著村落的房屋。老房子用碗口粗的樹木做檁條，挑起木椽；坡屋頂探出屋簷，用以搭建家居的陰涼，也確保雨水避開窗戶順利流向大地。這樣的房子，其下是泥土，其上是樹木，而人就像雀鳥一樣在其中築巢孵卵，養育著一山清脆的嗓音。

大樹底下好乘涼。即使築造新屋，也選擇偎依在樹的身邊，幾輩子都有依靠。這，就是生存的哲學。兩株古樹，是整個村莊探出的屋簷，古樹把一個村莊變成了一座巨大的庭院，在大地上勞動，鋤禾日當午，悠然見古樹之際，就有一股若有若無的清風拂過臉頰，輕輕拭去耕者的汗滴。

一個過路的外鄉人和兩株扎根的古樹，一虛一實，虛的化成一縷清風，實的撐開遼闊時空，在柳山大地上，它們都是至高無上的神靈，都領受著柳山子民的推崇和敬奉。

柳山沒有將某朝帝王神化，也未曾把地域優勢誇誇其談，它看重的是一種精神。就像柳樹，可播種育苗，可扡插【註24】繁殖，不擇肥瘦之地，耐乾旱抗嚴寒，在溪畔橫參翠柳，於路邊楊柳依依，赴深谷一樹碧玉。

「無論是紅色的、黃色的、黑色的土壤，我都將頑強地、熱情地生活」（李瑛【註25】〈我驕傲，我是一棵樹〉），從這裡我們可以看出，柳山最大的財富不是財政總收入的可喜數位，也不是人均存款數額的迅速提升，而是小鎮自古以來的精神積澱【註26】。這是經年累月形成的生命哲學，是深藏於大地深處的思想根系。

〔註24〕扡插：植物無性繁殖之一，取植物的營養器官（枝、根等），插入濕潤的土壤中，使生根抽枝，成為新植株。

〔註25〕李瑛：當代詩人，一九四五年考入北京大學中文系，並開始於刊物上發表詩作。〈我驕傲，我是一棵樹〉是李瑛一九八〇年出版的一本詩集中的代表作，他的詩作有的已譯成了外文。

〔註26〕積澱：指思想、習俗、文化、經驗的累積。

12 菊花的婚禮

秋叢繞舍似陶家，遍繞籬邊日漸斜。
不是花中偏愛菊，此花開盡更無花。
——唐・元稹【註27】〈菊花〉

要不是菊花把婚禮選在重陽節這天，說不定山裡會有多冷清呢！

菊花可是十里聞名的好姑娘。牡丹進城開花店當老闆成了富姐；玫瑰身價暴漲，飄進飄出寫字樓、美容院、夜總會，是典型的「大眾情人」。只有菊花，一身樸素的青衣，從春華走到秋實。據說，上山下鄉的詩人一眼就發現了菊花，一杯菊花酒，一首抒情詩，落拓的詩人也自香其香了。菊花從來沒有說過。春耕夏收秋種，菊花的婚期是一拖再拖。

不「五一」【註28】也不「十一」【註29】，就定在重陽節吧。菊花的情人是山上的太陽。

重陽這天，太陽早早爬上了山岡。太陽，是高山的兒子；菊花，是大地的女兒。正是菊花最芬芳的季節，正是菊花最燦爛的時刻，為什麼花瓣一樣的俏臉掛滿了晶瑩的秋露？菊花在哭嫁呢！

她一針一線縫製的菊枕，給老人們治好了頭風；她清早上山採摘的菊花茶，泡濃了多少黃昏？老人們都說，俺菊花可是百裡挑一的好姑娘。今天咱菊花結婚，咱老人就過節吧。「不是花中偏愛菊，此花開盡更無花」，這分明是太陽熱辣辣的情話。

菊花和太陽的婚禮在大山的簇擁下舉行了。

農家的瓦房排成一管管嗩吶，人們紛紛打開家門時，山村便流淌著喜慶的樂曲，一如輕鬆明快的山溪水，山路這面大鼓也被密集的腳步敲響了，滿山盡是茱萸的請柬。風

〔註27〕元稹：字微之，別字威明，唐洛陽人（今河南洛陽）。早年和白居易共同提倡「新樂府運動」，世人常把他和白居易並稱為「元白」。

〔註28〕五一：五月一日，國際勞動節。

〔註29〕十一：十月一日，中國的國慶日，屆時會放七天長假。

雅的詩人說「飲酒賞菊去」，莊戶人前呼後應著：「吃喜酒看新娘鬧洞房了！」

大山做證。空曠的大山在牡丹們逃往城市後更加荒涼。菊花，一個有著石頭一樣堅韌性格和陽光一樣芳香久遠的山鄉女孩的名字，她一生的堅持是大山最初的顏色和最終的燦爛。

比早晨更早的時候，她眼眶裡盈滿明淨的期待，點亮了清晨的第一縷陽光。太陽，這個勤勞的小夥，上山就是一天，有時月亮喊他半天才收工回家。菊花和太陽的結合，讓人想起一種志同道合的愛情。有老人捋著銀白的鬍鬚笑了，這才叫夫妻相呢！

質樸的菊花，衣著和野蒿相似，她的美麗最容易被王孫們的眼睛省略。秋菊有佳色。太陽為她戴上了金黃的花冠。紛披的花瓣，是用縷縷陽光編織而成。初春的萌芽，盛夏的沉默，終於在風涼露冷後勇敢而坦然地吐露愛意。這是菊花的節日。

在菊花和太陽深情凝視的一瞬間，人們陶醉其中了，暢飲新酒，泛萸簪菊，交換來的菊糕嚼在嘴裡好甜好香，這是菊花的喜糖啊。

是花，總得開。看著菊花和太陽手挽手一起金黃地走向冬天，人們忽然覺得，今年的冬天會特別溫暖。

13 焉得諼草，言樹之背

萱草生堂階，遊子行天涯。
慈母倚堂門，不見萱草花。
——唐・孟郊【註30】〈遊子詩〉

一直很喜歡《詩經》，隨便打開一篇，便是一些什麼蘩啊荇啊薇啊菲啊，像一群青衣素面的鄉下女子，它們幾乎主宰了我的眼睛甚至身邊的世界。

「焉得諼（同「萱」）草，言樹之背？」這是《詩經．衛風》中的一個句子，毛傳【註31】：

〔註30〕孟郊：字東野。唐代著名詩人，以短篇五言古詩最多，代表作有〈遊子吟〉。作詩苦心造詣，為詩所困，因而有「詩囚」之稱，又與賈島齊名，人稱「郊寒島瘦」。

〔註31〕《毛傳》：即毛詩。毛詩是《詩經》的版本之一，也是目前唯一流傳下來的版本。

「諼草令人忘憂。背，北堂也。」意思是說，我到哪裡去弄到一株萱草，種在母親堂前，讓母親樂而忘憂呢？

萱草，我們這裡叫它「黃花菜」，就好比把「媽媽」叫作「娘」一樣。

記得老屋的天井裡，確乎有幾棵黃花菜，也不知是誰栽上的，好像我生下來就有了。春來探幾枝纖細青翠的花莖，入夏開一簇高雅別致的黃花，像極了漏斗的模樣。黃英養性綠葉依籠，這是文人雅士的事情。

每每仲夏時節，母親總是很早起來，把天井裡三五朵含苞欲放的黃菜花蕾連蒂剪下，在清水裡浸泡一段時間，好像在經過一番修煉。於是，清晨我們便吃上了香甜甜脆生生的黃花菜。一開始我並不知道，問母親：「什麼菜這麼香啊，就像豬肉一樣。」那時，逢年過節才能吃上幾筷子豬肉，還得托關係有肉票【註32】。

後來，書讀多了，知道民間還有一種傳說，當婦女懷孕時，在胸前插上一株萱草花，就會生男孩，又名宜男草。這麼說，黃花菜也孕育了我，我也是草命。

我的眼前常常生動著這樣一幅畫面：老屋的四圍銜著一方湛藍的天空，湛藍的天空下面是一些色金黃形六瓣的花朵，猶如黃鵲仰首張口，吮吸著清晨的第一縷陽光，我的母親懷揣著內心隱秘的激情，小心翼翼地採摘著花朵上的露珠，穿行其中，她就是一株秋天的玉米，即使滿身都是濃密的葉子，也遮不住腹部飽滿的果實。

這是一幅沒有底版的照片，我所能記起的最柔軟的片段。

我本來要說絕版的。單一個「絕」字，就讓人想起絕路絕跡絕望絕症這些詞語，即使絕響也是絕後的，太霸道了，絕無迴旋的餘地。

我母親病了，目前國內尚無藥可以治癒。我討厭這個「絕」字。痛徹骨髓。老屋還是賣了。天井還在，新主人美輪美奐的瓦房，也許使天井顯得比天更小比歲月更深，也許黃花菜不用三年的時間就能攀上地面，也許更短。我很是沉溺於這樣的想像。

二〇〇四年秋天，搬來城裡不久，母親就病了，肌肉萎縮。茂密著鋼筋水泥的城市，就伸展不開一朵黃花菜的呼吸嗎？母親一躺下，自己就起不來，喝點水也嗆喉嚨。胳膊上的肌肉就像傍晚的黃花，枯萎了，眼瞅著就要凋謝。去北京尋醫問藥，火車在濰坊站

〔註32〕肉票：中國供城鄉人口購買肉類或肉製品的一種票證，是商品短缺形勢下的產物。八〇年代初期，隨著農業和輕紡工業的發展，肉類供應日趨豐富，肉票便隨之取消。

只停留五分鐘。

車門太高，我使勁拽著母親的胳膊，母親皺著眉頭：「別拽，疼！」、「大家等等好嗎？我母親病了。」聲音很大，我是喊給時間聽的。在我把母親抱上火車的一剎那，她的乳房正貼著我的胸膛，軟塌塌的，就像秋後的茄子，乾癟羸弱。母親的瘦弱，換來的就是我的強壯嗎？

有一次，在去看父母的路上，五歲的女兒忽然問我：「爸爸，是不是我長大了，就和你們分開了？」我很吃驚：「你為什麼問這個問題？」「我看你和爺爺奶奶分開了才問的，是不是啊，爸爸？」她居然用了「分」字。下面是一把「刀」，冥冥中一雙大手掌握著，誰也抗拒不了的，生生地把「人」分成兩下，一邊是天涯一邊是海角，一邊是陽間一邊是地下，交談的方式要麼是一輪明月要麼是一疊燒紙。

母親是我生命的來源，如果母親走了，就像河流失去了源頭，我不知道我究竟還能走多長的路程。母親是我精神的藍天，一旦母親離開了，我是不是從此就生活在黑沉沉

死寂寂的深夜。

北京回來以後，母親要熬中藥，慢慢調養神經。開始，我還堅持：「我照顧俺娘。工作丟了可以再找，娘只有一個。」我晚上下班要九點半。父母都不同意。母親去了父親那裡。父親過了春節，就在一家小廠給人看大門。誰言寸草心，報得三春暉。只要父母有一個還能動彈，就不給你報答的機會。

二〇〇五年夏天，一個悶熱的中午，一位散文編輯打來電話：「你今年文章的風格怎麼變了？」談的是稿子。我說家裡出了一些事情，可能是情鬱於中吧。於是她便開導我寬慰我，就像我的大姐。在電話這端，我已經淚流滿面。淚流滿面，曾經以為非常矯情的一個詞語，現在，在我的身上真實表現著。

我該怎麼辦？或許我應該珍惜和父母在一起的時間，把迎面走來的每一個日子都過得奢侈氣派，即使日子突然打住，也必然停留在某個愜意幸福的瞬間。《博物誌》【註33】

〔註33〕《博物誌》：晉朝張華所著的一部奇書，共十卷。內容包羅萬象，有山川地理知識，有歷史人物傳說，有奇異草木蟲魚、飛禽走獸，也有神仙方術，可謂集神話、古史、博物、雜說於一爐。

上說：「萱草，食之令人好歡樂，忘憂思，故曰忘憂草。」今朝風日好，堂前萱草花。白髮萱堂上，孩兒更共懷。

三十六歲的我，成了一個孩子，一個可能只有六歲的孩子。

「娘，我的文章發表了，在美國呢。」下午一放學，我便急忙忙興沖沖地跑去告訴了母親。我真的看見了母親的微笑，像一縷傍晚的天光，我的眼前很明亮。這些個夜晚，我都睡得很晚很晚。我在電腦前面不停地打字。我要用稿費給母親買藥，也買豆粉。本來是牛奶的，母親喝了鬧肚子，用她的話說，就是莊戶肚子，裝不下好東西的。我還要出我的第一本散文集，在封面俗氣十足地寫上：謹以此書獻給我的母親。

今夜已經很晚了，打完最後幾行文字，已是淩晨兩點。母親也進入夢鄉了吧。熒白的電腦螢幕上，我看見一千朵一萬朵的萱草花正鋪天蓋地地盛開。

清晨一大早，我還要去天下客那邊的早市——我要買一些鮮靈靈黃蠟蠟滴著露珠的黃花菜，趕到父母那裡，一起準備早飯呢。

14 秋風黃花

莫道不銷魂，簾卷西風，人比黃花瘦。

——宋・李清照〈醉花陰〉

秋天的青州，到處都是酒肆、茶樓、超市、菊花、熙熙攘攘的人流，像極了一句古詩：滿城盡帶黃金甲【註34】。

在這個季節，如果你沿范公亭中路西行，繞過唐楸宋槐，在南陽河畔，就會遇見一個人，或者一朵花。

或者，她就是一朵花。她的玉骨香魂，千迴百轉，化而為花。菊葉含翠搖風，黃花絲絲

〔註34〕滿城盡帶黃金甲：出自於黃巢〈不第後賦菊〉。此詩是黃巢落第後所作，他在起義之前，曾參加科舉考試，但沒有被錄取。科場失利後，借詠菊花來抒發自己的懷抱，寫下此詩。

抱蕊。她開得熱烈，開得決絕，這醒世的精神的火焰，照亮著整個秋天。

她，就是宋代詞人李清照【註35】。

「歸來堂」前是菊的領地，舒展著秋天最燦爛的笑容。

「歸來堂」的得名，源於陶淵明的一首清新恬靜的詩歌：〈歸去來兮辭〉。詩中有這麼幾句：「引壺觴以自酌，眄庭柯以怡顏。倚南窗以寄傲，審容膝之易安。」李清照一氣呵成，把內室命名為「易安室」，她自號「易安居士」，過著她不是草也不是樹的日子。

「歸來堂」的同義詞，是「易安」。秋天來了，菊花開了。

「濃睡不消殘酒」，醉了的詞人隨便臥進哪一朵花心裡，都是易安。歸來堂，這是一個詞的家園。

命名就是被照亮。九百年前，歸來堂是沉默的，歸一個叫青州的地名保管著。「東籬把酒黃昏後，有暗香盈袖。」現在，它被一闋清麗的宋詞照亮了。

站在歸來堂前，就像站在一個闊大敞亮的夢境裡。放眼西南，鬱鬱蒼蒼的雲門山，和我隔著一層薄薄的近視鏡片。東南唐楸宋槐既望，范公亭【註36】（為紀念范仲淹【註37】而建）上指雲霄，下臨清泉，六角飛簷如一群展翅欲飛的乳燕，給人一種老樹新芽的感覺；古城牆鋪陳出一種蔥蘢蒼翠的背景。

近前，陽水潺湲北去，將幢幢屋舍串連於碧波綠浪之間，輕描淡寫中展現出老樹新綠雀鳴、小橋流水人家的田園景象。最是小橋洗練，如一根藤蔓，拱在喧囂和靜謐之間。

九百年前的那個日子，清澈的水面上，出現了一個窈窕的倩影。李清照從容跨過小

〔註35〕李清照：北宋齊州（今山東省濟南市）人，中國歷史上最著名的女詞人，自號易安居士。

〔註36〕范公亭：范仲淹在青州為政時，當時流行一種傳染病，他親自汲水製藥，發放民間，制止了瘟病的流行，百姓相當感激。恰巧，南陽河畔有泉水湧出，百姓以為是范公的德行感動蒼天，就取名為「醴泉」，范仲淹在泉子上建造了一座亭子。北宋皇祐四年，他病逝於赴潁州途中，百姓為感念他，從而將亭子稱為「范公亭」。

〔註37〕范仲淹：字希文，北宋時期的名臣、思想家、政治家、文學家。因秉公直言而屢遭貶斥。在宋仁宗時期，發起「慶歷新政」，卻因新政觸犯了貴族官僚的利益，而遭到阻攔。新政受挫後，被貶出京城。范仲淹一生政績卓著，文學成就突出，死後諡號「文正」，世稱「范文正公」。

橋的一剎那，一朵水花，在她的臉頰上清爽爽亮閃閃地綻放。「細看取，屈平陶令，風韻正相宜。」（〈多麗．詠白菊〉）我到家了。李清照對自己說。是年，她二十七歲。

李清照的父親李格非【註38】在朝為官；母王氏，亦擅屬文。這種高貴的出身，在今天可是大大的資本：如果從文，可以進行「隱私」寫作，大賣身世；設若為官，可能躋身一級常委，步步青雲。

李清照十八歲為人妻，「怕郎猜道，奴面不如花面好。雲鬢斜簪，徒教郎比比看」（〈減字木蘭花〉），李清照初嫁的時候——撒嬌的女子，很像電影裡的經典鏡頭，女孩的玉手粉拳輕柔地砸著男人的胸膛，口裡喃喃著「你壞你壞」，然後一臉知足地跌倒在「壞人」的懷抱裡。

李清照的夫君趙明誠【註39】，金石考據家。他們，是中國歷史文壇上的同志愛人，人稱趙、李「夫婦擅朋友勝場」。如果拍一部京戲，片名也是現成的：《金石情緣》。少年趙明誠暗戀李清照，卻是朝思暮想，魂牽夢繞。

趙明誠小時，一日做夢，在夢中朗誦一首詩，醒來只記得三句話：「言與司合，安上已脫，芝芙草拔。」百思不得其解，就向父親討教。趙挺之聽了哈哈大笑：「吾兒要得一能文詞婦也。」明誠大惑不解。他父親說：「『言與司合』，是『詞』字，安上已脫，是『女』字，『芝芙草拔』是『之夫』二字。合起來就是『詞女之夫』。」（《瑯嬛記》【註40】）

慣看才子佳人小說，看慣門當戶對婚姻，趙明誠娶妻李清照，更像是上天的恩賜。試想，一個女子，容顏如花玉，才名動京城，只能解釋為上天鬼斧神工的大藝術。上天給李清照幸福的婚姻，也給她曠古的才華，讓她去充足享受世俗的快樂，去細細咀嚼一個小女人的甜蜜和傷感。

〔註38〕李格非：字文叔，濟南歷下人，北宋的文學家。以文章知遇於蘇軾，蘇門「後四學士」之一。著有《禮記說》、《洛陽名園記》一卷、《詠洛城記》一卷、《史傳辨志》五卷等，今存《洛陽名園記》一卷。

〔註39〕趙明誠：字德甫，宋徽宗時期宰相趙挺之的第三子。趙明誠參加文明詩會時，偶遇當時僅十八歲的李清照，從此為她做相思夢。趙明誠對金石學有相當研究，曾著《金石錄》一書。

〔註40〕《琅嬛記》：為一本中國古典小說，題名元代伊士珍撰寫，也有研究表明是明朝桑懌偽託。書中記載諸多荒誕不經或神話傳說的故事。

一一〇七年，經歷了家國變亂，趙明誠政治生涯陡然直下之際，卻是李清照抵達愛情巔峰之時。南陽河畔，酷夏無暑，亞冬背風。「歸來堂」，深得借景之妙，這裡「醴泉」（今天的「范公井」）深碧，陽河澄碧，雲門蒼碧，可謂青山碧水，氣韻俱佳。「富貴非吾願，帝鄉不可期」（陶淵明〈歸去來兮辭〉），也許，李清照的幸福觀就是「腿兒相挨，臉兒相偎，手兒相攜」（王實甫《西廂記》【註41】）。

在青州的那些年，菊花的燦爛就是李清照內心的豐滿，也彌漫成她生活的背景音樂。

李清照，陷溺在世俗的廝守和生活的和美裡——一個可人的小女子，她在岩石上聽松，在翻飛的紅葉上題著自己的新詞，習習的風，輕軟得好像羽毛一般。

她給菊花澆水，點點滴滴，這次第，怎一個「美」字了得！

嬌枝寵柳，露濃花瘦，她的纖纖素手握著花朵，握著一個女人眼前的幸福。暗香浮動，蕭蕭疏竹在水之湄弄影，時光沉澱於此的安寧和沉靜。生活何其幸福啊，大地溫和，石頭善良，早晨是一滴清脆的鳥鳴，中午是一只熟透的蘋果，呈現著它全部的豐盈和飽滿。入夜的青州千戶無聲，婆娑月影撒成萬家燈火，宛如朵朵金菊，層層馨香包裹著甜甜的夢囈。這是整個宋朝最為祥和的時候。

清風朗月之下，阿閣洞房之內，李清照和趙明誠卿卿我我，耳鬢廝磨，如蜂採蜜，如葉戲蝶。李清照要做的是一個溫柔體貼賢慧的小婦人，而不是什麼「古今才婦第一」。她需要的不是那些「前無古人，後無來者」的超拔詩詞，而是一個凡俗小女人的幸福，伸手即可觸摸的幸福。

〔註41〕《西廂記》：中國六才子書之一。最早取材於唐代詩人元稹所寫的傳奇《會真記》（又名《鶯鶯傳》），後被元代王實甫改編為雜劇，被稱為「元雜劇的壓卷之作」，對中國的語言、文化等各個方面皆頗有影響。

我一直覺得，李清照是個巧笑倩兮容貌姣好的小女人。她傷海棠，「綠肥紅瘦」；憐自己，「新來瘦」，「人比黃花瘦」。她吟「瘦」詠「愁」，完完全全是一個「梨花一枝春帶雨」的多情女子，讓人愛，讓人憐，讓人看著她，心尖兒是微微的疼，有一種禁不起的美。

按時下的美女標準，「瘦」了就有骨感。蒼白憔悴骨感瘦長，正是恣意流行的美女元素。好像除了一個「長」字，別的於李清照而言，都不缺乏。現在的美女為纖體瘦身花樣百出，不說也罷；李清照則是徹骨的相思所致，南渡的顛沛所迫。

我想，無論生活在宋朝還是現在，李清照都是一個真實的女子，真實得像生活本身。她靜美，也許有些小資。即使生活在鋼筋混凝土的城市，她也要在陽臺上供一枝養在清水裡的花。

她會經常地去時裝店，卻從來不買衣服，扯幾尺布料，自己剪裁成夢的形狀。她喜歡聽一首老歌，膠木留聲機氤氳著一種古舊的氣息，暗綠的老唱片轉動著她內心最隱秘的情感。她當然會在夜晚，菊花一般，層層疊疊地打開自己的心事，她是詩的，她天賦了詩人的氣質，我喜歡看她在幸福中陶醉的表情。

我曾經跟朋友笑談，你想寫詩嗎？那麼你就去戀愛；你想寫真實的詩嗎？那麼你得遭遇失戀。愛情是一種死亡般的大痛與大美。紀伯倫【註42】說：「它雖栽培你，它也刈剪你。」愛情是天堂也是地獄，使人銷魂，也令人斷腸。

說著說著，又一個秋天來臨了，菊花開了。發在林凋後的菊花，露冷時格外繁盛，花盞怒張，花瓣紛披，宛如神女仙娥飄飄臨凡。「秋叢繞舍似陶家，遍繞籬邊日漸斜」（元稹〈菊花〉），李清照穿過淚水涓涓的花露，一個人來到南陽河畔，煢煢孑立，她極目遠眺，薄霧濃雲遮擋了視線。

這一天，是重陽佳節。趙明誠幾天之前去了仰天山【註43】。此時的李清照，不是冠絕古今的第一才婦，她，而是一個癡等漢子的婆娘。

昨天夜裡，李清照醒了，惺忪的睡眼裡，是一種寂寞的形狀，一如礁石，在潮水退

〔註42〕紀伯倫（Jubran）：黎巴嫩詩人，代表作：《淚與笑》、《沙與沫》、《先知》。

〔註43〕仰天山：位在山東省，現為中國國家４Ａ級景區。仰天山集森林景觀、地貌景觀和人文景觀於一體，森林覆蓋較高，大部分區域為天然次生林，被譽為「天然森林公園」。

卻以後，湧泛著冰冷的月光。日上三竿，李清照慵懶地起床，錦被掀開，亂攤在床上如翻紅浪，梳妝鏡匣上落滿了灰塵。相愛的人不在身邊，她生活的秩序徹底打亂了。白晝何其漫長，香爐裡嫋出的煙縷，凝散無定，像是一些變幻著的人和事。

雲生在山頭，菊落在手心，深入花木的內部，她聽見思念拔節的聲音，一節一節地，黃昏緩慢如鐘。菊花黃了，一個藐視歲月的女子，香含秋露，質傲清霜。嬌弱的花朵，開得恣意、炫目，它有桃花的熱烈，牡丹的飽滿，可清寒的骨是自己的。在與菊花對視的一剎那，李清照看到了自己的今生和來世，她和菊花的相遇，註定了輝煌，也註定了永恆。

「薄霧濃雲愁永晝，瑞腦銷金獸。佳節又重陽，玉枕紗廚，半夜涼初透。東籬把酒黃昏後，有暗香盈袖。莫道不銷魂，簾卷西風，人比黃花瘦。」（〈醉花陰．重陽〉）

好一曲愛情的絕唱，好一朵秋風裡不勝銷魂的黃花。

從一一〇七年到一一二一年，李清照在青州居住了十四年。這，對於顛沛流離的李清照一生來說，是金石一樣的珍貴日子。十四年中，李清照和趙明誠完成了〈金石錄序〉，寫出了她一生中最美的詞，其中〈醉花陰．重陽〉「幽細淒清，聲情雙絕」（清．

許寶善【註44】），最為膾炙人口。她是詞中的弱女子，在愛情的潤澤下，淋漓盡致地展示了一個女人的幸福和哀愁。

幸福是什麼？它是來自內心深處的一種感覺，是對凡俗日子的一種詩意注視。守著自己相親相愛的人，吃一頓飯，嘮兩句家常，就是幸福。幸福是一種心態。譬如，菊花熱烈燦爛的時候，賞菊飲酒，是一種幸福；花事已殘寒氣撲面，當沸水注入，看風乾的菊花，在水杯的透明裡，驀然地長袖善舞，彷彿一位曠古佳人殷勤地把盞添香，也是一種幸福。

舊時東籬堂前花，已入尋常百姓家。今天的菊花，已經成了一種絢爛的禮花。越是節日，花事越繁盛，朵朵金黃，簇擁著千家萬戶的幸福生活。

〔註44〕許寶善：字斅虞，一字穆堂，江蘇青浦人。尤工散曲，著有《自怡軒樂府》四卷，及《自怡軒詩草》、《南北宋填詞譜》、《五經揭要》等，並傳於世。

15 綠蜻蜓

泉眼無聲惜細流，樹陰照水愛晴柔。
小荷才露尖尖角，早有蜻蜓立上頭。

——宋・楊萬里【註45】〈小池〉

蒙山在沂山的西南，距離我生活的城市兩百多公里。

這兩座山的山系合稱沂蒙山。這些年，我幾乎走遍沂山和它的山系，只有蒙山，像一個美好的念想，讓我在我的城市不時地踮起腳尖，完成對它的眺望。

「其西南諸峰，林壑尤美，望之蔚然而深秀者」，雲蒙也。我從歐陽修的好句子出發，直撲蒙山，一路上倒也省卻了鋪陳渲染起伏跌宕。轎車完成它的現代化使命之後，在石頭上趴成一隻烏黑的甲蟲。一切事物都在返回它的初始之地。花回到紅，樹回到綠，水回到清，鳥鳴回到清脆，人回到自然本真的狀態之中。

潔白的雲，在我們頭頂，信步閒庭，我總疑心雲上端坐著一個神，他像山上的牧人一樣，握著一根柳枝，放牧著一山的樹木在岩石上啃綠，在陽光下沐浴。山路蜿蜒盤旋，向山的縱深處延伸，它像一條肥碩的根，伸向哪裡，就有一叢叢的綠意茂密著，一聲聲的鳥啼響亮著；它又像一個誠實的嚮導，山重水複，柳暗花明，它一伸手臂，就能把我們帶到一個新奇的天地。

路邊是嶙峋的怪石。這些來自中生代的石頭，敦厚沉穩，猶如一張張大神的臉，面對著無涯的歲月。

山石的上面，一些金銀花開得正豔，同一株上的兩生花，花期有先後，顏色就迥然不同。初開的是銀花，很好看的月色，一瓣一瓣，瀉著清澈的亮光，彷彿少女的面容，

〔註45〕楊萬里：字廷秀，號誠齋，吉水（今江西省吉水縣）人。南宋傑出詩人，與尤袤、范成大、陸游合稱南宋「中興四大詩人」。

清純無邪。早開的銀花已經黃燦燦的了，好像仰首的黃鵠，吮吸著大山的一縷縷陽光，又如盛裝的女郎，一身的珠光寶氣，炫耀著大山的金礦。

板栗樹長得更為高大些，油綠的葉片蓄住了陽光。金子一般的陽光深入莖脈，使得葉子們通體油亮，板栗未熟，已是一樹碧玉。石頭容易吞食光譜，也容易被植物的陰影所遮蔽，它的表情模糊成了一種氣氛，神廟裡的氣氛。它深藏著的光亮，被花花樹樹們呈現為不同的色澤，它是有光環的，不過，我們往往忽略了它所承載的事物，或者割裂了石頭和植物的關係。

在山中，雲遊的是風。石頭不為風所動，樹葉們卻成了風吹動的音符，天地之間一片碎響。我們也是風，攪動起一湖的碧水。飛舞的水珠，擴大了我們的喜悅。彎腰掬水，手臂輕輕一揚，這個動作使身體變得輕盈，它有著飛翔的弧線。

在高山上，一片葉子在飛翔中獲得風的形狀，一束正午的陽光深入水的底部，又以珍珠的樣子回到敞亮的藍天下。香氣擴充著花朵的領地。一隻鳥很好聽地叫著，不見蹤影。

看哪，綠蝴蝶！在水的上游，有一些美麗的精靈在戲水，走近了，居然是蜻蜓，綠色的蜻蜓。它草色的翅膀幾近透明，浮著一層脆薄的光芒，有一種少女睫毛閃動的美。兩對翅膀，等長，以對稱的語詞描述著同一泓水流。頭部渾圓，有一對發達的複眼，窄小的前胸襯托著細長的腹，握持鉤刺的六足靠攏著突出的頭部。

我是第一次看到它，在蒙山，在水上，我的心裡是微微的疼：它像極了那些身材超好的大眼美女，靈秀，也敏感，有著致命的美，時刻保持著對周邊環境的新奇性和警惕性。它對環境是挑剔的，彷彿它的綠羅裙，不沾一絲灰塵。蜻蜓與蒙山的綠、流水的清、空氣的淨，相與為一，物物相諧，是一個無法割裂的整體。

在我日日走過的馬路上，如果看見綠蜻蜓在飛翔，我會懷疑自己的眼睛，以為它是妖精，變異的綠頭蒼蠅，轉世的美國白蛾，我會毅然決然地消滅它，或者倉皇張惶地遠離它。

但是，綠蜻蜓在蒙山的出現，是一件很自然的事情，就像在異地遇見初戀，有些吃驚，卻也釋然：這是蒙山啊！滿山飄動著綠葉，在我看來，那是更多的綠蜻蜓在舞蹈。好一個蒙山的舞林大會。

綠蜻蜓飛舞，蒙山就像一個古代的村莊，至今生活著稀有的物種，它又分明是一座神性的高山，蠍子六爪，眾所周知，可是蒙山不同，蒙山的蠍子八爪，外加二鉗，號稱「蒙山全蠍」。見了綠蜻蜓，我就是見過大世面的人了，就是看見鬼谷子【註46】和碧霞元君【註47】一前一後地走過，我也不會像某些娛樂節目主持人那樣故作驚詫狀，喊著：「奇跡啊奇跡偉大的奇跡」。

我感覺，我被蒙山的子宮重新孕育了一次，像一個孩子，只會一兩個簡單的音節，「美呀，美」，我就是《巴黎聖母院》【註48】裡那個醜陋的敲鐘人加西莫多。我登上蒙山，體驗到的不是孔子的「登東山（蒙山，古時稱東山、東蒙）而小魯」，而是他的「予欲無言」。我除了像傻呆一樣大呼小叫，還是一個不會說話的人。

城市的文明人在環城河上看見一隻白鷺，就失聲尖叫：「那是什麼？那是什麼？」當地小報更是連篇累牘，毫不吝嗇寸字寸金的黃金版面，讚美城市大家庭又添新成員，謳歌【註49】城市環境的優化、政府行為的高尚。

殊不知，那是一隻走失的白鷺，它找不到故鄉的水塘，誤入泛著黃綠色泡沫的排水溝。其實，很多人都選擇生活在這樣的排水溝周邊，而不會去做一隻綠蜻蜓，生活在綠色的蒙山天堂的蒙山。

回到我生活著的城市，我想看一看蒙山的綠蜻蜓。記得劉文波捧著相機，左拍右拍，像個追星的娛記，拍個不休。我去找他，相機裡沒有了綠蜻蜓。它無聲無息地飛走了，就像一陣好風，無影無蹤；就像一個夢，拽不到現實之中。一種甜蜜的絕望。

〔註46〕鬼谷子：姓王名禪，字詡，道號鬼谷。活躍於戰國中期的人物，是諸子百家之一，縱橫家的鼻祖，政治家、外交家、陰陽家、預言家，也是卓有成就的教育家。

〔註47〕碧霞元君：中國自宋朝以來道教崇拜的一位重要女神，她來源於中國大陸華北地區為中心的山神信仰。

〔註48〕巴黎聖母院（法語：Notre-Dame de Paris）：中國譯名，台灣譯《鐘樓怪人》。法國文學家雨果所著，故事背景設定在一四八二年，內容環繞著一名吉普賽少女——愛絲梅拉達和聖母院駝背的敲鐘人加西莫多，此故事曾多次被改編成電影、電視劇及音樂劇。

〔註49〕謳歌：歌頌、讚揚。

16 刺棗樹

那酸棗是春光秋色日月星辰的饋贈，是一片濃縮的丹霞雲霓。亮亮的，紅紅的，像瑪瑙，像珍珠，像一團燃燒的火焰，像那萬仞峭壁的靈魂。

——張慶和〈峭壁上那棵酸棗樹〉

如今的名勝古跡，舉目所見，要麼是迎客松托舉厚重歲月，要麼是霓虹燈炫耀現代風情。能把刺棗樹作為景點，並且別有寓意地栽培著，這地方恐怕只有韓愈墓了吧。

刺棗樹幹細枝弱，葉疏花遲，似乎只有「惡溪村」或者「瘴江邊」才是它的安身之地。我不住地提醒自己，這是河南孟縣，不是天之涯潮之州。

刺棗之妙，尤在於長刺。刺者，骨氣也。韓愈【註50】如果是一株擺首弄姿、譁眾取寵的楊樹或者柳樹，長安之大，水肥土美，他總會站成皇宮大殿的一根「棟樑」。

然而，他說：「名為宮市，而實奪之」，他還說，佛骨是「枯朽之骨，凶穢之餘」，矛頭犀利，直刺九五之尊。敢於拿自己的頭顱跟佛骨硬碰硬地進行一番較量，他只有「一封朝奏九重天，夕貶潮州路八千」了。那時的潮州，大概也只有瘴霧繚繞、雷電洶洶吧，是中原人想像中的「蠻境」。

時令既然是仲秋，綠葉叢中探出一粒粒紅紅的棗子，我分明看見一片片濃縮的丹霞雲霓。「不有韓夫子，人心尚草萊」，這是歌詠韓愈治潮有為的兩句詩，我情願把詩中的「草萊」讀成「不毛之地」。

刺棗樹，種在韓愈墓前，最合適不過。

〔註50〕韓愈：字退之，自稱郡望昌黎，世稱韓昌黎；因晚年任吏部侍郎，又稱韓吏部。卒諡文，世稱韓文公。唐代文學家，與柳宗元是當時古文運動的倡導者，合稱「韓柳」。著作收錄《昌黎先生集》。

我，不遠千里，從遙遠的山之東雀鳥般飛到這河之南，就為了在刺棗樹的枝丫上唱一曲千篇一律的頌歌嗎？還是在用腳步踏響「為嫌詩少幽燕氣，故向冰天躍馬行」的詩句？

刺棗樹，在故鄉的山間幾乎到處可見，如同「不平則鳴」、「異曲同工」等成語常常縈繞於耳畔。棗子個小肉薄核又大，卻是野菜叢中的珍珠瑪瑙。後來，聽老人們說，棗子是上好的中藥，能補氣寧心，斂汗生津。這話，我信。我甚至相信，在異鄉與這樣的植物相遇，是一種生命的玄機。

「文起八代之衰，而道濟天下之溺」（蘇軾〈潮州韓文公廟碑〉），當時的中唐，駢風【註51】流行，佛老囂張。在霜欺雪壓中生長著，在風吹雨打下綻綠著，唯其如此，方顯刺棗樹卓爾不群的生命力。

韓愈為人特立獨行，行文奇偉不凡，重文氣，深立意，長描繪，一時多少華章！

有同行人仰望著兩棵柏樹嘖嘖稱讚。柏樹鬱鬱蒼蒼，據說已曆千年。我的雙眼卻固執地盯著這一叢叢、一簇簇枯了又榮的刺棗樹。一邊是甜的，一邊是酸的，像韓愈的詩文別有新意，獨具匠心。

於是，我把甜的一邊喚作文學或者思想；酸的一邊，我稱它——生活。

〔註51〕駢文：是一種古代中國特有的文言文文體。生於秦漢，興盛於魏晉、六朝和唐朝，沒落於宋朝，復興於清朝。駢文講求對偶，文中間有散句，多用四字句或六字句，講究平仄，多用典故，雕琢辭藻，詞色工麗。

17 青雲

覆闌纖弱綠條長，帶雪沖寒折嫩黃。
迎得春來非自足，百花千卉共芬芳。
——宋・韓琦【註52】〈迎春花〉

跟著鳥聲登山，還是走在了新綠的後面。習習的風，輕軟得好像羽毛一般，我剛剛抓住一縷，登山。

我本該秋天來青雲的。在這山上，草籽兒急著要回到土地，果實剛剛穿上新婚的嫁衣，熙熙攘攘的，好一個繁華香市。大熱鬧之後必有大寧靜。和最後一枚秋葉終老山中，一起做個不歸的人。前生有緣，或許會站成一柱圖騰，坦然接受後人的審視。

若是夏季來漫步，也別有意趣。大地溫和，

石頭善良，人間正酷暑，山中無甲子，青山不墨，綠水無弦，採來大把大把的青草，結廬於此，還未躺下，第一滴趕來串門的蟬聲就綠了一顆心。此時漫步山中，忘了深沉，忘了矯情，不生不死，似死還生，進入一種永恆。

我是春天登上青雲山的。眼前的山過於沉靜。水杉不語，湖面如鏡。動觀流水靜觀山，沿著古人旅遊的審美路徑，我開始了我的漫步。

不經意間，我的左腳路過了一棵迎春的家，我的右腳還沉浸在荷花的夢境之中。春來踏青，莫非就是把青春牢牢地踏在腳下，不讓它走開？我，一個落魄書生，漫步青雲山上，兩三朵白雲相伴也好，七八隻飛鳥隨行也罷，我何必惆悵形單影隻？坦途也好，陡壁也罷，都是腳步必須丈量的長度；修竹千竿，茅屋幾幢，也是眼睛應該保存的圖案。

對面就是桃花源。桃花盡日隨流水，原來我們與理想家園的距離只是一泓清流。就這麼一條單行道，難道真的一朝進入就與塵世絕緣，一旦駛出便不復得路？這桃花源是

〔註52〕韓琦：字稚圭，自號贛叟。北宋的大臣，宋夏戰爭爆發後，與范仲淹率軍防禦西夏，因而在軍中享有威望，人稱「韓范」。後又與范仲淹等主持「慶歷新政」。韓琦去世後，宋神宗追贈尚書令，謚號「忠獻」；宋徽宗時追封「魏郡王」。

一壇新醅【註53】的酒，用帶露的菊花釀就，非要等到十年以後才取出來淺飲低酌。林木交掩而桃花含苞，五柳經風而鵝黃依依，斯時陶淵明悠然望見的必是一位從容的書生。

我想我是醉了。闖入摩梭人家阿夏花房的時候，我才發現鞋子還固執在我的腳上，我是來「走婚」的那個風流少年嗎？還好，摩梭女子不在，她在屋頂曬米，她在深水捕魚，她在湖邊浣衣，摩梭女子就是一根根深黃色的圓木，搭成了一座座村寨。只我一人，是這美麗世界的局外人。

山中何所有，嶺上多林木。到處是天然氧吧。「空氣的清明純潔，甚至用眼睛都能看得出來」，這是梭羅【註54】在〈冬日漫步〉中的句子，卻覺得是在描寫眼前的情景。

一棵櫻桃樹的新鮮很講排場，滿樹一吹即開的花苞，彷彿大幕即將拉開的戲臺。看過傣族【註55】少女奔放熱情的表演，我忽然覺得每一棵樹都在舞蹈，一種凝固的線條的舞蹈。兩隻天鵝在湖裡嬉戲，吊橋獲得鼓舞，亢奮得左搖右晃，我也在舞蹈嗎？旋轉起每一片樹林，把藍天拼成一個萬花筒。時間越積越厚，身體越走越輕。

遠遠的白塔遠遠地送來三瓣兩瓣的鈴聲。清泠泠脆生生，落在地上是小草，綴在枝頭是花苞，送到耳邊是清泉。站在兩隻海眼面前，我讀出了青雲山永遠茂盛著的原因。

我聽到了許多往春天趕路的聲音，由緩慢到急促，從細微到宏大，一個美麗新世界正在誕生！

進入莊戶人家，唯一可做的事，是點上四碟小菜，斟來一壺陳釀，依著新綠偎著花香，一口一口，小飲著酒而豪飲著山色。醉了就以手推樹，我醉欲眠卿且去，明朝有意抱琴來；或者乾脆攤開四肢，仰面躺著，睡他個唐宋元明。

站起來，我是一棵樹嗎？是否已長出今年的葉子？

等待風。

〔註53〕醅：沒過濾的酒。

〔註54〕梭羅(Thoreau)：美國作家、詩人、哲學家、廢奴主義者，也曾任職土地勘測員。他最著名的作品有散文集《湖濱散記》和《公民不服從》。《湖濱散記》記載了他在瓦爾登湖的隱逸生活，而《公民不服從》則討論面對政府和強權的不義，為公民主動拒絕遵守若干法律提出辯護。

〔註55〕傣族：雲南特有民族，主要生活在熱帶、亞熱帶氣候的肥美、富饒的壩子——西雙版納等地。民族特色鮮明突出，人民普遍愛好歌舞。傣族語言屬漢藏語系，有自己的文字，傣族用它記載了豐富的歷史傳說，宗教經典，和文學詩歌。

18 一個古老的村莊

拔出金佩刀，斫破蒼玉瓶。
千點紅櫻桃，一團黃水晶。
——宋．文天祥【註56】〈西瓜吟〉

我走在蒙山北邊的一條山路上。

沿途展開森林漂流、蒙山臥佛、登山坊、三疊瀑、一線天、孫臏洞、雨王廟、龜蒙頂等被命名的景點。對我來說，這條路就像一聲悠長的呼喚，在我尚未迷失之前，挽起臂彎，收容我於大山的懷抱。

這是一個初秋的正午。山中的蟬鳴像陽光匝地。眼前的古樹，更像一個天然的揚聲器，使得蟬鳴愈加響亮而又悠遠。置身群蟬歌唱著的山谷，我把自己想像成許多年以前走進大山的那個人。

翻上一個陡坡，腳下的路突然抬高了你的視線：山風吹來，大野寂寂，陽光清亮如洗，蟬鳴猶如繁密的枝葉，一座山就像一棵老槐樹一樣，根系粗壯。這熟悉的蟬聲，是故鄉的喉嚨，是祖先青銅的面容。你，他鄉遇故知。你看見天上的雲也浸潤在一片湖水裡，雲和水都是原始的雲和水，沒有命名，也沒有傳說之類的裝飾。

你望著這高山之上的高山，似乎看見了未來，自己的和大山的未來：自己的面容成為堅硬的岩石，而大山依舊蔥綠，蟬鳴依舊茂盛。對於鳴蟬而言，它們停留在自己的零度時間裡，山還是那座山，樹還是那棵樹，石頭還是那塊石頭，所以，鳴蟬保持著血脈的連貫性，千百年以來，鳴蟬看起來還是那只鳴蟬，沒有與時俱進，沒有舊貌換新顏，始終是一種土腔土調的高亢。

〔註56〕文天祥：南宋末期官員，抗元英雄。初名雲孫，字宋瑞，又字履善。道號浮休道人、文山。與陸秀夫、張世傑並稱為「宋末三傑」。被俘後元世祖忽必烈親自勸降，許以中書宰相之職。文天祥大義凜然，寧死不屈。著有《文山詩集》、《正氣歌》等。

嗚蟬的恆常的存在，使得蒙山更像一個古老的村莊，一直生活著一些原始的居民，譬如天麻、紫草、靈芝、山蝦、全蠍、何首烏。嗚蟬實際上隱喻著蒙山和所有生物的淵源共生和諧共融的關係。

嗚蟬在大山上歌唱著。它們歌唱綠色的大山，歌唱山中無涯的時間，歌唱時間裡只有原點沒有終結的各種事物，歌唱各種事物簇擁著的永恆的綠色。它們的每一次獨唱或者合唱，都指向它們的開始之地，讓人們可以由此返回過去的時間，復活過往的記憶。這些民間的傳統的聲音在蒙山之上響徹著，岩石凝神諦聽，古木深情呼應，流水則把它們的歌聲流傳到山外的世界。

在蒙山之上，這樣的聲音流傳甚廣。「蒙山高，沂水長」（《沂蒙頌》），它的流行不在燈火輝煌的舞臺，不在搖滾歌手的喉嚨，而在蒙山子民的口口相傳：「爐中火，放紅光，我為親人熬雞湯。續一把蒙山柴爐火更旺，添一瓢沂河水情深意長。」

流行的蒙山生活一方面安居樂業，靠山吃山靠水吃水，在民居的低矮和蒙山的高聳之間，蒙山子民有著自己的淡定和從容，保持著對蒙山沂水所取無多的尊崇；另一方面，就像蒙山那樣，把傳統的美德播撒世界。人們從蒙山的形象裡找到了可以效法的榜樣，把對蒙山柴沂河水的佔有上升為感激，把內心的感激外化成美好的行為。

爐火在灶膛裡燃起來，添柴的人滿面紅光，雞湯在爐火之上沸騰，香氣嫋嫋上升，昇華了他的境界，好味道四處遊走，一如寺廟裡的香火蔓延，香噴噴的雞湯，享用者只有奉若神明的「親人」，既不沾親也不帶故的「親人」。「親人」受傷了，唯有雞湯，能讓他的身體獲得喘息和再生的機會。

又累又渴。路邊的條石上擺放著三兩西瓜。西瓜的周邊是高的樹木和低的流水，是戰國的奔雲撞石、大唐的湖光山色和今日的濤聲鳥語。飽滿的西瓜上，有清晰的墨色的紋路，像是一些植物的根包裹著裸露的山體，西瓜的姿容顯得油綠而生動。

賣西瓜也賣點心的是母女二人，衣著都很素樸，女兒的上衣稍稍新鮮一些，是溫柔含蓄的粉紅。她們支起一根細細的塑膠水管，冰涼的水從裡面流出來，供過往的行人洗手洗臉，細細的水不停地流著，它被架空了，在撫摸一些玉手闊掌之後，以更迅捷的腳步回到了大山的低處。

世上最好吃的西瓜，是你吃不到的西瓜，它的味道只在你味蕾的想像裡。拐過一段山路，我見到了林中仙子和她的西瓜。她坐在石凳上，我以為她是仙女下凡，是清純的小鹿回頭一看，清澈的眼睛裡充盈著湖水，她的睫毛像水草，潮濕溫潤，弱不禁風，是男人們看一眼就不愛江山的美人。

我後悔剛才西瓜吃撐了，不然，我真想做一回她的上帝。她的西瓜一定很好吃。我目不轉睛地回頭凝望。

一棵非同尋常的古樹的出現，讓我警覺：我到了一個什麼地方？神廟喚作雨王廟【註57】，古樹人稱江北第一杉【註58】，在北方絕無僅有。它的枝幹堅硬蒼勁，樹葉卻一色的碧綠，彷彿過去和現在天衣無縫地銜接著，歷史的承遞表現為空間上的蔥蘢。

我願意，把古樹視為古老村莊裡的一位老人，他守著一個巨大的村莊，他的全部財產就是這個村莊的道德積累，這是整個村莊最堅固的地基，也是

古老村莊延續至今的秘密所在。一棵古樹的存在，讓人們敬畏這神山聖樹，在世代的仰望中服膺大地，順從自然，恪守四季的秩序。

古井，是大山睜著的眼睛，它安靜、溫潤、內斂，它的不動聲色使一座山變得有聲有色。這是古舊的雨王廟，它喚起了我對古老村莊的想像。恍若舊了的年畫，恍若老去的親人。

〔註57〕雨王廟：蒙山的一處重要景點，也是一處值得珍視的人文景觀。廟中所祀主神——雨王來曆眾說紛紜，但最被認可的說法是認為雨王是神農時代的一位雨師赤松子。當地百姓十分尊崇雨王，每逢雨王生日以及年節日，均要舉行隆重的祭祀活動，或逢大旱之年，蒙山方圓數百里的百姓便備上香燭供品，上山拜祀雨王。在雨王的護佑下，蒙山境內多是風調雨順，因此有「每年七十二場澆花雨」之說。

〔註58〕江北第一杉：蒙山三寶之一。此處樹種為三尖杉，是一種亞熱帶樹種，南方多有分布，但在北方就很難成活。在蒙山的翠雲觀中，就有這麼一棵三尖杉，距今已有三百餘年樹齡。

輯三

安靜的勇氣

內心深處，不被驚擾的幸福

陳糧新麥，那些播種過的文字，在我們的話語裡深入淺出，一如銀灰色的高粱穗子，飛揚著清淡的花粉。寫了幾行字，我凝視著那夜留下的一些照片，夜色朦朧裡，內心的光亮，也是這個時代的一種特質。

01 安靜的勇氣——閱讀梅特林克

陽光裡蔓生著細而輕的絲絨，我喜歡冬日的午後，喜歡這微涼裡的暖意：窗外是涼薄的風，陽光像一些小獸在紙頁上乾淨地行走。

在這樣的午後，我和陽光相處於同樣的安靜之中，從平靜的文字裡收穫閱讀的幸福，風聲像一些善意的提醒，讓我不要忽略細微的閃光之物，既沉迷在安靜裡，又不在別人的文字裡塌陷，失卻個體的意志。午後的安靜可以找到文字中的呼應。

文字猶如植物，它的間架結構就是植物的莖，文字本身攜帶著的質感和閱讀者的創造想像，共同催生文字的繁茂蔥蘢。這就是安靜的力量，持久而專注。經典的作品是安靜而又內力充沛的，這是它在時間的土壤裡不斷生長的原動力。閱讀莫里斯・梅特林克【註1】，就被這種安靜的力量所裹挾著，進入他的神秘王國。

在遠離可怕故鄉的地方生根

安靜有兩種形式：一種是喧嘩之前的安靜，一如暴風雨來臨的前夜，包裹著近於沉悶的死寂和近於鮮活的衝動；一種是喧嘩之後的安靜，就像風雨過後的植物，清潤明淨，坦然自若，湧泛著泥土深處的氣息。梅特林克應該屬於後者。

西元一八六二年八月二十九日，梅特林克誕生於比利時根特市一個公證人家庭，他和父親的期待，彷彿樹木的分枝。他的父親希望他成為一個律師，讓他學習法律，循著血脈的方向抵達家族的高度，他卻旁逸斜出，在陌生的領域，搭建清涼的樹蔭。

一八八六年，他來到巴黎，試圖接近文學，創造自己的故鄉和歷史。被異鄉的差異和混雜圍困著，他感到周圍全是迷霧，一種難言的隱晦與虛無。的確，有時這迷霧只是

〔註1〕莫里斯・梅特林克（Maurice Maeterlinck）：比利時詩人、劇作家、散文家，一九一一年諾貝爾文學獎得主，其作品主要圍繞在死亡與生命的意義等主題。

為了遮蓋事物的表象，迷霧使得真相的存在越發神秘和生動。

迷霧，是他注視現實的障礙，然後成為他的表現形式。在巴黎的某一天，他翻看《費加羅報【註2】》，一篇題為〈象徵主義宣言〉的文章一下子就抓住了梅特林克的眼睛和命運，作者是法國詩人莫雷亞斯【註3】。神秘的事物往往隱身於尋常的生活之中，就像上帝隱秘的激情偉大的奇跡內斂在不能移動無法表達的植物上。

梅特林克敏銳地抓緊了這神秘之物，強烈地感受著內心的風暴，此時的他，就是一株處於緊張狀態和抽搐狀態的樹，顫動的枝幹呈現著他內在的思想衝力和打開通道的驚喜。那一年，他結識了一批法國象徵主義【註4】文學家，他決意用象徵完成對現實的修補。

象徵主義的種子在他內心的土壤裡扎根了，萌動了。但是，梅特林克並不製作文字的聲響，讓舞臺的追光成為一種炫目的排場；或者通過修辭的力量鮮明自己的寫作立場，躋身象徵主義者的集體合唱，藉以遮掩個體的單薄和虛弱。

這是梅特林克的安靜。寫作者一如植物，深陷於泥土，卻在內心強大的支撐下，掘地而食，堅韌地完成拓展自我的可能和極限。梅特林克有足夠的耐心和持久的安靜，守護著他的種子破土而出。

一八八九年，他發表了第一部詩集《暖房》。「特別要仔細察看天邊的雲彩風貌！它們精心掩蓋著古老的風狂雨暴。哦！沼澤地裡肯定有一支艦隊巨大！我相信白天鵝已經孵化出黑烏鴉」，事件的表象之下，隱喻著生活的真相。「白天鵝」和「黑烏鴉」本是語義的對立模式，是慣常的象徵主義的二元概念，梅特林克則賦予它們新的象徵語境和生活意義。困惑事件的閃現和象徵主義的內蘊，使他成為象徵主義的著名詩人。

他接著把象徵主義前無古人地嫁接到戲劇創作中，完成了劇本《馬萊娜公主》，他

〔註2〕《費加羅報》（Le Figaro）：法國的綜合性日報，也是法國國內發行量最大的報紙。

〔註3〕莫雷亞斯（Jean Moras）：希臘法語詩人。從小接受法國教育，對於法國文化有較高的修養，喜愛法國詩歌。一八八四年他的第一部詩集《西爾特》問世，兩年後在《費加羅報》上發表〈象徵主義宣言〉，把當時的前衛詩人都稱為象徵主義者。

〔註4〕象徵主義（Symbolism）：象徵主義者在題材上側重描寫個人幻想和內心感受，極少涉及現實的社會題材；在藝術方法上否定空泛的修辭和生硬的說教，強調形象、暗示、烘托、對比、聯想的方法來創作。此外，象徵主義文學作品多重視音樂性和韻律感。

早期的劇作表現種種超乎想像、無法解釋的離奇事件，表現死亡的無從避免，引起法國評論界的矚目。一九一一年，梅特林克獲得諾貝爾文學獎。讓我們默讀關於他的一段授獎辭吧：「讚賞他多方面的文學活動，尤其是他的戲劇作品具有豐富的想像和詩意的幻想等特色，這些作品有時以童話的形式顯示出一種深邃的靈感，有時又以一種神妙的手法打動讀者，激發他們的想像。」

回望梅特林克一生的軌跡，法國給予他豐厚的滋養。作為異鄉，法國三次接納了他的軀體和靈魂。二十四歲那年，他在法國遇見象徵主義，從那一刻開始，他的「一切心思、一切力量和一切自由的天才全都集中在這個焦點上」（《花的智慧》，一九〇七年）。三十四歲移居巴黎，和他的妻子喬熱特・勒布朗——一個法國女演員，他寫她演，過著出戲入戲的日子。八十七歲，梅特林克病逝於法國的尼斯。可以說，他幾次離開比利時，是自覺地改良他土壤的性質和成分，創造個人的情感地理。

他知道，一株植物如果不能把自己的種子彈射得更遠，就無法成就整個家族的繁盛。所以，他選擇在遠離可怕故鄉的法國，生長著他的枝葉，他的樹蔭，他的安靜。想像他最初離開故鄉的動機和勇氣，或許在他的散文《花的智慧》中可以發現，他是如何借助植物的生存方式來描述自己的：任何一粒落到樹木或草本植物下的種子，要麼死亡，要麼註定發芽困難。由此便產生了擺脫桎梏與戰勝空間的偉大力量。

尋找先前就有的東西

梅特林克像一株植物，站立在他恆久的安靜裡，「沉浸在一種意味深長而又溫和適度的幸福之中」（吳爾芙〈蒙田〉）【註5】。在梅特林克那裡，所謂安靜，就是內心深處不被驚擾的幸福，從植物世界的精神秩序裡尋找的幸福。

在他看來，即使是笨拙而又不走運的植物的花兒，它們也絕不缺少智慧與機敏；而最初出現在我們地球上的花兒，它的面前並沒有任何可以效法的模式。他所以這樣寫，是為了把卑賤的植物置於神祇的位置，發現植物生命對於光明和智慧的追求，讓自以為

〔註5〕維吉尼亞．吳爾芙（Virginia Woolf）：英國作家，被譽為二十世紀現代主義與女性主義的先鋒。在一戰與二戰的戰間期，她是倫敦文學界的核心人物。最知名的小說有《達洛維夫人》、《到燈塔去》、《雅各的房間》、《奧蘭多》，散文《屬於自己的房間》等。本書提到的〈蒙田〉一文則收錄在《普通讀者》一書中。

享有特權的人類按照植物的方式思考和生活。

閱讀梅特林克《花的智慧》，我覺得，再也沒有什麼比「尋找先前就有的東西」這九個字，更能清晰梅特林克心靈的腳步的了。是尋找先前就有的東西，讓梅特林克從悲觀主義中掙脫出來，轉而探尋生命的奧秘、思想的傳遞，揭示科學世界和神秘事物隱秘的交集。

在《聖經》裡，植物可以說是眾生的血脈，「葡萄樹枯乾，無花果樹衰殘。石榴樹，棕樹，蘋果樹，連田野一切的樹木，也都枯乾。眾人的喜樂盡都消滅」；「葉子華美，果子甚多，可做眾生的食物。田野的走獸臥在蔭下，天空的飛鳥宿在枝上。凡有血氣的都從這樹得食」。

梅特林克從一枝草莖、一粒種子、一枚雄蕊入手，試圖在事物最細微的部分，尋找造物主的偉大意志，發掘人類所需要的思想資源。尋找先前就有的東西，梅特林克身在喧囂的人類，心靈的腳步卻悄悄地循著來路，走向了安靜的植物們。他以這樣的方式，顯示了他通過觀察和理解自然來尋找世界精美秩序的果敢和勇氣。

梅特林克總是從身邊的植物入手，他一隻眼睛看科學世界，一隻眼睛看神秘事物，他呈現的是一個遙遠的世界，這個世界就在我們身邊，卻被忽略被漠視，甚至被歪曲。

梅特林克喜歡這樣開啟他的陳述，譬如：「我意欲在此陳述的若干事實，都是所有的生物學家們所熟知的」；又如：「不過，我們還是回過頭來看一些比較簡單的機制。你從路邊的草叢中隨便折取一株草莖，便會看到一種孜孜不倦、出人意料的小小智慧在起作用」。可以說，梅特林克就像一位飽經世事的老人，在為我們這些處於懵懂狀態的孩子講述著發生在村裡的民間傳說，給我們帶來遙遠的神秘感。梅特林克依據的是細緻的觀察和科學的研究，他是從自然界的發展變化來探求人類社會進步的可能性。

他為我們講述了一個表面寧靜溫和順從、內裡卻充滿著對命運異常激烈而又堅韌的抗爭的世界，這個世界作為我們的參照物而存在。植物最大的生存壓力，無疑是它從生到死自己都不能移動一步。這宿命般的無聲的悲劇，反而醞釀著無窮的智慧和勇氣。梅特林克借取植物的智慧來讓我們重新審視自己的行為：「植物比我們更清楚，它應當集中精力反對什麼，而不是像我們這樣分散自己的力量。」

他通過觀察，發現植物們裝備了播撒種子並讓種子飛向天空的設置，譬如飛機螺旋槳的槭樹翅果、大戟的爆發性彈力器、葫蘆科植物木鱉的噴射裝置，他目睹著整個植物家族在摧毀狹窄天地、保障自己未來的探索中所作的艱苦卓絕的努力，領悟著每一個個體生命對於終極目的的理解，並由此發出深深的感歎：我們在同種種壓迫我們的需要的鬥爭中，若是能夠運用我們花園中的小花所發揮的能量的一半，可以設想，我們的命運將與現在大不一樣。梅特林克創造了一個熔鑄科學與哲理的神奇世界，是為了表述他對人類社會的委婉批評和思想引導。這是心靈的最高境界的抒情。

同樣是植物，在唐詩宋詞裡，我們透過花花草草的縫隙，找到的是作家的另一個自己，這個「自己」，或許是積極入世者，或許是超然出世者，唯獨不是植物本身。

梅特林克最大限度地返回到植物的本色，他把四圍的喧囂過濾，把蕪雜的煙塵祛除，把事物的巫魅抽掉，借助尋常的植物不斷發現不尋常的價值取向和意義所在，在文學、哲學和科學的三維空間裡，建構他宏大寬闊的文學殿堂。相對於其他作家，梅特林克是個獨立的存在，是他把植物的抒情推向了一個極致，使得植物更加高大和繁茂了。

02 在莫言的上午

這個上午，是莫言【註6】的上午。不止攝像機【註7】，一雙眼睛，許多雙眼睛，都聚焦在他的略顯扁平的臉上，他臉上的不易察覺的笑意。

這個上午的表面很是光鮮。迎賓員斜斜地披著紅條幅，文學圈疑似惺惺相惜的客氣，颱風作梅花狀，要從大海的風暴上探來它的三兩枝，讓一些彼此撫慰的人顯得有些不自然，不時地拿眼瞥瞥外面。他們的心思在別的事情上，如同我，坐在別人的上午裡。

〔註6〕莫言：本名管謨業，中國大陸作家。因受到魔幻現實主義影響，創作出了一批帶有先鋒色彩的獨特作品，以大膽新奇的寫作風格著稱。二〇一二年榮獲諾貝爾文學獎，成為首位獲得該獎的中國籍作家。

〔註7〕攝像機：中國用語，即「攝影機」。

喜鵲在別人的屋簷下築巢，清風在他物的枝條上伸展。這個上午，我坐在莫言對於故鄉的想像裡。會議主持人介紹莫言，介紹莫言的主要作品。《蛙》、《酒國》、《枯河》、《豐乳肥臀》、《生死疲勞》、《紅高粱家族》、《透明的紅蘿蔔》、《白狗秋千架》、《天堂蒜薹之歌》，這些名字，這些大地的意象，這些強悍的生命之力的徵象，在我眼前一一呈現，它們組成了莫言的故鄉，一個遼闊的無邊的文學故鄉。

上午之外，報刊之上，世界之內，莫言寫得一手好文章，說方言俚語，說普通話也打官腔，甚至胡言亂語一不小心就有一句流行全國的名言，為此，他收穫了許多國內國際大獎。日本著名作家大江健三郎【註8】預言，莫言將是中國諾貝爾文學獎最有實力的候選人。

這個上午，這個說話慢聲細語的莫言，和那個夸父追日一般的，願意扒出「被醬油醃透了的心，切碎，放在三個碗裡，擺在高粱地裡」的莫言，是否同一個人？回到故鄉，他說，少說話，吹什麼，這小子以前偷過人家的水果。他說著從前的自己：一個農村大男孩，偷了生產隊的一個紅蘿蔔，被捉，為了索回那雙三十四碼的大鞋，能多穿好幾年的大鞋，他當著四十八個村數百名民工的面，向毛主席的畫像請罪，那種深入骨髓的孤獨感和淒涼感，以及小黑孩超常的感覺，被他寫進了中篇小說《透明的胡蘿蔔》【註9】。

這個上午，莫言回到故鄉，舉辦「莫言文學報告會」，在我的直覺裡，莫言是回到了童年的場景，或者說，是那個又黑又餓的男孩又回到他的身體裡，讓他說出他的「高密東北鄉」。

他的話語細而舒緩，猶如柔絲一般的細雨，並非汪洋恣肆滔滔不絕，亦非暴雨傾注激烈昂揚，節制，柔韌，恰好契合著聽者內心世界的凹槽。這樣的言說，顯示的不是修辭的力量，而是心靈的力量，思想的力量。敞開心靈的聊天，要比文字的磚石構建的文學大廈，更能深入人心，也更能耐人尋味。

〔註8〕大江健三郎：日本當代著名存在主義作家。一九五七年正式踏上文壇時，便贏得了「學生作家」、「川端康成第二」等讚語。一九九四年榮獲諾貝爾文學獎。

〔註9〕《透明的胡蘿蔔》：莫言的成名作，講述一個頂著大腦袋的黑孩，從小受繼母虐待，因為沈默寡言，經常對著事物發呆，並對大自然有著超強的觸覺、聽覺等奇異功能的故事。

這個上午，被莫言無限地放大了。他的話語是對故鄉的描繪，也是對故鄉的想像和重構。你坐在他的話語的中心，可你無法進入他思維空間的中心，他的小眼睛一忽閃，言語就發生了跳躍，日本北海道札幌市的廣場被他施以空手道的功夫，空降到他的「高密東北鄉」那裡去了，並且大雪飛舞，萬眾歡呼。一片紅高粱在這個上午，紅了；一隻紅蘿蔔，正抽出它的第一絲嫩綠。

在莫言的上午，我們進入了莫言的敘事現場。這個重感覺輕故事的出了名的作家，這個重感情輕名利的尚未老的老鄉，他讓這個城市的上午彌散著幽淡的薄荷氣息，苦澀的高粱氣味，新鮮的泥土清香。這些美好的氣息，敞開了我的耳朵和嗅覺，解放著我的感官世界。我在莫言的上午裡找到我的現存，一如莫言，他從川端康成【註10】的《雪國》【註11】那

裡找到他的「高密東北鄉」，自此，他有了一個用他的一生來回望、辨析和描繪的地方。

想起別人的言說，寫作是獨立和終極的。想起莫言的長篇小說《蛙》【註12】，生亦疲勞死亦心酸之後的《蛙》。他的第一部社會問題的長篇，一部在「人類靈魂的實驗室」裡「抉心自食，欲知本味」的長篇。借助於書信的形式，莫言在打開敘事主人公「蝌蚪」的內心生活時，也找到了一種挖掘表現罪感心理和懺悔意識最為自由靈活的敘事方式，他酣暢淋漓的敘事話語由此指向了作家自身的負罪感，照亮內心的黑暗，反思共和國六十年的複雜歷史，讓他的「高密東北鄉」走向更為遼闊的審美空間，而不僅僅是地理和植被意義上的簡單移植。

上午漸漸老去，「蝌蚪」也老成「蛙」了，「文學故鄉」依舊年輕，它在莫言的敘

〔註10〕川端康成：世界知名的日本新感覺派作家，是日本首位諾貝爾文學獎得主，也是亞洲第三位獲獎的作家。

〔註11〕《雪國》：川端康成的第一部中篇小說。

〔註12〕《蛙》：講述了一位平凡的鄉村婦產科醫生六十年來落實計畫生育的故事，描繪了一幅中國的生育史。

述裡，也在我們的聽覺上。上午的底色，善於鋪陳渲染。紅色的地毯、紅色的條幅、紅色的證書、紅色的高粱、紅色的燈光，這寬廣的底色，在營造一種氛圍，更是在創造一種感覺，讓這個上午和我們的內心趨向於同步的豐富。

睜了眼睛，豎起耳朵，我進入了莫言的文學故鄉，並就「高密東北鄉」這一世界文學概念和他進行了交流。就像一個故作癡呆狀的娛記，我提出最後一個問題：「對於『高密東北鄉』，你又持有怎樣的價值取向和寫作期待？」

莫言說，敞開故鄉的概念，挪移外鄉的經驗，發生在中國的、世界的變化都可以在文學故鄉裡出現，他有野心，讓「高密東北鄉」成為中國乃至世界的一個縮影，用故鄉的獨特性創造出世界的共性，讓外國讀者在他的「高密東北鄉」裡讀到他自己的情感和思想。

03 一個文學愛好者的高密

聲音

高密，也叫鳳凰城。它是我生命裡的一個高地。

「鳳皇鳴矣，于彼高崗；梧桐生矣，於彼朝陽」，是《詩經》的一個句子。鳳鳴朝陽，在我聽來，這是詩歌的聲音。很久沒有聽到這樣的聲音了。是攘攘塵囂遮蔽了，還是我的聽覺遲鈍了。

鳳凰賓館是敞亮的，沒有電動門，沒有鐵柵欄。就這樣，呈現在人民大街面前。看上去，整個建築群更像是一些黃土地上的紅高粱，浴著潑灑的陽光。蓬蓬的樹影閃過，是一座淡黃的小樓：鳳凰閣。我覺得，在這以鳳凰命名的地方，一定是大音即即吧。後來，我就是在這樣的聲音裡不能自拔也不求自拔了。

北面主席臺上方的橫幅，醒目著這次會議的主題：繁榮文學創作座談會。主席沒有露面，我們的文學先繁榮起來。像一隻小鳥，飛進一個大林子，我的眼裡盡是濃蔭和翠綠。

剛進門的時候，我看見一位老媽媽。她該是髮蒼蒼視茫茫齒牙動搖的年齡吧，她戴著老花鏡，雙手捧著一本文學期刊，很安靜地坐著，潔白的紙張閃爍著文學的光芒。她彷彿從時間的深處降落，眼睛裡充盈著漆黑的孤獨和明亮的執著。在她那專注的樣子裡，我看到了自己許多年以後的表情。

「真正的詩人是在歌唱，而不是說話，是站在最高處歌唱。」這是一位作家說過的話。在會議的現場，詩人和歌手是同一個概念，在這裡，詩歌像歌曲一樣流行。如果徐志摩在這裡放歌，我一點兒也不驚訝，就像在單位遇到同事，就像在故鄉看見了母親。我一直在注視一個人。他是一個詩人，一個外表像漢隸內裡是小篆的詩人，頭髮張揚，人卻羞澀得很。他對麥克風說，他是寫愛情詩的，這幾首詩是準備投稿的，下面就念念吧。

許多天以後，在端詳集體合影的時候，看著他略略鼓起的腮幫，我的耳邊一直迴盪著這樣的聲音：「善待生命善待愛情／善待文學／是我們這個時代的聖職／原來／我的愛人一直在這裡。」三日繞樑。

氛圍，這就是氛圍。我實在想不出更好的表達方式。我只能像《巴黎聖母院》裡那個醜陋的敲鐘人加西莫多那樣複製著：「美呀，美！」文友蘇小蟬說：「多久沒有這種氛圍了，就像畢業時候唱畢業歌，彷彿一下子回到了過去，回到了青春。」一個寫字也繪畫的女子，就坐在我的身邊，她身材窈窕，容貌可人，她輕輕的低語，猶如草葉上滾動的露珠，閃著瑩白澄澈的光。我的好心情，使我的聽覺愈加靈敏了，它像移動手機，無縫漫遊著，接收著許多繽紛搖曳的聲音。

在高密的日子，我一直被這樣的聲音激勵著。我就是路邊一棵卑微的小草吧，傾聽著，只是為了呈現這塊土地的肥沃與厚實。我想，即使我是一個啞者，也會開口歌唱的。

光線

許多年以前，高密這個名字，在我眼裡高大而茂密。看到家鄉的紅高粱，我就想起了高密。

走在家鄉的土地上，「每穗高粱都是一個深紅的成熟的面孔。」後面這話的主人是高密作家莫言。「八月深秋，無邊無際的高粱紅成汪洋的血海。高粱高密輝煌，高粱淒婉可人，高粱愛情激蕩」，莫言的小說《紅高粱》【註13】是那樣的沁人心脾，和著黃土地上一種苦澀微甘的成熟氣味。

二〇〇六年夏天，當一輛肥胖的公共汽車像卸貨物一樣，把我拋到了高密明亮的大街上，我彷彿跌入了一個巨大的夢境。是的，夢境。人們說，這是一座鳳凰城，我真實地在它的紋理間穿行。它的翎羽成五彩，乾淨地一根一根，在我的身側，明亮地排列著，光芒四射。它華麗的外表，是不是裹著一個高貴的靈魂。這是我精神的天堂嗎？

心裡是暖暖的明亮。

鳳凰賓館，就是一塊肥沃的高粱地吧。日光直直地下落，沒有水泥鋼筋的干預，我說了，它是敞亮的，人像風一樣自由，在賓館和大街之間，隨意地飄進飄出。夜晚的時候，我們幾個人坐在路邊的石階上，頷首或者微傾，高談或者沉默，話題都是文學。城市是如此的繁華，不夜，我們也各具姿態地亮著。忙活了一春又一夏，就這樣，舒適地坐在田間地頭上，談論著自己的耕耘和收穫。陳糧新麥，那些播種過的文字，在我們的話語裡深入淺出，一如銀灰色的高粱穗子，飛揚著清淡的花粉。寫了幾行字，我凝視著那夜留下的一些照片，夜色朦朧裡，我們的笑容始終是明亮的，燦爛的。神出古異，淡不可收。內心的光亮，也是這個時代的一種特質。

山東省作協主席來了，又走了。猶如一陣風，吹過田野，蕩漾起遼闊的綠意。他說他和莫言是老朋友，文學需要交流。他說他創作《古船》【註14】的時候，是想寫一部包

〔註13〕《紅高粱》：莫言創作的長篇小說。小說以抗日戰爭及三〇、四〇年代高密的民間生活為背景，塑造出一系列的抗日英雄，卻都是正義和邪惡的化身。

〔註14〕《古船》：中國山東作家張煒的首部小說，此部小說獲得莊重文文學獎、人民文學獎，並被《亞洲周刊》評為二十世紀中文小說一百強之一。

含自己全部積累、用盡心力的作品，他完成了。他的話語也是一種照亮。如果照亮我們的，是金幣，是汽車的尾燈，總有一天，我們會雙目失明的。

進行座談的時候，我們圍成了一個圓，文學的話題就這樣傳遞著，無限可能地延伸著，這種情形，像極了小時候的一種遊戲：丟手絹。我們一直保持著這樣的寫作姿勢，鮮活的，純真的。我的發言，談了我的創作風格的漸變。

一棵高粱，它扎根了，生長了，當它所有翠綠的葉子歸結為古樸單一的灰色時，捧出的恰恰是飽滿的籽粒。高粱曬米，在這裡是不是可以這樣解釋：文章千古事。在這樣的語境裡，我們是一些綠色的莊稼，鼓勵是雨，貶低也是雨，我們伸展著自己的枝葉，向著可能的高度。就像《紅高粱》裡的一句描寫：

「高粱與人一起等待著時間的花朵結出果實。」

氣息

或許是先入為主的緣故，印象中的高密，熱情，爽快，淳樸，是一杯地地道道的秋收冬藏的高粱酒。我想，不少看過電影《紅高粱》的人，大都會有這樣的感受吧。

我是在上午到達高密的。中國北方的小城，陽光總是那麼勤快。高樓的琉璃瓦上，浮著一層脆薄的、光潔的氣息。眼前是敞亮的人民大街，呈現出一種坦蕩而親和的味道。許多五顏六色的姑娘，從我身邊水流一樣經過時，空氣中漾著一些沁人心脾的馨香，像一瓶佳釀剛剛開啟。在這次繁榮文學創作座談會的現場，當一個女生用她的唇香朗誦詩歌的時候，我看到她緋紅的臉頰流溢著陽光的色澤。我靜靜地凝視著她，就彷彿看到許多年以前，一位女子，她豐姿逸麗，才調超人，一如碧波池裡的出水芙蓉，她的倩影亭亭玉立，她的聲音珠圓玉潤，她寂寞而熱烈地開著，是一種久遠的絕妙的芳香。

已然是陶醉了。

賓館的名字極高雅，叫鳳凰賓館，讓人想起許多遙遠的詩句，古典的沉香。正午的陽光，打在牆壁和玻璃上，毛羽鮮鮮的賓館像一隻神鳥。神鳥，它在天方國的神話裡消失，集香木自焚，輕煙一般飛升，幻滅，重生，降臨在膠萊平原【註15】上，它斂起

〔註15〕膠萊平原：膠萊平原位於中國魯東中部。

風聲的一剎那，祥瑞的氣息在陽光裡彌漫著。

我們都是這個城市的過客，我們從彼此的臉上看到了吉祥的光芒。當我們在飯桌前圍成圓滿的形狀，光芒聚攏了，如一口火鍋，煮熱了我們心裡的文學。我們深深地知道，在這個「舉酒欲飲無管弦」的時代，一個人遇上這樣的文學之鄉，是一個華麗的夢境。鳳凰是離我們最親近的語言。在一個生動的神話裡，我們端坐著，只能以這種舉杯的形式，敬奉我們心中的神靈。我們的眼睛目睹了太多的斑駁，眼前卻只有這單純透明的酒香。這種氣息純粹清爽，與廣袤的田野敞亮的街道相接著。

我們來自於各自深深的歷史，卻沉醉在一杯醇香裡；我們的心裡貯藏了許多複雜的往事，吐出來，卻是一些坦蕩透明的話語。我們在自己的、別人的文字裡醉著。酒水，此時成了最貼心溫暖的物質，幾杯落下去，臉紅了腳輕了飄飄欲仙了。是酒，使我們抓住了搖曳的飄渺的靈感。如果我們的文字彌散著一種芬芳，那一定不僅僅是——墨香。有意思的生活，往往從吃喝開始。有輕鬆的文字佐酒，我想，身與心沒有一處不熨帖了吧。

晚上，我和蘇小蟬參加了一個民間的聚會，回來的時候，我依然醉著，有一種不能言說的恍惚。這鮮活的風，可是吹過先秦，又拂了晚清？許多年以前，這樣的深夜，同樣飄逸的身影，他是晏嬰【註16】，還是鄭玄【註17】，或者劉墉【註18】？

我行走著，彷彿在時間的深處。是否會遇上一位遙遠的故人，他鬚髮飄飄，手握長卷，穿一襲青灰的長衫，於漆黑的孤寂裡，迎面走來。

〔註16〕晏嬰：字仲，謚平。春秋後期外交家、思想家。

〔註17〕鄭玄：字康成，東漢末年儒家學者、經學大師。因黨錮事件而被禁，專心著述，遍注群經，乃為漢代集經學之大成者，世稱「鄭學」。

〔註18〕劉墉：原名劉鏞，號夢然。為台灣著名作家及畫家。

04

飛鴻雪泥

高密

高密是一個質樸的城市，沉默在膠萊平原上，它是一株平凡的高粱，挺立出一種高度讓人一生仰望。

我的家鄉與高密共飲一條濰水。河西是「齊魯酒城」，一九一五年巴拿馬萬國博覽會上榮獲金獎的「景芝白乾」光彩照人，風騷獨領。河東是「棉花之鄉」，明代開始植棉，六百年潔白著高密的天空。一條河流，一邊看上去流金淌銀，那是景陽的玉液經濟的平臺；另一邊望過去如雲似錦，那是棉花的笑臉詩意的空間。

高密默默地端坐著，安分度日，溫厚淳樸如田裡的莊稼。膠濟線上的火車路過時忍不住吼了幾聲，高密人悠閒地聽取著這外地的犬吠，順手拿起一塊鹹菜，一板一眼地刻著一些花卉圖案；或者站起來，撲灰起稿，手繪年畫。這是一種富足的生活，不是富裕所能達到的高度。

一九八四年高密撲灰年畫在首都博物館展出，一張張其他年畫所沒有的「粉臉」光耀京華，開半印半畫木版年畫之先河的高密，五百年後才在國人面前掀起了它的蓋頭來。用鹹菜做「磕花」，破了一塊黑，活了一張畫，增了一分色。一個不倫不類的城市給人留下的印象只能是平淡。大俗必大雅，這話拿來定義高密，我覺得很是貼切。

但是，對於高密，只有識貨並有底氣的人才能擔待它的美。不少人知道高密是因為高密作家莫言和它的小說《紅高粱》。地靈多人傑，能把「紅高粱的意象」開拓得如此博大深厚，可以說是一方土地豐厚了一位作家的底蘊。接著，同名電影《紅高粱》引爆了國內域外城市鄉村的大小螢屏【註19】，一時間夜如白晝，到處是一片紅高粱的血海，據說因此風光無限的男導演和女主角鬧出了不少緋聞。紅高粱是大紅大紫了，可高密人

〔註19〕螢屏：中國用語，指「螢幕」。

依然生活著自己的生活。

清早起來，拎只小籃子去菜市場挎回一天的新鮮。垂髫搖著泥老虎搖響了煦暖的陽光，順河路上的行人，像是踩在了鋼琴上。窗花依然燦爛在冬天的人民大街，惹得幼兒哇哇叫著想吃窗紙上的「蘋果」。一把剪刀，一張花紙，「中國魔剪」范雲英【註20】遠涉重洋，在東瀛淋漓盡致地展示了高密的聰慧勤樸。窗花並沒有因此自命不凡，在高密的心目中，它和鹹菜疙瘩一樣，都是生活的調味品。

高密的平凡質樸是小視不得的，甚至木訥甚至矮小。有位高密人貴為齊國名相，卻是五短的身材，傲慢的楚國人打開大門旁的小門讓他進入。他一臉的從容與鎮定：出使狗國者，從狗門入，現在我是出使楚國。挺拔的人格之樹，生長的盡是尊嚴和智慧。高密盛產優秀的高粱，這一株就是晏嬰，高大的晏嬰，還有鄭玄還有劉墉。

當高密被壓迫得忍無可忍時，它選擇的不是沉默而是爆發。一八九八年，高粱們紛紛舉起長矛在田野上起義，高密城牆上的每一塊青磚都是怒目圓睜的英雄。抗德阻路，高密用自己的身軀築起了一道紅色的長城。高密，是一個看似尋常卻必須仰望的城市。

平凡而高大，沉默而果敢，拙樸而聰慧，這，就是高密。

壽光

壽光是一株從根生長起來的開花植物，花瓣舒展為街燈，香氣流淌成彌河。

壽光愉悅地生長著，它最肥沃的土壤，見之於《齊民要術》【註21】。賈思勰【註22】筆下的每一個漢字都是一粒優質的良種，如今目之所及是一些紅雨綠風，紅是果實的色澤，綠是莊稼的生命。就像風起於雲、樹起於山石，辛勞的汗水落地摔成八瓣，蹦跳出一顆晶體的鹽。三千多年的歷史，足以把冰冷的石頭泡軟淹鹹。所以我覺得，比之於全國其他地方，壽光更有資格稱得上國內最大的鹽化工基地。

〔註20〕范雲英：剪紙藝術達人，一九八七年隨著濰坊市非物質文化遺產團隊到日本進行剪紙表演，被譽為「魔剪」。

〔註21〕《齊民要術》：中國保存得最完整的一本古代農牧情況的鉅著，由北魏官員賈思勰所著。收錄公元六世紀時中國黃河流域下游地區的農藝、園藝、造林、蠶桑、畜牧、獸醫、配種、釀造、烹飪、儲備，以及治荒的技術。

〔註22〕賈思勰：北魏農學家，因精通農業科學，將旱地農業技術體系化。於北魏末年完成《齊民要術》古農學鉅著。

過著不是樹也不是草的日子，壽光懂得如何給平淡的生活多撒一把鹽。一個把牡丹作為插圖的城市，必定是雍容典雅的。「桃時杏日不爭濃，葉帳成陰始放紅」，在讀了唐人韓琮【註23】的這個好句子之後，我清楚了一個城市的品質。那年五月去壽光，天氣晴朗得有些晃眼，我趕著自己的影子，忙著去牡丹園尋找玉樹臨風的感覺，不曾想最美的享受是在晚間。

蓮花別樣紅，綻放在頭頂。那麼，我該是一尾愜意的魚了，橫街豎街游進游出，腳步說著一些瑩澈的話語。一棵蔬菜招招手，能吸引一坡的羊群；十棵蔬菜招招手，能吸引滿天的白雲。一棵蔬菜底下，有一個青翠鮮活的日子；十棵蔬菜底下，就有全國最大的批發市場。青翠、鮮活，是我很喜歡的兩個詞語。這也許是一個詩人內心最潔淨無塵的植

物。我突發奇想：何不搞個詩歌批發，空車配貨，如果詩歌富含維生素並為大眾胃口所容易消化。

鹽與蔬菜，最平常的滋味最耐人回味。現在寫著壽光，我聽得見陽光的敲門聲，很醇很香。最近，我的聲音常常「漂」在壽光，電話那端是一個網名叫「清音」的女孩。那晚在陰暗潮濕的網路裡，突然擠進一縷陽光，長久地照徹我的心靈。於是，我們發電子郵件，互通電話。看當地新聞時，我總忘不了天氣預報，看到壽光的明天依然陽光燦爛，我才安然成眠。

虛擬的網路，真實的城市，我平靜地坐在電腦前面，享受著遠遠擁有的好處。古槐下的蹄印裡長出的是鮮嫩的童音，銀杏吐出了今年的新意。想你的笑臉是最燦爛的牡丹，秀髮半遮半掩，那該是「一朵紅雲靜不飛，含香含態醉春暉」吧。倉聖公園你去過你去過嗎？我勸你逛一逛，既然你是個詩人，那闊葉如翠翅搖曳，剛剛把我兩肩倦意拂

〔註23〕韓琮：字成封，生卒年均不詳，約唐文宗太和末前後在世。於唐宣宗時出為湖南觀察使，後被都將石載順等驅逐，唐宣宗不但不派兵增援，反而另派右金吾將軍蔡襲代韓為湖南觀察使，把韓琮拋棄了。此後失官，無聞。

落。倉聖公園？傳說倉頡在這裡靈光四射，造字成山。是嗎是嗎？那趟壽光我是白去了。

在濰坊平原的西部，在美好事物的中心，壽光自由自在地生長著，它新鮮的綠色一如我長久追隨的情人。我知道膚淺如我，並不能為一座城市詮釋一些什麼，卻希望自己的文字如葉子，落在壽光的土地上，一片，一片，又一片。

青州

青州是一個款步而行的頗有姿色的青衣女子，嬌媚不見得，是雅。

青州不媚俗。現在寫著青州，就覺得腳癢癢的，只有落在那裡的青石小路上才覺得踏實。青石小路，想一想都讓人心馳神往。在這個鋼筋混凝土的時代，不少地方像一個沒見過世面的莊戶婦女，一進大超市，就覺得這也好，那也不錯，忙著改頭換面，結果搞得半土不洋。這種淺，是戴上鳳冠披起霞帔也不像皇后的那種淺。

那年夏天，驅車一進青州，撲面而來的感覺就是厚。路旁的槐樹氣度不凡，驕陽下熱情而不誇張，姿態雍容又略略頷首，是出身名門的那種。在我與槐樹目光相對的一瞬，我覺得我走進了青州。

車從范公亭中路東面駛入青州賓館。不，是駛入清幽淡雅的福地洞天。現在的我坐在電腦前面，只覺得它的背景上全是繁密而蔥鬱的爬山虎。爬得哪兒都是，甚至佔領了古城牆。我想，如果把這條路比成一棵樹，那麼，園林式的賓館、敞亮的市府大樓就是其上的兩個果子。入目乳黃晶瑩，入口香氣長留，口碑甚佳。那是青州銀瓜的品質。博物館、范公亭、順河樓則是樹的根系。

我說了，青州是一個雍容典雅的名門閨秀，她的後代定會成龍成鳳。由道光皇帝【註24】詔旨敕建的「昭忠祠」便是明證。博物館裡青州知府李廷揚的書藝，分明是一八四二年踏在英軍胸口的馬蹄。劉亮程【註25】在他的散文〈剩下的事情〉裡說：「所謂永恆，就是消磨一件事物的時間完了，但這件事物還在。」那些英魂通過腳下的石子營養著我的根系。

走在這樣一條時間通道上，明明暗暗著的莫非是滄海桑田的變幻？斑駁光影中解

〔註24〕道光皇帝：名旻寧，自清兵入關以來第六位皇帝。他是清朝歷史上僅有一位以嫡長子身分繼承皇位的皇帝。諡號成皇帝。

〔註25〕劉亮程：中國散文家，著有散文集《風中的院門》、《一個人的村莊》、《庫車行》等。

讀著西晉的哀怨，人聲喧嘩裡依稀是大明的晴朗。當別的街道淺薄得一覽無餘直白無味時，這裡多的是一種空間精神，一種親切感和安全感，它遠遠超過了物質的街道本身。這就是青州的厚度。

去的時候，恰逢范公亭前舉行盛夏晚會。青州的胃口挺好的。廣場成了一個大拼盤，拼出了各色小吃，戲曲更是一道獨具風味的速食。長長的水袖拂動出萬種風情，拂出大地演繹春夏秋冬，拂出歷史排列唐宋元明。

青州的風韻，猶如曹衣出水，又如吳帶當風。青州的氣度，是順河樓的氣度，是李清照的氣度。

聊齋書生夢

我去淄博，最想見的是狐女花仙。很顯然，這個願望無法實現。然而，內心藏著一種無法言喻的動機，使我的這次出行，註定美麗叢生。

最好騎一頭瘦驢，最好是夜行。雨，很古風地飄蕩著。風把你掠到一處蓬門破廟之後，便失去了蹤影。不遠處，最好多古墓。雨腳密密還在路上，白楊蕭蕭尚在溝畔。然而，它們都藏在一盞搖曳的青燈之外。書袋裡的黃卷已經濡濕，不濕的是你的朗聲吟哦。忽有哀楚之聲入耳：「玄夜淒風卻倒吹，流螢惹草複沾幃。」（出自《聊齋志異．連瑣篇》）【註26】其聲細婉，如斑竹之淚。「幽情苦緒何人見，翠袖單寒月上時。」你不由自主，你心甘情願，你走進一個浪漫的鬼狐故事。

眼前的高速公路是不折不扣的現代風情，特快的車速卻恰恰適合我馳騁想像。後人習慣於用八個字來定義蒲松齡【註27】的一生：讀書、教書、著書、科考。許多年過去了，依然有人深深地陷在他的腳印裡。我在我教書的單位買了一處不足六十坪米的單元樓，房款是前年交的，也算有了歷史，房子是上個世紀八〇年代建造的，堪稱教工早期宿舍樓的標本。鑰匙至今沒有接到，想必已經鏽跡斑斑了吧。

我想像聊齋無異於望梅止渴。在我的心中，「齋」是一個客觀的物質存在，是「農場老屋三間，曠無四壁」；「聊」是一種超然忘我的人生態度餐風飲露的精神生活。這

〔註26〕《聊齋志異》：簡稱《聊齋》，又稱《鬼傳》，是中國清代蒲松齡所著的短篇小說集。蒲松齡在這本書描寫了狐仙、鬼和妖，而字裡行間也透露出鬼比人還要有情有義來諷刺當時的世代。

〔註27〕蒲松齡：清代志怪小說作家，字留仙，一字劍臣，別號柳泉居士，世稱「聊齋先生」。

麼說，我是在趕赴一個兩百年前的約會嗎？沒錯，是約會。在我此行的終點站，確乎飄逸著一位聊齋仙子。

她在網上的上傳頭像真好。長髮飄飄，形神畢肖地描繪出風的情狀，淺淺哀怨鎖在眉間，宛若一點落紅泊湖面。樓群明亮，「空氣新鮮，新鮮得好像第一次知道有空氣這種東西」。話是屬於當代作家阿城的，說的卻是我的真實感受。從網路的虛擬裡一腳踏入現實的生動中，我閱讀的手指觸摸著一些植物的葉脈，我是在追尋聊齋故事裡的花仙嗎？是香玉、絳雪，還是葛巾、黃英？花叢中忽然閃出一張美女的俏臉，我分明聽見她怯生生地說：「秀才何思之深？眈眈視妾何為？」（出自《聊齋志異．胡四姐篇》）是她！那羞紅那笑靨那情魅，至今還在我的眼前緩緩又悠悠地飄著異香。

書生的幸福如此簡單而具體。情感不近也不遠，中間正好放得下一張茶桌。一壺玫瑰花茶，兩個精緻的水杯在握。淺斟低啜，她微笑的芳香固執在唇齒之間，不忍離去。

木質長欞窗扇，廣漆樓梯地板，著一襲旗袍的服務生粲然開放如紅蓮，茶樓主人收藏的古董字畫就在身邊，讓你不古典也難不風雅更難。端硯誦嚴泉，焦桐鳴玉佩。茶香氤氳中，慢慢伸展的不只是茶葉，我清晰地感受著遙遠的撫摸。請給我一支毛筆，不要狼毫，我只想靜靜地抒情。既然喧囂遠遁既然塵埃不生，且讓我把浮名換成這淺酌低唱。端上來，是兩杯新鮮的柳泉啤酒。就把對面的紅顏斟成一株金風吹拂下不勝銷魂的黃花吧，邀來白居易的琵琶，為我彈唱一首原汁原味的聊齋俚曲。「不敢度曲，恐銷君魂耳。」（出自《聊齋志異．綠衣女篇》）對面的女孩笑了，言語宛轉滑烈，動耳搖心。

淄博的街道很安靜，安靜得似乎行人的腳步顯得多餘。一隻狗悄無聲息地跑過廣場，還好，不是狐狸。幾個老人坐在石凳上，成為這個城市的一部分。在餐飲店靠窗的桌上，女孩像是商家打出的廣告，一個男人橫穿馬路時還朝她望了一眼，他紅色的T恤讓這個夏天尤為燥熱。落拓就是落拓，聊齋就是聊齋，柳泉還是柳泉，在靜謐的時光裡緩慢地行走著，我知道它鮮活不竭的原因。我在寫有「蒲松齡故居」的金字匾額前閉了一會眼睛。牽了女孩的手，在狐仙園中游走，我就是清風滿袖的落難書生，荊衣布衩，粗茶淡飯，把盞黃昏，吟詩作賦，過著不羨狀元不慕富的田園生活，書就是我的整個世界，她就是顏如玉了。從此紅袖添香，從此樂不思蜀，從此書生也紳士。

而我終要回去。儘管世俗的喧囂會淹沒我的琅琅書聲，但是狹狹空間的夢想更能穿透窒悶的現實。也許我的告別，是為了徹底的回歸。喝茶舊時茅店社林邊，聊天稻花香裡說豐年。雜在農夫野叟中間，那個鬚髮皆白、側耳傾聽的老翁就是我。紙上的《聊齋》巍然挺立，淄博的女孩永遠不老。

軀殼寄存在返鄉的客車上。乘客很少，空調不開，陽光正囂張。車上的VCD正播放表現人鬼之戀題材的影片《倩女幽魂》，據說已經拍了三部，主人公名字取自《聊齋》，但是迴腸盪氣的愛情故事多了一些調侃和作秀，索性閉了眼睛睡去。一路無夢。

05 導夢者 李在容

就像許多寫作者那樣，韓國導演李在容【註28】是慢慢地將篇幅拉長的。一九九〇年，他與人合拍《生生不息》，片長僅二十分鐘；之後的《媽媽的夏天》和《城市故事》（一九九四年拍攝）依舊是短片。一九九八年，他執導了首部正式長片《情事》。從一九九四年到一九九八年，恰好是兩屆奧運會的時間跨度。可以想見，他內心的情事經歷了一番怎樣的萌動、掙扎、沉默、爆發。

《情事》，又名《婚外初夜》。後者有著明顯的出軌痕跡，似乎是一個專為眼球和票房而命定的片名，就像鄉村的乳名，這個片名有

〔註27〕李在容：獲得上海國際電影節最佳導演、韓國百想藝術大賞最佳電影導演獎提名的韓國導演。

些俗氣，卻也顯示著題材上的取向：婚外的性與愛。

《情事》的海報是這樣的，一位風韻少婦側著臉，平靜而專注，但淩亂的髮絲隱現著她內心的糾結，應和著她目光的是一雙深邃而異常堅定的眼睛，這是一個大男孩的眼睛；兩人左右了畫面的構圖，背景是模糊混沌的，彷彿紛紛擾擾的塵世被虛化了，獨有畫面中間的片名「情事」格外清晰。影片敘述的就是這位少婦同自己妹妹的未婚夫發生的一場純淨而沉重的愛情故事。

影片的序幕是機場的特寫。黑白的畫面，擁擠的出口，成雙成對的男女，兩個男人的身影，一張女子的俏臉，魚貫而出的人群漸漸地把機場搬空了，只有她和他，導演盡可能地攝取生活的細節，以便我們能把自己置放在這樣的氛圍裡。他看了她一眼，她也意識到他的存在，從這些細節不難察覺，兩個陌生的世界有了對接、碰撞、重合的無限可能。

喧囂的世界如洪水一般退卻了，她和他陷入一種靜寂的空曠中。他們要走進一個愛情的童話嗎？導演的高明在於，他並沒有讓她和他徑直相遇，然後去一個韓國料理，最終抖落出一些情事的爆料。她和他等待的居然是同一個人：地賢。地賢是她的妹妹，又是他的未婚妻。就這樣，導演李在容將情事的發生導向兩顆燃燒的心，也導向內心的糾結、倫理的衝突、混亂的境遇，使得一場情事既讓人無限期待，又充溢著巨大的不安。

這樣的情事，它是一種毒藥，就為了品嘗它的甜味而甘願赴死；還是一種苦茶，澀苦之後是悠悠的醇香？影片拒絕了單一化的表述，從而深入到內心的豐富性和外在的複雜性，以至於我們無法從單一的層面作出自己的評判，無論是倫理道德，還是真摯愛情。這樣的影片無疑是有魔力的。

少婦金素賢（李美淑【註29】飾），具備一切東方女性的美質，含蓄，端莊，靜美，也擁有一個美滿的家庭，丈夫尹俊日是一個很成功的建築師，用他同事的話說，「他設計的大廈很棒」，兒子十歲，矮小的個子，卻擔當著班裡的中鋒，能把籃球很靈巧地投進高高的籃筐。

素賢洗菜、做飯，把食物們一一放進冰箱的恆溫裡，以維持它們的常態。素賢沉浸

〔註29〕李美淑：二十歲出道演出電影《火鳥》，後陸續拍攝了十餘部電影作品，在二十世紀八〇年代大放異彩，成為當時最著名的女演員之一。

於她家庭主婦的角色裡，在每一個瑣碎的家庭細節裡做出她嫻熟的有條不紊的動作。她當然也有自我的生活。素賢從三十一歲開始，每年都收藏起一塊化石，晚上閒暇的時候，她就把七塊化石擺來擺去，耐心地享受古板寡淡的生活。化石是素賢平淡婚姻的摹寫，它具有形象的描述功能，但素賢的內心不是化石。或許，素賢試圖循著這樣的紋路，回到化石的從前，那裡有清脆的鳥鳴、清新的泥土、清爽的空氣。

恆溫的冰箱和古舊的化石，它們都是冷靜的呆板的，穩定壓倒一切，拒絕一切可能的冒險，規定著家庭的內容向和諧安定的方向發展。如果不是宇因出現，素賢就會像魚缸裡的魚那樣，她的思維和行動都受到魚缸體積和水源高度的控制，她只能在逼仄的空間裡呼吸一絲絲微弱的氧氣。

宇因是什麼？供職於某石材公司的他，就是一塊原生態的石頭，有著質樸的色澤和鮮明的棱角，喜歡打通宵電玩，孩童一般的單純簡單。這樣的一塊石頭，落在素賢沉悶的生活裡，激濺起歡快瘋狂的水花，也成為她內心的不能承受之重。

地賢沒有如期回來，遠在美國的她，請姐姐幫宇因籌備婚禮。宇因，一個安靜的大男孩，猶如站在深秋的小樹，稚嫩而又堅定，他站在那裡，話語不多，一字一句卻迅疾流入素賢內心的凹槽裡，不曾揮發，素賢的內心翻江倒海了。和宇因去看房子，「我喜歡這個湖多於房子本身」，宇因動情地描繪著巴西里約熱內盧的那個像海一樣遼闊的湖，描繪它的日落之美，「天地都染成一片深深淺淺的紅色，跟世界任何地方都不同」。

宇因的描述力量是巨大的，他所經歷或擁有的生活在素賢的世界裡卻是稀缺的，他似乎有著超強的敘述能力，由一處房子翻轉出一個霞光浸染的大湖，他給素賢提供了一種別處的生活，也是過去的生活，這對於從來沒在外地住過的素賢是致命的誘惑。「不過，也許，在那裡，時間可以流動得緩慢些」，素賢開始嚮往彼岸的生活了，而安靜坦然的宇因似乎就是她的彼岸。如同深土裡的蟬蛹，橫亙著厚厚的濕濕的土層，素賢也只能蜷縮在她微涼的孤獨裡，幻想時間能以化石的形象凝固著，把自己打扮成安分守己的小婦人，狀若自足。

感情是個怪異的影子，趕也趕不走。在單一的光照下，它具有很專一的指向性，牽引著你，或者緊隨著你。紛亂駁雜的光芒裡，它糾結如麻，纏繞似藤，斬不斷，理還亂。素賢和宇因的關係在發展。她和他走向電影院，企圖彼此的目光在同一個語境裡遇見；雨夜，他突然的熱吻，猶如雨點落在撐著的傘面上，她甚至聽見了自己內心的驚恐；電梯裡，他的緊緊擁抱，她的輕輕推開，就像熱烈的陽光照耀著花朵，花香芬芳，花影也清涼。

如果情事如此這般，那麼這也只能是一出浪漫唯美的漢城戀情，或者是拷貝的電影版的姐弟戀。宇因的愛單純而執拗。倒是素賢，她的周邊密布著異質的混雜的聲音，這些聲音被導演處理得很微弱，有時甚至稱得上悅耳，但對於素賢，不啻於晴天裡的驚雷。電影院前妹妹的來電，讓她倉皇逃離，留下兩張電影票淋濕在雨水裡，就像鳥兒的一雙翅膀，無法飛翔起騰空的欲望；她和他在遊戲廳裡做愛，畫面安靜唯美，彷彿男女雙人冰上舞蹈，那一個瞬間，肉體的重量彷彿就坐落在一個尖細的冰刀上，她剛才玩的賽車頓時失去方向，四處碰撞，翻飛，而又無聲無息。

素賢內心的升溫和外在的冷卻，道德上的不潔感和交錯著的身體的溫情純美，在滾燙的焦炭裡炙烤了又浸在冰冷的水裡，如是再三，情事和家庭反復攪拌下的素賢，會是怎樣的容顏？導演試圖演繹她的戀愛童話，卻讓她沿著倫理道德的軌道行走，讓愛情的童話和家庭的現實盤根錯節，折磨著素賢，也雜糅著我們的思索。

也許，正如卡夫卡【註30】所說：「沒有不流血的童話」，作為純淨美好的情事也不例外。我想，導演的意圖不在於炮製婚外情的可口可樂或者謳歌真愛的無與倫比，他試圖經由素賢的境遇表達一種思考，對人生活的合理性和人存在的完整性的思考。

一個兩難的處境。一個童話裡的人魚。人魚游來游去，即使在魚缸裡也保持著優雅的姿勢，她的肢體如此靈活，給人以美麗的錯覺，她吞吐的水花就是顆顆珠玉，以至於我們無視魚缸的逼仄和超低的氧耗。人魚想走出魚缸，擁有自己的天空，她夢想的雙腿一踩在現實的平地上，就好比踩在刀刃上，可是她的表情無比平靜。

宇因的眼神裡滿含著癡癡的期待：你怎麼不流淚，你怎麼從來不說你愛我。她步步利刃的疼痛，更與何人說？從某種意義上說，李在容的《情事》就是一個器皿，它盛放了五味雜陳的生活真相，不僅是個體生命重拾生活光芒的一種呈現，它還表述了個體生命在混亂處境裡的困惑、掙扎與迸發。

想起一個多年以前的小學算術題。一隻蠕動著的螞蟻，發誓要爬出一個滑膩的瓶

〔註30〕卡夫卡（Franz Kafka）：奧匈帝國一位使用德語的小說家和短篇猶太人故事家，被評論家們認為是二十世紀作家中最具影響力的一位。卡夫卡的代表作品有《變形記》、《審判》和《城堡》等。

子，它從瓶底出發，每分鐘爬上短短的五釐米，就像震盪的股市，又下跌三釐米。瓶子深二十釐米，求證：這隻螞蟻幾分鐘才能爬出瓶口，重獲自由敞亮的世界？乍看似乎簡單，答案十．五分鐘，這個答案是禁不起推敲的，它是錯誤的，深入一想，這樣的數學題應用到慚愧的現實裡，是否還持有一以貫之的理性意識，突然一個閃失，這隻螞蟻會不會跌落到人生的谷底，從此失去生活的信心和重新攀爬的勇氣，在瓶底成為別人的寵物，然後慢慢死去。

還好，李在容關注的是這個攀爬的過程。妹妹回來了。父親病危。素賢在父親的病床前痛哭流涕，她決定放棄這一段不倫之戀，儘管她念叨著父親曾經的言說：如果你找到心愛的人，別放走他。宇因用頭不停地撞擊醫院過道的門，她卻像一隻珠母貝，抱緊自己的傷口和沙粒。貝殼合攏。幕布下落。

情事已經發生了，它攪拌了內心的真情和肉體的欲望，「情慾是生命力的內在顯示，對它的壓力越大，它的反彈力就越強，這種反彈力能夠穿透現實生活中的沉淪與麻木，喚起一種飛蛾撲火的勇氣，去直面所有的絕望與痛苦」（祝勇【註31】《江南，不沉之舟》）。比利時作家梅特林克在他的散文《花的智慧》中描述過一種名曰苦草的植物，浸潤在溫軟的水裡，苦草的青春期始終是留一半清醒留一半沉睡，婚配的良辰來臨，它的雌蕊在水面上腰肢輕擺，嫋嫋又娜娜，曼妙的舞姿攜帶著一個愛情的秘密花園，可是，雄花的花梗太短，猶如一個人遲到千年，對此，作者寄予了深深的感歎：大自然難道還有比這更大的過失和更殘酷的折磨嗎？你想，這是多大的欲望悲劇啊。

就當我們依稀看見無邊的絕望之上天河橫亙鵲橋沉陷之時，奇跡發生了：雄花的花心裡都藏著一個小氣球，這些小氣球毅然決然地擺脫了往昔生活的束縛，掙斷了與花梗的生命維繫，生命誠可貴，愛情價更高，在與它們的新娘完成結合之後，就英俊地死去。

直面苦痛的勇氣和追尋情愛的意志，不僅屬於植物，也屬於整個物種，是生物個體在慾望悲劇的黑暗裡所作出的本能性的反應。宇因和地賢解除婚約，想隻身返回美國，在機場突然決定想去巴西，想回到那個童年的湖。丈夫察覺。憤怒的妹妹抓起她的化石砸碎了魚缸。魚缸作為一個家的符號出現，它穩固安寧，如今它破碎了。素賢反而覺得卸掉了家庭的負累，魚缸的破碎逼迫她生長出兩條義無反顧的腿，她離家出走了。

〔註31〕祝勇：中國作家、學者，藝術學博士。

飛機上，鏡頭閃過宇因蒼白而略顯呆滯的臉，聚焦在了素賢身上。她和他就在同一架飛機上，而彼此並不知曉，一如故事的開始。素賢推開窗簾，機艙內射進一片亮亮的白光。

這就是影片的結尾，但不是故事的結局，至於後事如何，也只有在觀影者內心的舞臺上演了。作為導夢者，李在容的《情事》取得了巨大成功。女主角李美淑在沉寂十多年之後，復出，接拍《情事》，她的表演征服了全世界的觀眾，也征服了宇因的飾演者李政宰【註32】。「美淑的風情無人可比。」李政宰如是說。

〔註32〕李政宰：韓國男演員。因其面相冷峻英武，加上演技出色，有人評價他為「最適合演出浪漫愛情電影」的男演員。

06 中國書法

甲骨文

我和甲骨文的邂逅是在遙遠的中學校園，記憶並沒有隨著歷史教科書的泛黃而褪色。

那時，鄉下的民辦教師什麼都教。我們的語文教師兼歷史課，他還教過幾天英語。我們在土炕上一覺醒來，似乎都精通了一門外語，譬如「枕頭」的發音是「外布裡是糠」，說得越快越富有英倫風情。他講「甲骨文」時眉飛色舞，我們沒理由不記住。別班的同學問他的名字，「叫什麼文來？」靈感的火花粲然：「甲骨文！」

後來，我和他對桌辦公。偶然的一天，我讀出了他臉上鐫刻的甲骨文。那是田野裡忙碌的風雕鏤的、講臺上漫捲的雪潤色的象形文字。幾筆皺紋呼應顧盼，形斷意連，眉間的「川」字如蒼勁古藤。他的坐姿高古端莊，儼然廟堂之器。隔著千里風煙和厚厚的近視鏡片，一八九九年安陽泥土的醇香撲面而至。

好的徽宣能保存幾百年，龜甲、獸骨卻如鏡磨面，越磨越亮。殷商的宮殿早已朽成爛泥一把，甲骨文卻從土裡站起來，愈發勁健挺秀，鮮活著三千年前的古國文化。中國的書法中，甲骨文最接近生活本真，也最能表達生活的意蘊。

眾多書家中，蔡邕【註33】的追求別具一格：「凡欲結構字體，皆須像其一物，若鳥之形，若蟲食禾，若山若樹，縱橫有托，運用合度，方可謂書。」漂泊漢末的他不識甲骨文，卻因緣巧合的苛求著甲骨文的至高境界。在課堂上，學生辨析不清一些漢字了，我說：「請同學們看黑板，這是它們最初的模樣。」

三千年後，中國才發掘出了漢字的源頭，我用二十年的時間讀懂了中國的民辦教師。甲骨文開創了書法藝術的先河，在師資青黃不接之時，民辦教師傳承了中國文化。

小篆

小篆雍容大度，鋒芒內斂，圓潤溫厚，有王侯之平靜，將相之從容。

哥哥們從軍去六國，陣前鏖戰不相識，戰國的硝煙無情地修改了他們的容顏。是西周的方鼎鑄就了他的溫厚？是咸陽的廊柱奠定了他的穩健？小篆神定氣閑，吐納萬千，六王畢，四海一，他輕鬆地為大秦註冊成功。刪繁就簡，更顯精神飽滿，透出一種雄渾的氣魄和自信的理念。

小篆是強秦氣象，造型圓渾齊整，有始皇君臨天下的氣度，有李斯【註34】藏鋒蓄勢的圓活。逆起回收，仕途奔波裡寵辱不驚聚其心神；內斂包裹，動盪官場上苦練內功以養其氣。

中國書法裡，只有小篆是一種閉合的蚌，表面優雅排列著向心的環狀紋，剖開內心，才是那晶瑩如淚的珍珠。小篆的平靜，包含了千般波瀾萬種起伏。

〔註33〕蔡邕：字伯喈，中國東漢末年名士。東漢著名才女蔡琰（文姬）之父。

〔註34〕李斯：秦朝著名的政治家、文學家和書法家。李斯曾任秦朝左丞相，司馬遷著《史記》，將李斯和趙高併寫於《李斯列傳》。和韓非師從荀子學習帝王之術，後來都成為諸子百家中法家學說的代表人物。

小篆光照雕樑畫棟，也駐足尋常巷陌。你看，蘇東坡【註35】歌著「問汝平生功業，黃州惠州儋州」，騎一頭瘦驢，行吟在蠻煙荒雨之中。小篆的從容，是蘇東坡的從容，是「也無風雨也無晴」的超脫與從容。

流落民間的小篆，舉手投足間是掩不住的渾圓與勁健，這是一種天生的安富與尊榮。工而不板，凝而不滯，後人效法小篆時往往「東施效顰」，得其表面，不得神韻。

我曾與泰山刻石對視了很久很久，恍惚間不知棲身何處，是秦是今？只覺一種飽滿一種勁健一種沉著深入我的骨骼。

隸書

如果說隸書是中國書法改革開放的總設計師，那麼，後來的草楷行就是他舉起的右臂下一個個鮮活起來的音符。渾圓的花苞綻開了自信的笑臉，張揚著恣肆奇崛的個性魅力。

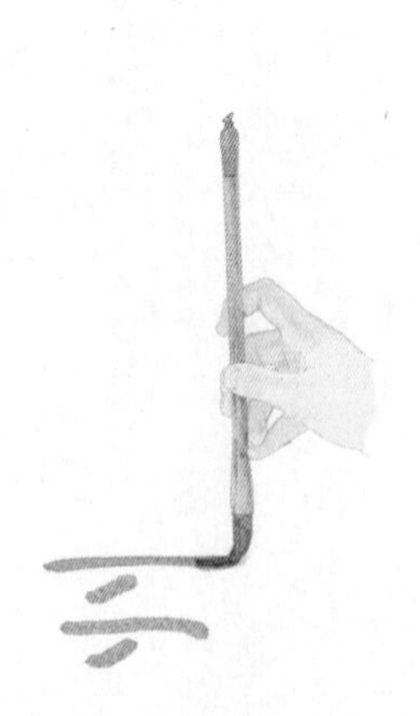

元代篆刻家吾丘衍【註36】在他的《三十五舉》【註37】中對隸書的評語尤為精絕：「隸書須是方勁古拙，斬釘截鐵，挑拔平硬，如折刀頭，方是漢隸。」每每玩味至此，總覺得隸書鮮明的棱角，透射出一種義無反顧、勇往直前的膽識與魄力。

相傳，隸書和一個叫程邈的秦國小吏血脈相連。程邈得罪始皇，系雲陽獄中，覃思十年，損益大小篆方圓筆法，成隸書三千。鐵窗和鐐銬鎖不住程邈湧動的思想，每一個小隸都躍動著人的靈性。

衝破藩籬的隸書，以其輕快的步伐走遍了兩漢的大江南北，他服務大眾，把自己定

〔註35〕蘇東坡：蘇軾，北宋時著名的文學家、政治家、藝術家、醫學家。字子瞻，一字和仲，號東坡居士、鐵冠道人。其散文、詩、詞、賦均有成就，蘇軾的散文為唐宋四家（韓柳歐蘇）之末。更與父親蘇洵、弟蘇轍合稱「三蘇」，父子三人，同列唐宋八大家。

〔註36〕吾丘衍：元代金石學家，印學奠基人，字子行，號貞白，世稱貞白先生。

〔註37〕《三十五舉》：這篆刻論著，為篆刻學著作之始，前十七舉主要論述寫篆，十八舉後論篆刻。內容敘述有關篆書、治印方面各種知識。此「三十五舉」為習印必讀。吾丘衍因撰寫《三十五舉》成為中國篆刻史上印學研究的先驅。

位於普通的一員。面對隸書的平凡，我們內心往往湧起這樣的感受：「字特雄偉，如冠裳佩玉，令人起敬。」（清《今隸偶存》）

隸書嚴整的結構，給人以四平八穩的感覺；周到的點畫，使他的觸角深入生活的方方面面。無論從哪一個角度來看，隸書總是那麼骨氣洞達，爽爽有神。站在黃山秀美飛動的「人」字瀑前的鄧小平，目光堅定，眼前隸法般不束縛、極遒勁的飛瀑，在他心中濺起了萬千波瀾。他在黃山居住的地方稱作「望瀑樓」，那是一個引號，標在「人」字瀑之下，標在二十多年前的中國之上。

隸書永恆，改革者永恆，開拓創新的精神永恆。

正楷

正楷是書法舞臺上的俊美書生，一襲平整的長

衫裹不住的高潔與端重，永遠的眉清目秀，永遠的儒雅方正。

正楷為人處世中規中矩，他的一生極有章法可循。少年是蜜蜂，吮過《四書》又覓《五經》【註38】；青年是勞燕，飛過柳梢飛過省城又奔皇都大殿；中年是綠荷，泥淖清漣裡堅守自己的顏色。「橫平豎直，端端正正，做人也像他」，正楷的精神，從魏晉流行至今。

端正草書的無規則，減省漢隸的波磔，正楷是中國書法藝術走向極致的一個關鍵。他既受文人雅士鍾愛玩味，也為平民百姓欣賞使用。中國有句老話：五百年出一個聖人。我始終覺得正楷算是一位。他貫通古今，推動著中國文化的前進，成為傳統藝術服務當今大眾的楷模。正楷，正應了時下教育界「身正是範」這句話。「萬世師表」，這話拿來定義正楷，我想是現成的。

〔註38〕四書五經：指九本中國儒家經典著作。四書指《論語》、《孟子》、《大學》、《中庸》；五經指《詩經》、《尚書》、《禮記》、《周易》、《春秋》。

人所追求的，其實就是正楷的最高境界。我有不少書法界的朋友，各有名頭，都是走橫平豎直的路子，暢飲著唐詩宋詞補血養氣，他們現在的書藝，書體端嚴勻整，書勢挺秀偉勁，達成古代小說塑造人物「略貌取神」的境地。橫平豎直，是人立身之本；雄邁清勁，是人興業之象。

在校園公式化的生活裡，我潛心臨摹過柳公權【註39】的《神策軍碑》【註40】，那時的我，正處在安排人生間架結構的學生時代。

〔註39〕柳公權：字誠懸，唐朝的大書法家。柳公權是顏真卿的後繼者，但惟懸瘦筆法，自成一格；後世以「顏柳」並稱，成為歷代書法楷模，有「顏筋柳骨」之說。

〔註40〕《神策軍碑》：全稱《皇帝巡幸左神策軍紀聖德碑》，碑文記錄了回紇汗國滅亡及安輯沒斯來降等事，具有重要的歷史價值。

07

鄉村課堂

永遠的黃鸝

兩個黃鸝鳴翠柳，一行白鷺上青天。
窗含西嶺千秋雪，門泊東吳萬里船。
——唐・杜甫【註41】〈絕句〉

黃鸝，單是漢字，就已構成視覺上的燦爛了；單是音節，就已充滿聽覺上的婉轉了。「羽毛新刷陶潛菊，喉舌初調叔夜琴」，古遠的詩句就在枝條上翠綠著。面對此情此景，誰不耳聰目明？

〔註41〕杜甫：字子美，號少陵野老，唐朝現實主義詩人，其著作以弘大的社會寫實著稱。因其曾任左拾遺、檢校工部員外郎，因此後世稱其杜拾遺、杜工部。杜甫被後人奉為「詩聖」。他的詩也因其社會時代意義被譽為「詩史」。

彷彿鳳凰棲於碧梧，仙鶴止於高松，只有翠柳，只有春天裡的翠柳，才能展現黃鸝的全部美麗。鳥是樹金黃的心跳，樹是鳥翠綠的羽毛。黃鸝鳴於翠柳，是鳥在其中生命得以輝煌、人在其中心情得以超然的一種極致。黃鸝就這麼一叫，天就澄明了，地就碧綠了，人就輕鬆了。

那是春天裡一幅最美麗的畫面：黃鸝早早醒來了，柳樹早早就站在等待裡，誰都不想辜負這明媚的春光。儘管這個春天來得太晚太晚，這是盛唐的秩序被打亂後第一個色彩清麗的春天。讓花草落淚去。讓馬蹄紛亂去。蜀中的天塹之險，應該把喧囂擋在外面的。浣花溪畔，有花便是韻腳，有水定在吟詠。那一刻，詩聖走在黃鸝的歌裡，黃鸝歌在詩聖的詩裡。「兩個黃鸝鳴翠柳」，這其中的一個，便是詩聖自己了。看著一行深受鼓舞的白鷺，詩聖把耳朵望成了八方。黃鸝唱著，詩聖吟著，兩個黃鸝奏出千年不去的絕響。

我，就是被這一聲絕響驚醒了的。沿著詩歌曲折的河流，我尋找千年之前的那個春天，那個明快的詩歌的春天。說白了，我在尋找一個答案：詩聖作詩一千四百多篇，出口就是經典，為什麼獨獨一首〈絕句〉最為流傳？為什麼萬里之外的那聲鶯啼一直響在耳邊？

大河的源頭是一行行晶亮的淚珠。從一根樹枝逃往另一根樹枝，北方之大，竟容不下兩對倦飛的翅膀。「三年饑走荒山道」，詩聖哀鳴著入川了。幾間拙樸平和的茅屋，儘管還穿風漏雨，但足可以歇一歇落葉般漂泊的心靈了。

翻過籬笆的千朵萬朵浸染著詩聖的夢境；柴門嘎吱作響，可是鄰翁來話家常？只一瓢浣花的溪水啊，就沖走了所有山外的風塵。詩聖沉鬱不起來了，詩風陡地一轉，變得明快活潑、恬淡樸素。入目翠綠金黃，入耳婉轉悠揚，詩聖哪有心思去惆悵？這破破爛爛的茅屋，不就是一棵蒼翠勁健的大樹嗎？

社會嘈雜了吧？生活無聊了吧？環境污染了吧？那就讀讀詩聖的〈絕句〉吧。曾有一頁日曆沉重得幾乎翻不過時，我目光的翅膀一時竟無枝可棲。忽聽兩歲的女兒小雨咬字不清地背著〈絕句〉，眼前不禁一亮：那千年之前走在春光裡的不是詩聖，而是一個普通老百姓！屋能蓋頭，田足糊口，小老頭品嘗出了生活的富足。

對於黃鸝，孫犁【註42】先生說：「它們的啼叫，是要伴著春雨、宿露，它們的飛翔，

〔註42〕孫犁：原名孫樹勛，是一位中國當代小說家、散文家。一九四〇年代發表的文集《白洋淀紀事》是其代表作，其中的小說《荷花澱》運用革命浪漫主義的手法，開創了荷花澱派。

是要伴著朝霞和彩虹的。」對於詩人，他們的靈感，是要泥土和大地來孕育，他們的詩篇，是要和老百姓緊緊相連的。

詩聖之所以為詩聖，是因為他比我們更清楚風雨之後陽光的重量，更會選擇一棵平凡的翠柳，然後放聲歌唱。

秋天的東籬

結廬在人境，而無車馬喧。問君何能爾，心遠地自偏。
採菊東籬下，悠然見南山。山氣日夕佳，飛鳥相與還。
此中有真意，欲辨已忘言。

——東晉・陶淵明【註43】〈飲酒〉

過了小橋，便是東籬。東晉是一個沉悶乾燥的季節，東籬是唯一的清新明麗的花園。短短的小橋，這喧囂和靜謐之間，多麼洗練的一根藤蔓。西元四〇五年，詩人從容跨過小橋，跌入了清新迷人的農家田園。狗吠深巷中，雞鳴桑樹顛。詩人從世俗中拾起自己的身影，不惑之年，臨風枝條，其葉卻也沃若。

菊花的情人，酒的知己，幽居南山的耕者，荷鋤挑擔，出入於山海經和農事。那時詩還沒有誕生，一條條質樸的壟溝是挺進秋天的隊伍。說是躬耕壟畝，其實是詩人把自己種成了桑麻，日曬幾回，雨淋幾回，直到秋天，才和大豆們結伴回村。

青梅煮酒，已醉過夕陽的橘紅，該采東籬的菊了。南山正深秋。黃花絲絲抱蕊，菊葉含翠搖風。詩人的寬鬆袖管裡滿是菊花，像一群歸巢的鳥。就在詩人尋覓鳥聲的不經意間，南山忽然進入了他的眼簾：山色空蒙而又淡遠，熱烈而又沉靜，像人生的中年。青靄濛濛泊在山上，黃花燦燦尚在籬邊。

詩人的目光不由得隨鳥們飛翔，從飛行的路線中，他忽然發現了答案，卻一時找不出恰當的語言，只覺得天空的飛鳥是一個隱喻。鳥聲關關，一種活潑的東西穿透詩人固守的恬靜，在心為詩，落地為菊：採菊東籬下，悠然見南山；山氣日夕佳，飛鳥相與還（陶淵明〈飲酒二十五．其五〉）。

〔註43〕陶淵明：字元亮（又一說名潛，字淵明），號五柳先生，私諡「靖節」，東晉末期南朝宋初期詩人、文學家、辭賦家、散文家。曾做過幾年小官，後辭官回家，從此隱居，田園生活是陶淵明詩的主要題材。

今我不為樂，知有來歲不。在塵網之外，快樂堪摘，山色可飲。那一個傍晚，採菊的詩人真的醉了。夕餐秋菊之落英，是詩人們的潔癖。高大的屈子只是一個模糊的背影。一杯濃烈的夏日，一壺深秋的黃昏，朦朧了詩人的雙眼，他的眼前只有金蕊和流霞。千菊如炬，照亮了東籬的秋天。

東籬是菊的領地，舒展著秋天最愜意的笑容。菊在杯中，是新熟的酒；菊在枝頭，是飄舞的蝶。醉了的詩人隨便臥進哪一朵花心裡，都能酣睡到天明，再喧響的功名也喚不醒他。

這是後人永遠也無法模仿的兩個動作。躬耕壟畝，提供了物質食糧；菊採東籬，保證了精神給養。田園詩人陶淵明，創造的是中國文化人的一種至高理想。

陸游：西元一一五五年的沈園

世情薄，人情惡，雨送黃昏花易落。
曉風乾，淚痕殘，欲箋心事，獨語斜欄。難，難，難！
人成各，今非昨，病魂常似秋千索。
角聲寒，夜闌珊，怕人尋問，咽淚裝歡。瞞，瞞，瞞！

——唐琬【註44】〈釵頭鳳〉

浣花溪畔的草堂，那是一代詩聖杜工部錦繡詩章的續篇；河南孟縣的唐柏，那是曠世文宗韓昌黎穿越歷史的雙眼。而一提起沈園，我們的心總是被狠狠一揪，因為沈園不再有，不再有的沈園是我們心中不倒的建築。

也許親歷過那場悲情，沈園才在花季年齡驟然老成了斷壁殘垣；也許不願見證傷痕和悲慟，沈園才打點淚水，永遠走出了仰望者的視線。

西元一一五五年春日。樹若屏圍，樓似乳燕；小橋像柳眉，大道如青天。在一臉燦爛的紹興人中，我們一眼就能找到他，他是殊於眾生的一個，他是陸游。前秋省試登頂去春殿試落馬的陸游【註45】，怎麼看那大戶石獅，都是秦檜【註46】陰險的臉。

〔註44〕唐琬：南宋詩人陸游的第一任妻子，自幼文靜靈秀，才華橫溢。陸游二十歲與唐琬結親。不料唐琬的才華橫溢與陸游的親密感情，引起了陸母的不滿，遂命陸游休了唐琬。

〔註45〕陸游：字務觀，號放翁。南宋詩人、詞人。為南宋詩人之冠，陸游自言「六十年間萬首詩」，是兩宋留詩作最多的詩人。

〔註46〕秦檜：字會之，靖康之禍後隨同徽、欽二帝被擄到金國，宋高宗時期回到南宋。此後出任禮部尚書，兩任宰相，獨攬相權十九年。因其力主對金議和，並促使宋高宗殺害抗金將領岳飛等，被民間廣泛視為漢奸、賣國賊，元編《宋史》列入奸臣。

寺憶曾遊處，園憐再顧時。城南禹跡寺的香火描繪不出青雲的飛翔，舊日足跡已是沈園芳草淒迷，宮牆擋不住記憶，每一腳都踩痛往事。這是真實的陸游。英雄應該既像黃鐘那樣敲響「三萬里河東入海，五千仞嶽上摩天」的雄壯，又如二胡那般拉出「傷心橋下春波綠，曾是驚鴻照影來」的悲愴。

在沈園，我們清楚看到了陸游纖麗柔婉的一角。從這個意義上講，是沈園成就了陸游，一種沈園式的悲憤與蒼涼從此薰染了陸游詩章。所以，那個讓人看一眼就斷腸的愛情故事，沈園只首映一次，便從此絕版。

對面座位空著，坐著陸游一生的思念。唐琬就在沈園，卻分明在天涯。能見到的只有這酒杯，能聽陸游心聲的只有這酒菜了。「當生活的平靜被東風吹亂，我竟不能保存她纖弱而美麗的生命，我愧對『亙古男兒一放翁』的身後評。萬卷詩書誤我。也許出身尋常百姓家，倒能擁有『我欲與君相知，長命無絕衰』的愛情。」

聽到落紅的一瓣瓣歎息，陸游明白了一個道理：在自以為是、專制蠻橫的社會面前，個人的命運只能是這桃花。陸游很痛苦，他的痛苦就在於他的深刻細膩聰明睿智。清楚悲劇的根源卻無力改寫，這是一種令人窒息的痛苦。於是，沈園有幸，因〈釵頭鳳〉

一詞成名；園壁站起，舉起了不平的大旗。就百年論，誰願有此事？就千秋論，不可無此詞！

一一五五年春天。在紹興人凡眼看不到的地方，一朵花寂寞的枯萎，那是唐琬；一隻鳥哀鳴著飛遠，那是務觀。據說沈園一面不久，唐氏愁怨而死。沈園之於唐琬，猶如清池之於劉蘭芝【註47】，汨羅之於屈原。

走出沈園，我們看到了一位英雄。他難道不是一位英雄嗎？在文學的王國裡，驅詩為利劍，馭詞為長纓，領散文為千軍，呼風喚雨，作品一萬，千載誰堪伯仲間。他是真的英雄。一一五八年任福州寧德主簿始，位卑志遠，從此以「肝心」鑄劍，抗奸佞擊金兵，鐵馬秋風大散關。左手執筆右手持劍，夢裡作詩白天抗戰。千古英雄，誰與爭鋒？沈園走了，沈園的遺書只是一首詞。這就是沈園。存活一世，只有一一五五年那一

〔註47〕劉蘭之：東漢末年人，十七歲時嫁給廬江郡的一個小官吏焦仲卿為妻。為焦母不容，被遣回娘家，兄逼其改嫁。新婚之夜，蘭芝投水自盡，焦仲卿亦殉情而死。記敘其事的〈孔雀東南飛〉成為東漢樂府民歌中最傑出的長篇敘事詩。

份記憶足矣。今天，以孤篇〈楓橋夜泊〉聞名世界的寒山寺，鐘聲不絕於耳，掏腰包敲鐘者摩肩接踵，全然沒有了夜半警世之神韻。沈園，不願淺薄者來此指手畫腳評頭論足，不願把一代英雄的悲憤廉價的出售。沈園是陸游生前的紅顏知己。沈園化蝶而去了，我們心中卻搭建起無數的沈園。

跌跌撞撞，搖搖擺擺，走到今天的古代建築多多，而位列沈園之上者幾何？一座幾百年前就消失的小園，讓許多摩天大廈汗顏。這，不能不說是一個奇跡，是沈園的奇跡，是陸游的奇跡，是宋詞的奇跡。

沈園永恆。陸游永恆。真愛永恆。

介子推【註48】：大火裡的靈魂

百年節歲同寒食，萬里封疆立介休。

——明．呂解元〈綿山吊介子〉

傳說，天方國有一種神鳥，集香木自焚，而後在死灰中重生，毛羽鮮鮮，大音即即，從此永遠不死。

「鳳，火之精也，生丹穴」，輕輕撣去〈春秋緯．演孔圖〉上面的煙塵，我們可以看見一道沖天而上的火光，一個傲視宇宙的靈魂。

也許，他覺得，只有深山老林才能棲息他的翅膀，只有大木長風才能放牧他的目光。困頓和疼痛只是選擇的過程，一旦邁出雙腳，步履卻是一種堅定的從容。像一泓溪水流向遼闊的海洋，很快地，他的背影融入了綿山的深邃之中。

背上的老母，儘管已經髮蒼蒼視茫茫齒牙動搖，但一把堅硬的骨頭，卻為他遮住了塵世的喧囂，包括烏鴉的聒噪鸚鵡的鼓簧，可能還有幾聲飄忽如羽毛的歎息。

這時，即使萬人齊喊，他也不會聽見，他的聽覺只有母愛的溫熱。遠去了，一個背影，我們只能從撿起的一枚枚落葉上，去追尋過去的陽光。

〔註48〕介子推：春秋時期晉國人，晉文公重耳的輔臣，驪姬之亂發生後，他跟隨重耳出奔，歷盡艱辛，忠心輔佐重耳得以返國，介子推卻淡泊功名，歸隱山林。因其「割股奉君」，隱居「不言祿」之高尚品行，深得世人懷念。

追隨公子重耳逃出晉國，這是他淬煉靈魂的開始。我們不必去細辨每一枚落葉上的每一條脈絡，但我們知道，葉子曾經青翠的歲月金黃了，因為它飛成了一隻鳥。十九年流亡的時光太漫長，無論風雨無論陽光，我們更願意看作是一種文火，不緊不慢、如影隨形地烘烤著他的思想：扶公子於至尊，澤恩惠於萬民。

所以，當公子眼花頭昏、幾天幾夜滴食未進之時，他的第一反應是水可竭，山可無陵，公子的腸胃不能虛空。然而，前方空蕩蕩的，後面，在他們走過之後更加荒涼。割股獻食，這是一個後人無法模仿的舉動。他恣情而為，因為他的胸中燃起了大火。飄溢出醇香的，絕不僅僅是一塊帶有自己體溫的烤肉。幾截短短的木柴，捧出的是赤子丹心，也悄悄勾勒出綿山大火的雛形。那是怎樣一片血淋淋的火光啊！

在上風頭三面放火，只留一個出口，守株待兔般等他背著老母鑽進精緻的世俗的鳥籠，然後掛在深宮大殿濃重的陰影下。這，確實是個好主意。習慣了萬人簇擁的晉文公重耳，顯然忽略了重要的一點。他可以洞悉天下大勢，卻難窺一個清潔的靈魂：既然綿山是他的地平線，他的生命只能向上，不斷向上。

放火燒山，這個做法真的堪稱經典，以至於許多年以後，面對這樣一場大火，我們不知道是應該疼痛還是激動。

大火熊熊，吞噬了許多淺淺的腳印。但有一些印記卻燒製成了陶罐，盛滿一段鮮活的記憶。那一天，他抬起頭看了看晉國的天空，陽光大好。他突然感覺到，所謂忠臣，不過是國君手中的一把遮雨傘。他的傘面已經滿是皺褶，或許背脊佝僂的母親，正需要傘柄做一根拐杖。白雲無盡時，那時，他的心中一定蕩漾著詩人的情思。就那麼不經意間，推掉了常人看來千載難逢的機緣。盡忠而後孝，他甚至無暇顧及自己是否驗證了一個古老的公式。

老樹龍鍾，新綠細嫩，他只想在母愛的注視裡，自由地覓食，暢快地呼吸。

那場火太大了，擋住了所有仰望者的視線。他與母親之間的對話，只有火光聽見。或許母子心志相通，交談根本不需要語言。那一天，母親搭在他肩上的手掌一定瘦小而闊大，孱弱而有力。有一片生命專門為一個生命而燃燒，真真值得歌頌。

如此火爆的場面，如此熾熱的邀請，換了別人，自己先一把火，燒了用作舞臺佈景的竹舍，然後一溜煙似的跑到國都，像仙人那樣活著，像凡人那樣思考了。他，殊於眾生，高潔孤傲，「非梧桐不止，非練實不食，非醴泉不飲」（《莊子‧秋水》）。眼前的這場大火，於他的生命是一種保存，於他的思想是一個提升。大火，沒有燒出來一個世俗的官吏，卻鍛造了一個照耀千古的靈魂。

一場大火簇擁著的一隻大鳳，這是一種無法企及的高度。

也許那年的大火過於猛烈，它大大透支了這以後所有這一天的煙火。於是，以後每年的這一天，家家戶戶都要吃寒食，而空中潔淨了無煙塵。即使朝代更迭歲月嬗變，這一習俗也曆千年不改，始終如一，如從遠古走來的陶器。

也許後人感受到了他胸中燃燒的大火，試圖以個人的方式，以一己的情感，稀釋他充沛的熱能。這一天，人們咀嚼著現成的食物，拌和著內心的火熱，去品味「雨中禁火空齋冷」的寒士情懷。

時令既然是陽春，桃紅柳綠，這一天，自然少不了踏青遊春的腳步。雜在其中，我還是有點鬱鬱寡歡。他，已經走得很遠很遠了，喚不回的，難道是我的心在把他追趕？

傳說，那場大火將綿山燒得寸草不留滿山灰燼，卻獨有他的一片衣襟完好無損，字字彰顯他「致君堯舜上，再使風俗淳」的社會理想。

於是，心中釋然：眼前的和平盛世，不正是他千年所盼？扔掉厚厚的棉衣，我立感身輕如雁。

臧克家【註49】：鳥聲永恆

歌聲，像煞黑天上的星星，越聽越燦爛，像若干隻女神的手，一齊按著生命的鍵。
美妙的音流從綠樹的雲間，從藍天的海上，匯成了活潑自由的一潭。

——臧克家〈春鳥〉

一九四二年五月，「皖南事變」【註50】之後，臧克家避難河南萬縣，一個叫寺莊的小巢收留了他疲憊的翅膀。一天的清晨，詩人被一聲聲清脆的鳥鳴喚醒。黑夜，是一口

〔註49〕臧克家：中國現代詩人。曾用名臧瑗望，筆名孫荃、何嘉。

〔註50〕皖南事變：又稱為新四軍事件，「皖南」即指事變發生地區——安徽南部，而新四軍則是指共產黨轄下。此事變是抗日戰爭時期中華民國轄下的國民革命軍第三戰區部隊與新四軍之間的一次數萬人規模的中等衝突事件。

很深很深的枯井，他是被鳥聲這根纜繩拉到陽光下的。

嚶其鳴矣，求其友聲。吟詠的詩人在地上，歌唱的春鳥在樹上。詩人和春鳥共鳴著，周邊都變成活潑自由的一潭。所謂共鳴，就是詩人忍不住也延頸鼓翼，朗聲抒情。

詩，是有聲音的，這會兒的詩歌，有一種圓潤流暢的韻味。萬鳥齊鳴，那是詩人加入了大自然的合唱。鳥聲，一束比一束明亮。詩人的心情不再冬天，呼吸變得順暢，詩歌也為之激昂。而春鳥的叫聲，彷彿音樂的前奏，竟開啟了一曲恢宏的樂章：「是應該放開嗓子歌唱自己的季節，歌聲的警鐘，把宇宙從冬眠的床上叫醒，寒冷被踏死了到處是東風的腳蹤。」聽到這真理的聲音，誰的精神不為之一振？

據說小澤征爾【註51】第一次聽〈二泉映月〉【註52】時，是雙膝跪地，虔誠無比。我們在春鳥的啼囀中，一點一點地長大。隔著半個多世紀的風煙，我無法知道，到底是春鳥改變了詩人，還是詩人發現了春鳥？是春鳥的叫聲鮮活了詩人的詩歌，還是詩人的詩歌使春鳥成為優秀的民間歌手？其實這些都不重要，真正重要的是蟄蟲揭開土被，到陽光下爬行，是人類的活力在奔湧！聽著真理一樣的鳥鳴，詩人怎會再重複昨晚的噩夢。這充滿活力的鳥鳴，必定經歷了黑暗與沉悶的磨礪，正如天上的星星，越黑越燦爛。聽春鳥啼鳴，其實就是清洗耳朵清洗心靈。

我們在春鳥的歌聲裡，把全身每一個毛孔都豎成耳朵：真理和自由，便是世間最美妙的音樂。憤怒出詩人。當空氣近乎令人窒息時，總會有詩人的聲音響起。臧克家以詩歌為武器，「詩人呵……放開你們的喉嚨，除了高唱戰歌，你們的詩句將啞然無聲」。抗日宣傳工作屢遭破壞，個人也險遭不測，詩人在困境與鬱憤中寫下的詩歌，如同早醒的霞光，預言了天空的高遠與明朗。

詩人以生命為詩歌，從棘針尖上去認識人生，帶著倔強的精神沉著而有鋒棱地去迎接磨難，「一生獻給了詩的王國」（谷牧【註53】語）。詩人的詩篇，是「一部現代中國社會生活的編年詩史」（汪錫銓語）。

〔註51〕小澤征爾：日本指揮家，其激動的指揮方式以及他幾乎不使用指揮棒的印象為人所知。
〔註52〕二泉映月：為阿炳的代表作，著名的二胡曲。二泉之名來自於人稱「天下第二泉」的無錫惠山的惠泉，即阿炳經常賣藝的地方。
〔註53〕谷牧：原名劉家語，中國「改革開放」初期，政府經濟建設領域的主要領導人之一。

臧克家的〈春鳥〉，是一曲含蓄蘊藉的交響。誰將這段樂章，全神貫注地聽過，誰的眼前就會無限春光。詩人的翅膀經過黑夜的打磨而翔舞九天之上。詩人，是一隻大鳥，他的聲音激越豪邁，穿透厚重時空，抵達的是我們的心靈，「我要用我的詩句，去叫醒，去串連起一顆一顆的心」。

二〇〇四年二月，也是一個春天，是青山添媚眼的春天，是流水孩子般的春天，是草木綻笑臉的春天。聆聽著窗外真實而翠綠的鳥鳴，詩人便在天籟的清靈之音中復活，清晰可聞的是他心的跳動。

08

記憶或者懷念

懷念史鐵生

二〇一一年來了，史鐵生走了。

他雙腿癱瘓，後來又患腎病並發展到尿毒症，需要靠透析維持著生命。

我相信，他走的時候，是平靜的，安詳的，他走進了他的節日。所有的病痛都離開了他的身體。這位自稱「職業是生病，業餘在寫作」的優秀作家走了！正如他在〈我與地壇〉裡所說的那樣：死是一個必然會降臨的節日。

他的文字留了下來。「史鐵生是當代中國最令人敬佩的作家之一。他的寫作他的生命，完全融合在了一起，在自己的『寫作之夜』，他用殘缺的身體，說出了最為健全而豐滿的思想。他體驗到的是生命的苦難，表達出的卻是存在的明朗和歡樂，他睿智的言詞，照亮的反而是我們日益幽暗的內心」，這是史鐵生獲得首屆華語文學傳媒大獎時的授獎詞，我覺得，也是對他的散文名作〈我與地壇〉最精當的評語。

許多人都在熱衷於「民族」、「大河」、「千年」的大書寫大製作的時候，史鐵生的〈我與地壇〉的存在，給「大散文」的寫作提供了最好的文本：以個體的生命體驗為情感起點，超越個體生命中有限的必然，呈現為對人類整體存在的擔當。「一個人，出生了，這就不再是一個可以辯論的問題，而只是上帝交給他的一個事實；上帝在交給我們這件事實的時候，已經順便保證了它的結果，所以死是一件不必急於求成的事，死是一個必然會降臨的節日」，地壇的永恆與瞬間、沉靜與湧動、博大與纖細，給一個瀕臨絕望的人開蒙揭翳，使他對於生與死有了新的看法。

我覺得，這是一篇帶有自傳、自省、自述的大散文，質樸，渾厚，峻拔，富於人性的深度和生命的熱度。而時下的一些散文呢？喜歡堆砌華詞麗句（藉以掩蓋內蘊的空虛），嗜好肉麻甜膩的抒情（給人無端歌哭的空洞之感），唯獨不見生命的個體體驗。〈我與地壇〉是我每年必讀的散文。在我們被物質主義、消費主義所裹挾、所淹沒的今天，〈我與地壇〉有著自我救贖的意義：審視自身，珍愛生命，心靈復歸安靜。「地壇」是迷亂浮躁的現代人得以棲居的精神家園，「它為一個失魂落魄的人把一切都準備好了」（〈我與地壇〉）。

再一次重溫史鐵生的著作，讓我仰望著一個與眾不同的身影。他對生活的沉浸，他對文學的思考。寫作是什麼？它首先是一種內心生活，出發點是寫作者的自省和向內探尋，推己及人，勇敢地敏銳地去探索人的無限廣闊的可能性，表達對人類基本關係的思考。

作家走了，地壇還在，它是作家博大胸懷的象徵，是我們靈魂棲居的安靜的家園。

老歌

老歌，就是陪你到老的歌。有時想想，能和一支歌慢慢變老，那是一件多麼完美的事情。

許多年後的一天，你躺在一張搖晃的竹椅上，電腦、CD已經結滿了蛛網，只有身邊的膠木留聲機，氤氳著一種古舊的氣息，時間是飄忽而緩慢的，空間如此遼闊，除了音樂，找不到可以依傍的。是一張暗綠的老唱片，呈現著歲月的深度和時間的光澤。你是如此沉溺於這種甜美的寬慰高貴的激情。

老歌是一個地方，很像故鄉村頭的古槐，綠蔭稠密，濃得像化不開的夢。你是一隻鳥，你在密密匝匝中找到了自己的歌聲。

記不得有多少年了，那位香港歌手穿著一身中山裝，出現在節目的現場，「長江長城，黃山黃河，在我心中重千斤」，從那時起，你迷上了中山裝白圍巾的組合。現在看來，那裝束是土得掉渣了。但是，當代歌星幾皮箱的行頭滿舞臺的狂舞，也不抵當年的一條白圍巾。甚至覺得，歌人合一，渾然天成。是一個海外華人，他剛毅的臉上要有一些歲月的痕跡，最好像北方的白樺樹，堅挺的白樺樹，就算身處冰雪也改變不了它的堅持。張明敏【註54】，你記起來了，是一九八四年，海外同胞歌手首次在春晚演出。因為我們的祖先，早已把我們的一切烙上中國印。

遊子思鄉，華人同根。這首老歌已經傳唱了五千年。

臺灣詩人非馬【註55】的短詩〈醉漢〉就寫出了這樣一種迂迴曲折的回歸：「把短短的直巷／走成一條／曲折／迴盪的／萬里愁腸，左一腳／十年／右一腳／十年，母親啊／我正努力／向您／走／來。」關山難越，但腳步不止。長歌當哭，這是怎樣的一種吟唱？我曾經在網上就〈醉漢〉請教過作者本人：「當初您寫〈醉漢〉剎那間是怎樣的感受？是什麼觸發了您的靈感？」詩人非馬回覆：「寫它時大陸仍未開放，在異國深受思鄉之苦的煎熬。

至於當時究竟是什麼打開了閘門，觸發了詩思，現在已不記得。很可能是又接到故鄉家人的來信訴苦吧。我在回答一位詩評家關於這首詩的提問時說『寫成〈醉漢〉後，彷彿有一條粗壯卻溫柔的根，遠遠地向我伸了過來。握著它，我舒暢地哭了』，高興同你談詩。你還在教書嗎？」

一篙子把話蕩遠了。上面的話看起來就像我一上課，先來個背景介紹。真是教書的，唯恐人家不明白。

人有時其實很脆弱，就像非馬，弱到一封家書、一首老歌就可以撫慰心靈。如同許

〔註54〕張明敏：香港歌手，因為他擅長演唱具中華民族色彩的歌曲，有「愛國歌手」之稱，但所唱的歌曲大多數是普通話，在香港演藝圈兼本地樂壇來講實屬罕見。

〔註55〕非馬：原名馬為義，美國華裔作家、核能工程學家、台灣詩人、翻譯家及藝術家。

多年以後，你在一首老歌中緩緩打開了陳述：少年的熱情，青年的掙扎，而今的平靜。

一種魚，鱒魚，長大後溯流而上，回到童年的故鄉產卵，一年一度，千折百回。而你僅僅憑藉一首老歌就回到了過去的歲月，一條流動的有聲有色的河流。盪氣迴腸的旋律，激情洋溢的歌唱，讓你學會了傾聽。耳聰，然後目明。那些歲月，街頭聽見有人哼唱著什麼，一聽，是張明敏；拐入胡同，遇見口哨。像正午的陽光，熱烈鋪張。到了黃昏，就是沉靜了，因為你懂得了傾聽。

歲月，其實是一些珍珠，它們被一些音符串著，即使在夜晚，也幽幽的發著微光。

就這樣，你被一首老歌覆蓋著，一直到老。

黃霑的霑

前不久，一位文友想寫一些娛樂時評，我推薦了南方某報，說上面有個黃霑【註56】專欄，值得一看。我用智能 ABC 打字，怎麼也敲不出「霑」字，情急之下，只好切換成拼音：黃ㄓㄢ專欄。

霑，是沾的異體字。「霑化」都簡化成「沾化」了，這個「霑」只在一兩個名字中固執著，譬如曹霑【註57】。萬里滔滔江水永不休。霑，在視覺上，於我們是一種雨水的洶湧和才情的浸潤。

中國的文人大都有精神的潔癖，李太白善詠月，劉長卿獨鐘水，蘇東坡喜晴雨。黃霑去了，我把玩才子的錦繡詞章，發覺這麼一個有趣的現象：水，是他筆下永遠鮮活的意象，一如他汩汩流淌的靈感。無論是「千里黃河水滔滔」的洶湧澎湃，還是「他朝相忘煙水裡」的涓涓細說，莫不是「霑」的條條支流朵朵浪花。

時下的娛樂圈，「沾」了不少花粉，桃色的（姐弟戀），血色的（私生子），灰色的（患絕症），都一齊綻將出來，好一個花花世界！黃晚年修佛，但求一泓清清亮亮明明澈澈的水域。他的音樂是水，注入現實的土中，使土成泥，有了力量。逸興驅山河，雄詞變雲霧。強國，健體，禦侮，課間在操場上比比畫畫，那是少年的我和夥伴們在一起接招卸招，口中吼出的就是「萬里長城永不倒」。他是優雅地變老的。年近六十，又

〔註56〕黃霑：原名黃湛森，香港作曲家和填詞人，同時身兼廣告人、作家、藝人等多種身份，被視為香港跨媒體的代表人物；並與金庸、倪匡、蔡瀾一起，獲傳媒冠以「香港四大才子」之譽。

〔註57〕曹霑：曹雪芹，名霑，字夢阮，號雪芹，中國古典名著《紅樓夢》作者。

攻讀博士課程，就為了多「霑」些學者氣文人氣。是水，在流淌中清澈澄明空靈。這就是「流水不腐」。

電視上在熱播，活動一下拇指，發送你的名字到×××，你會瞭解未來的命運。其實，只要你的眼睛注視這個堅守自我的「霑」字，一條音樂的河流就在你耳畔喧響，清洗耳朵清洗心靈。然後你會變得耳聰目明：什麼該「沾」，什麼不該「沾」。

隱士

「隱士」，這個語詞是一種存在的虛無。擠在《現代漢語詞典》裡的「隱士」，顯得齋冷衾薄：隱居的人。它上聲複入聲的聲調轉換，恰好表達了這樣的感歎：世間本沒有隱士，真的隱士！

「隱士」，給人一種古典的靜謐。它超塵脫俗，遺世獨立，面朝冷壁，滿目蒼翠。《論語．季氏》上說：「隱居以求其志。」這「志」，是一張試紙，能鑒定出隱士的成色。澗底束荊薪，歸來煮白石。隱士即使遭遇饑寒困厄，也要保持精神上的獨立和自由。

中國的「隱士」，更像是一張鍍金名片。「招聘隱逸，與參政事」（《後漢書．岑彭傳》）。「歸隱」，是為了「出仕」。一「歸」一「出」，任誰都可以聽見隱士們追逐功名的匆匆步履；一「隱」一「仕」，我們清晰地看到隱士們的人生軌跡：迂迴曲折地實踐著儒家積極入世的思想。所以，我把「隱士」讀成了「隱仕」，我不知道這是不是一種誤讀。

「大隱隱於朝，小隱隱於市。」我偏頗地認為：越是京師，越是風雲際會之地，大隱們與皇宮大殿的物理距離只有一箭之地，只要裡面一聲咳嗽，腳步比如今的網速還快。這句話，可以作為「隱士」的一個「部首」，我們不妨進行一番檢索。

傳說中的姜尚【註58】是個隱者，在商都荷擔叫賣，挑子裡的東西賣完，他只好把自己的影子沉重地挑回去。八十歲時，垂釣渭水之湄，前無古人地把魚鉤搞成直的，專釣周室的相印。人云這隱士如何高人，這隱士便是假隱士了。當代散文家朱以撒說：「隱

〔註58〕姜尚：姜子牙，亦作姜尚，中國著名歷史人物。姜姓，名尚，一名望，字子牙，或單呼牙，別號飛熊，因其先祖輔佐大禹治水有功被封於呂，故以呂為氏，也稱呂尚。相傳姜子牙七十二歲時在渭水之濱垂釣，遇到了求賢若渴的周文王，被封為「太師」，稱「太公望」，俗稱姜太公。

士都是自生自滅，終其一生如花開花落了無聲息。」姜尚的這段經歷，顯然被神化了，但對於概括隱士窮其一生心志終其出仕理想的履歷，卻絕不是一個神話。

魏晉南北朝時期，隱逸之風盛行，似乎深山越深隱士學問越深。於是，隱士們懷抱琵琶，半遮半掩，藏頭深山老林，露尾相府帥營，看似千折百回，實則快捷無比。南朝人陶弘景【註59】每次歸隱，從不隱蔽自己的去向，便於朝廷能在第一時間尋訪得到，因此落了個「山中宰相」的名號。「山中何所有，嶺上多白雲。只可自怡悅，不堪持寄君。」他的從容優雅，或許我們可以從這個層面上來解讀了。「隱士」，無疑是一定歷史時期最實用的物質最耀眼的招牌。

躬耕大野菊採東籬的陶淵明是不是一個隱士呢？北宋人周敦頤【註60】如此「定義」他：「菊，花之隱逸者也。」真正的歸隱是不為人所知的。倘若真是隱士，天下誰人識得他？清人龔自珍【註61】有詩曰：「莫信詩人竟平淡，二分『梁甫』一分『騷』。」一語破的，把陶淵明比作南陽臥龍，也把他排除在了隱士之外。世間，本無隱士。

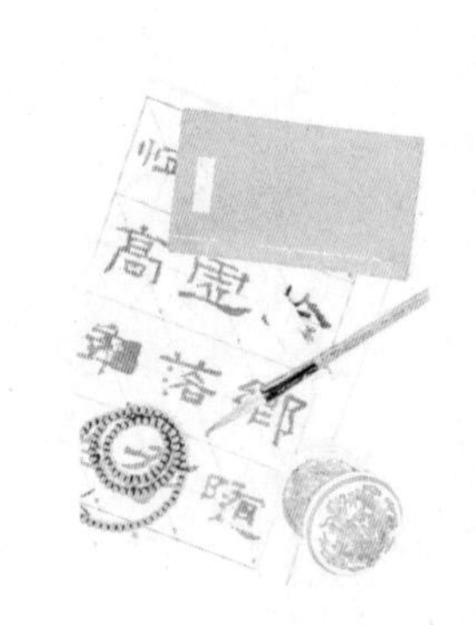

「隱士」，這個語詞的重心是「士」。欲做「隱士」，必先是「士」。孔子曰：「推十合一為士。」清人段玉裁【註62】《說文解字注》：「學者由博返約，故雲推十合一。」由此可見，落葉般終老鄉間的漁樵農牧不是隱士。隱士，不僅僅是完成行動上的歸隱，更要實現靈魂的無拘無束和精神的清潔無塵。誰是真的隱士？我無法回答，永遠。

「天下無隱士，無遺善」（《荀子．正論》）。愈是久遠的名言，愈在歲月的打磨下閃現思想的光輝。隋朝開始，推行科舉制度，隱士們不進科場，只好繼續「隱」著吧。

〔註59〕陶弘景：字通明，自號華陽隱居，諡號貞白先生。南朝道士、醫學家、文學家與書法家，南齊時，他擔任親王的侍讀多年，有感官職低微，索性辭官隱居不仕，率弟子棲隱茅山，專心修道，卻因梁武帝曾常派人向他諮詢國事，有「山中宰相」的美譽。

〔註60〕周敦頤：字茂叔，號濂溪，又稱濂溪先生。北宋宋明理學創始人。其學說是孔子、孟子之後儒學最重要的發展，在中國思想史上的影響深遠。

〔註61〕龔自珍：字璱人，號定盦。清朝中後期著名思想家、文學家。

〔註62〕段玉裁：字若膺，號茂堂，晚年又號硯北居士，長塘湖居士，僑吳老人。清朝語言學家，訓詁家、經學家。根據《說文解字》的體例和宋朝以前的著作中所引用的《說文解字》的詞句，對《說文解字》進行了校正，花了三十多年的時間寫下了《說文解字注》三十卷。

「野無遺賢」，朝廷之上林立著文武百官呢！當今社會，重視學歷，更看重學力，可謂少長咸集，群賢畢至。「隱士」，只有下崗，成為一個典型的「古用今廢」一詞。

古典的「隱士」，有時是古人失意時無奈掛出的擋箭牌，有時是古人出仕前高高舉起的通行證。唯獨，「隱士」不是隱士。一個語詞，空有內涵，悲夫！

09 美麗的幾種表達

中年廊橋

我說廊橋是架設在圍城之外的風景。一些柱子支撐著橋面，橋面之上，是狀如茶亭的棚蓋。這，就是我們視覺上的廊橋，物化了的情感家園。

一座閱歷深厚的廊橋，很容易進入我們的審美理想。總有那麼一兩根柱子讓人眼窩發熱，它們看上去有點傾斜。橋板呈深褐呈淺白，呈現出一種歲月的深度和時間的光澤。一位優秀的作家，應該首先是一個生活的攝影師。因為美國作家沃勒的一部小說《廊橋遺夢》，我們的視野豁然開朗：遺夢何處不廊橋！

「廊橋」這個語詞，遊走在唇齒之間，滑烈又溫婉。它陽平的聲調恰如其分地傳達著一種溪流般的情感，奔流卻又不動聲色，糅合著表面的平靜和內心的波瀾。

在菜市場，你自行車的前輪不知怎的，吻上了前面一輛車的後輪。你慌裡慌張地尋找著詞語。那車的女主人遞給你的微笑，竟是青菜般新鮮可口。那固定在車後架上的嬰兒座位，真像一枚綠葉，映襯著她的笑臉，好像蘋果到秋天。也許，你的前輪，她的後輪，可以重新組裝的啊。你的法蘭西斯卡走了，你一遍遍沖洗著心靈的底片。這個早晨真好，沒有人知道你剛從廊橋回來，包括廚房裡正在添油加醋的妻子。

《辭海》上說，「廊」是「獨立有頂的通道」。我把這「頂」讀成家庭的屋頂，遮掩著繽紛的心情。這樣，兩岸還是兩岸，就這麼緩緩地走，也許永遠

走不到一處，卻又永遠同路，彷彿鄉下農田裡的兩條壟溝。青山還是青山，綠水還是綠水，彷彿什麼也沒有改變。但綠水見青山多嫵媚，料青山，見綠水亦如是。

畫面上的廊橋風吹不倒。廊橋：一封中年人欲休還書的情箋。日本作家清岡卓行【註63】在他的散文〈米洛斯的維納斯〉中這樣寫道：「她為了如此秀麗迷人，必須失去雙臂。」法蘭西斯卡終於沒有從攝影機的鏡頭中走出來，走進金凱的真實生活。廊橋，正是遺夢於斯，才奏響了追求可能存在的婚外情的夢幻曲。因為註定缺憾，我們獲得了完整的美感。

在圍城裡遙望廊橋，那是一道美麗的彩虹。「廊橋」，越到中年，越加風情萬種，魅力無限。

時尚的注腳

所有的鞋子都是關於腳的注釋，我稱之為「注腳」。在過分看重臉面的中國，真正把女人的腳從層層包紮中解放出來，並且突兀於地平線之上的就是高跟鞋了。

〔註63〕清岡卓行：日本當代詩人、作家。

如果你從搖曳的曲線上，讀懂了「婀娜」這兩個漢字蘊藉不盡的美感，你會發現伊人就是一棵從根生長的開花植物，自下而上，娉娉婷婷，像柔風起於細柳。高跟鞋是一位健美教練，它美腿塑身隆胸，賦予女人魔鬼的身段。一葉扁舟，瀟湘洞庭。高跟鞋的體型是一種不自覺的動感，如流動的水，飄逸的長髮，使女人在行走中款款深情步步蓮花。而女人註定成為高跟鞋的模特；女人的身材、青春和性感，恰恰需要一雙高跟鞋來注解。

古代的思婦常常依樓遠眺，看看飄飛的落葉裡有沒有一隻歸巢的鳥；現在的美女只要一蹬上高跟鞋，目光便可以越過男人的肩膀看到整個世界了。尖尖的鞋跟，不僅僅是性的符號，更是個體「觸電」堅硬路面的一根杠杆。特立獨行，成為高跟鞋與眾不同的個性。它的自由個性選擇了優雅簡約的風格，藕絲繞踝，蓮花制面。「玉骨輕舉，若生羽翰。憑虛禦風，豈乘飛鸞」，隨手拈來顧翰【註64】〈補詩品〉中的佳句，來形容高跟鞋衍生的風景是現成的。

高高的鞋跟舞低楊柳，輕移的蓮步歌盡桃花。女人喜歡通過鞋子來完成與世界的對話。高跟鞋那足下的春風蕩漾，那「篤篤」的清脆旋律，是別的鞋子無法複製和黏貼的。在我蝸居的這座臨街的小樓，腳步紛沓如過江之鯽，獨有高跟鞋的聲音最為入耳，一板一眼，把整座樓房都踩成了音箱，讓我真切地感受著我的存在。霓裳羽衣早已褪色，潯陽遺韻已經邈遠，青空朗朗，何不婀娜走一回。高跟鞋，是啼綠的春鳥，歌喉一開，但見一個五彩斑斕的世界。

還有什麼用文字解釋不清的，請看腳下的注解。

香車美女

單是香車，就足以攝魂蕩魄了，加之美女的渲染，更令人眼花繚亂。工業化的汽車怎會製造出香氣？莫非是沾惹了美女的脂粉？其實，香車美女，自古有之。《西湖佳話》【註65】中有這樣一段記載，說錢塘名妓蘇小小【註66】叫人製造了一

〔註64〕顧翰：清江蘇無錫人，字木天，號蒹塘。工詩詞。詩才清絕，人品狷潔如其詩。晚歲主講東林書院。有《拜石山房集》。

〔註65〕《西湖佳話》：全名《西湖佳話古今遺蹟》，作者西湖墨浪子。該書共十六卷，每卷講述一個與西湖有關的人物故事。

〔註66〕蘇小小：中國南北朝的南齊時期，生活在錢塘的著名歌妓。

架小小的香車，自己坐了去西子湖畔約會郎君。閉上眼睛略略一想，這香車美女，真真讓人情搖意奪心馳神往。

只是，這駛自南齊的香車，經過了唐宋，穿越了明清，駛到今天，便改變了裝束，變得熟悉而陌生起來。嬌豔的美女或翹臀或挺胸，所有的姿勢都在張揚一句話：對面的帥哥看過來，看過來，這裡的汽車值得買。

正如每個人都有一個清純的童年，再現代再搶眼的香車美女所展現的依然是一種悠遠的意境。清人袁枚【註67】在〈續詩品．振采〉中的描繪，可以看作是對香車美女這一組合最好的詮釋：「明珠非白，精金非黃。美人當前，燦如朝陽。」香本無聲，美本有形。只要美女，往車上一偎，這車就香氣四溢光芒四射了。美女，當屬點睛之筆。

在當今社會，香車美女似乎已經成為一個固定片語，中間不需要穿插任何連詞或者動詞。香車美女，珠聯璧合，相映生輝。「寶馬雕車香滿路」，車駛遠了，但是經過的道路上，依然擁擠著濃郁的香氣。多麼雍容，多麼華貴，甚至有一些霸道，我們不能不驚羨於這一博大的美感。在這個過程之中，是美麗在行走，從我們的視覺走進去，從嗅覺中走出來。我們能不沉醉嗎？

阿城在他的隨筆《威尼斯日記》中，談到那則古代寓言〈買櫝還珠〉時說：「其實還珠的人是個至情至性的鑒賞家。」可見，盒子光彩照人，明珠都黯然失色了。由此想到香車美女兩者之間的關係，我覺得應該隸屬於「人面桃花」這一審美理想。美女玉面含羞，恰似桃花粲然開放。香風吹送之下，汽車看起來有時更像是城市裡來去如風的俠客，琴心劍膽俠骨柔情的那種。再嚴肅的汽車也嫵媚啊！樹附風聲，風依樹起，香車美女相映紅。

撥開喧囂的市聲，拂去庸俗的氣息，一身潔淨地站在香車美女前面，靜靜地玩味，慢慢地品評，你就是一個至情至性的鑒賞家。

香格里拉

在我的辭典裡面，「香格里拉」應該是最美麗、最富有音樂感的名詞吧。單是一個「拉」字，就彷彿青春少女長長的髮辮，流淌著潺潺的旋律。「拉」，是我們觸摸天堂

〔註67〕袁牧：中國古代清代詩人，散文家。字子才，號簡齋，別號隨園老人，著有《小倉山房文集》、《子不語》等。

的捷徑嗎？

《不列顛文學家辭典》在評述《失去的地平線》一書時指出：它的功績在於為英語詞彙創造了「世外桃源」一詞——香格里拉（Shangri-la）。和諧著外來音譯和藏語方言，「香格里拉」這個語詞本身就是一種博大的存在，它的發音，簡直跟香吧拉釀造的青稞酒一樣，有種未飲先醉的醇香，那一絲絲甜味，就是乳酪的味道。

紙上的香格里拉，是一個飄蕩著婀婀田野牧歌的理想王國，充滿了詩意和夢幻。無垠的廣壩，連天的草甸，遍地的黃花，成群的牛羊，閒適的悠遊，適度的生活，神性的香吧拉如此虛幻迷離地遊動在我們的現實生活和精神世界之間的地平線上。

香格里拉，距離我們的心靈並不遙遠，它就在天的這邊海的那邊。作為人間樂土，香格里拉真的是雲南迪慶的特產嗎？一頭耕牛和一輛汽車相攙著，在黃昏的靜謐裡悠遊；聽見歸人的腳步，一朵花忽然笑了。香格里拉，超越地理時空存在著。

香格里拉，在藏語中意為「心中的日月」。在它的照耀之下，觸目所見，是赭色的外牆，是赤金鍍成的屋頂，是物化了的理想家園的色澤和質地。「香」的藏語意義是「心」，我情願把它理解成一種神靈的暗示：再擁擠的城市也要容納廣場的呼吸，再狹窄的廣場也要有一朵小花做夢的位置。尋找香格里拉，實際上是把我們的靈魂「拉」出世俗的軀殼，去關注一場宏大的內心的日出。

英國作家詹姆斯．希爾頓【註68】用他瑰麗的文字建造了一個安然、知足、寧靜、適度的香格里拉王國。如果僅僅停留在一九三三年的紙張上，那是一個沒有乳酪的陷阱。跳出去，找到心中的日月靈魂的居所，那就是我們的香——格——里——拉。

高腳杯

葡萄美酒夜光杯，唐人的葡萄酒僅僅作為一種奔放、狂熱的情緒感染著我——感染並不是真的感動。作為城市英雄，我們遠離了白玉精製而成的「夜光杯」，卻很紳士地去觸電一隻透明的高腳杯，拈花一笑萬山橫。

有人說不同形狀的杯子是為了助長和停留酒的風味，但在我的視覺世界上，單單把玩一隻杯子，就足以構成審美的完整了。簡單得接近透明，精緻得無比優雅，高腳杯融

〔註68〕詹姆斯．希爾頓（James Hilton）：生於英國英格蘭蘭開夏，小說家，也是好萊塢劇作家。其作品中最著名的為《消失的地平線》與《再見，奇普斯先生》。

合著「環肥」和「燕瘦」：肥是豐乳肥臀，碩果纍纍；瘦是修長美腿，婀婀娜娜。高腳杯善跳掌中舞。當繽紛的色彩沿著薄薄的杯壁緩緩下流，我們總是手托杯肚慢慢晃動，在手掌的呵護下，雞尾酒的芳香便如絲綢一般滑過鼻尖和心靈。

瑪格麗特．莒哈絲【註69】在她的自傳體小說《情人》這樣寫道：「他的皮膚透出絲綢的氣息，帶柞絲綢的果香味，黃金的氣味。」看來，絲綢纏纏繞繞著的是性感，還有暈眩。這時，輕舉著高腳杯，你擁有的是一座濃縮的空中花園。

倒進紅酒的高腳杯，彷彿蘋果到秋天，紅潤飽滿。紅酒雅而豔，杯子薄而滑，加入兩三冰塊，輕輕的叮噹聲中，淺淺地啜著夜色中的玫瑰花香，酸甜相間，涼意襲人，尤其是在城市霓虹虛幻的光影裡，舉杯邀夜色，風度何翩翩。眼前的這只杯子，杯身至杯口邊緣處漸次收緊收窄，據說是為了在杯中保留酒香，頗有點懷抱琵琶半遮面的古典韻味。酒吧裡薩克斯有一搭沒一搭地吹著，年輕的調酒師很專業地把冰杯拋起來，又穩穩接住了。

烈酒大碗公是霸道的，不滿不飲，一飲而盡。高腳杯只是讓人淺斟低唱，它用液體的不同色彩，芳香的不同長度，來流露出不同的情調與情感，它絕對婉約，像一位吟詠宋詞的紅袖。僅僅傾入一點點酒水，就讓高腳杯搖出姿態萬千，風韻無限。它的杯壁薄而光滑，它的「腳」纖細雅致，都是完美的同義詞。至少在我心目中，高腳杯是男人高貴浪漫的風衣，一杯在握，皎如玉樹臨風前。於女人，卻是一枚作為點綴的精巧首飾，只在優雅的場合才會取出來佩帶。這時，她的眼神迷離她的兩頰飛紅，濃郁的酒紅色滑入唇邊，女人把高腳杯端在右側上方的姿態，真是性感。

我想，那最初發明高腳杯的人一定是個唯美主義者，他當初該是懷著對女性美的極大崇拜設計出來的吧。也許高腳杯太精緻太完美，因而顯得更簡單而透明，簡單得不堪一擊，落地即碎，透明得一覽無餘，清澈純淨。難道這就是美的殘酷性？

美麗，不是罪名。對於高腳杯這樣的藝術品，我們唯一要做的是輕拿輕放，像對待自己的初戀。

〔註69〕瑪格麗特．莒哈絲（Marguerite Duras）：二十世紀法國有影響、極富魅力的作家、戲劇家和電影編劇及導演。莒哈絲出生在法屬印度支那，十八歲回到法國。殖民地的生活經歷成為她的創作泉源。七十歲那年，其自傳體小說《情人》榮獲一九八四年法國龔古爾文學獎。

高跟鞋

「選擇不同的男人，搭配不同的鞋子。」磁性的聲音、炫目的造型讓我忘記這是一則電視廣告，弦外之音是不是女人等同於鞋子，鞋子是女人靈魂的支撐？突然覺得做女人其實很簡單，選擇一雙錐子跟的鞋子，最好是烏黑長筒皮靴，也就達到了美女的一半，剩下的一半，譬如三圍譬如臉蛋是上蒼的恩賜。對，是高跟鞋。

高跟鞋的誕生耐人尋味。一說是法國國王路易十四，特製了高跟鞋，以抬高王者的高度。按時下的說法，他身材矮小，屬於「三等殘疾」。一說是十五世紀的一位威尼斯商人在出遠門之前，故意用高跟鞋來限制妻子的自由。誰料想妻子在僕人攙扶下，如弱柳扶風，嫋嫋娜娜，娉娉婷婷，步步蓮花，行人莫不駐足。前者虛榮的成分太濃，雜以政治因素，只能損傷眼球。倒是後者，是美麗的不經意流露，遲遲春日弄輕柔，知是淩波縹緲身。腰肢輕擺，蓮步挪移，曲線曼妙，《詩經》裡的「窈窕」被一雙高跟鞋詮釋得淋漓盡致。

「一位尊貴的女士的鞋可不是用來親吻人行道的。」設計師艾瑪．霍普如是說。作為鑲嵌在個體與博大的世界之間的一個裝飾性零件，它輕巧纖細，是一首精緻的個性化的抒情詩。我喜歡傾聽高跟鞋在地板上敲出「篤篤」的旋律。就高出地面那麼七八釐米，女人的世界便闊大敞亮了。

「篤——篤——篤——」，一板一眼，翻譯成漢語就是——優雅自信從容，隨意地飄進飄出，淡出淡入職場、超市和美容院。當高跟鞋底呼呼生風，鼓點短促明快之時，側耳細聽，分明是瑪丹娜的歌聲：「給我一雙高跟鞋，我就能征服世界……」

近年來，時裝秀、選美大賽風起雲湧。高跟鞋作為一件必不可少的舞臺道具，總要閃亮登場。一蹬上高跟鞋，提臀收腹挺胸，身段也「魔鬼」了。笙歌四起之時，邁上T型台，含笑出水，是碧波仙池裡的水芙蓉亭亭玉立，儀態萬方，風情萬種。鮮荷嫩藕，荷是美女的俏臉，雙眉如黛，香腮似雪；藕，是修長凝脂的玉腿，包括它的延長線——尖尖的鞋跟。

西班牙電影《高跟鞋》，反復營造著一個「高跟鞋」意象：一雙紅色的高跟鞋總要經過窗前，只有紅色的質感和清脆得讓人的牙和心一起發酸的聲音。後來，女主角穿著紅色高跟鞋殺了人。那一個瞬間，我偏頗地認定，高跟鞋是一位冷美人，它神秘，孤傲，藐視著地平線，是高貴的載體。

法國人克里斯提．魯布托【註70】的設計使高跟鞋進入了性感時代，他從大腦的程式中下載了一條猩紅色的曲線，裝裱在女人的腳踝部位。「紅色的腳踝」引領了整個世界的視覺風暴。這是怎樣一根紅線啊！放射出千嬌百媚，魅魅還湄湄；挑逗起萬般腳步，風風又火火。用「畫龍點睛」來定義它，最恰當不過。一些選美大賽上的眾佳麗，身上除了最後的遮擋，還有一雙晃眼的高跟鞋，腳踝處當然纏繞著一條明亮的銀蛇。

高跟鞋就是童話裡的那雙水晶鞋，穿上它，女人便進入了魔幻世界。

紅蓋頭

我想如今的婚禮，一定是很少可以看見紅蓋頭了。到處是婚紗影樓，醜小鴨都能包裝成白天鵝；滿街的美女一臉王菲式的冷酷，倔強的眼睛淡漠地望著虛空。既然是彩蝶，誰願飛回繭中去傻傻地等待？離了又結，婚禮都速食化了。在E時代的浮躁熱風中，傳統的紅蓋頭，只能遙遠成了西天的一抹紅雲。

但是，一身薄露透的時尚婚紗並不比一角紅蓋頭更有神韻。紅蓋頭，它給人一種永遠的神秘與嚮往。閉上眼睛略略一想，那情那景，真真讓人心旌搖盪。伊人走下大紅花轎，穿著養眼的紅小襖紅綢裙，頂著紅蓋頭，臉蛋兒一絲不露，紅地毯上蓮步輕移。手持秤桿，挑起紅蓋頭的那個翩翩少年郎該是我吧。我就是那個金榜題名的狀元郎啊。

書中自有顏如玉，翻過了萬卷詩書，不曾想最美麗的一頁就是這紅紅的蓋頭。秤桿挑起紅蓋頭，稱心如意到白頭。紅蓋頭，自有一種超脫了相貌、妝飾的優雅風韻和情致。紅蓋頭，這是怎樣一個富有古典意蘊的名詞！

按照婚禮習俗，新郎用秤桿挑開紅蓋頭，一對新人正式見面。這之前，盡是美麗的想像和甜蜜的焦灼。燭影幢幢，紅光豔豔。被一條紅綢牽了，新娘與郎君拜堂成親。然後在紅紅的燭火中，靜靜地等待那個相伴一生一世的男人，來掀起自己的紅蓋頭。滿耳都是聲音，是哪一陣腳步聲近了又遠，讓人好一陣惶惶不安？眼前是紅紅的一片，微微低下頭，只能看見自己那雙紅色的繡花鞋。紅紅的蓋頭，讓女人更加女人，透出一種骨

〔註70〕克里斯提・魯布托（Christian Louboutin）：世界知名法籍高跟鞋設計師，一九九一年以自己名字建立個人品牌，其招牌紅底高跟鞋極受推崇。

子裡的含蓄優雅、雍容端莊。紅紅的蓋頭，中國的紅色結，在這塊色澤上面，凝結了中國人傳統的美學理想。

新婚之夜，外面的世界極是嘈雜，只有洞房裡的紅蓋頭，像一朵大紅的牡丹，靜靜地，只為一人綻放，在最美麗的時刻，渴望被他玩味欣賞。曾聽說過這樣一個故事：一位新郎，在西藏乃堆拉哨所當兵，任務的緊急讓他無暇掀起新娘的紅蓋頭。

新娘一動不動地坐在等待裡，第二天，新郎揭開紅蓋頭，看到了一尊冰凍的雕塑！只有蓋頭，依舊鮮紅，它美得純情，美得淒絕，那是一面凍不翻的旗幟，飄揚在茫茫雪域之上。紅色做證，這就是具有東方神韻的執著與堅貞。大街上，人造美女塗脂抹粉神情曖昧，讓人看一眼都覺得多餘。面對這紅紅的蓋頭，這泣血的感動，誰不會銘心刻骨？

偶然的機會，我在網上散步，看到一位古典新娘端坐在「中國古村落」網站的首頁上，紅紅的蓋頭像一簇燃燒的火苗，縱使千年風過雨過，新娘依然靜候在最初的地方。她會成為化石嗎？掀起紅蓋頭，會復活一段古老的愛情故事嗎？想起舒婷【註71】的詩句：「與其在懸崖上展覽千年，不如在愛人的肩頭痛哭一晚。」按住滑鼠輕輕一點，我看到了世上最端莊的寧靜。亢奮之餘，不禁悵然，網上新娘，大眾情人，我並非第一個掀起她紅蓋頭的人啊，再打開電腦，紅蓋頭還是一樣的燃燒。

網路時代，什麼都成為可能，包括轟然的狂喜與失落。我越發鍾愛一生只燃燒一次的紅蓋頭，是它把少女五顏六色的想法，淨化成一種古樸的色澤單純的明快。紅蓋頭，莫不是閉合的蚌殼，敞開胸懷，便是晶瑩剔透的珍珠；莫不是碩大的高粱葉子，一生的努力，只為捧出紅潤飽滿的果實。在幼蟲和成蟲之間，它是蛹，悄悄完成著生命的蛻變。紅蓋頭一遮，裡面豐盈著人間的絕色，像佳釀的瓶蓋，輕輕地打開，便香氣四溢，彌漫了世界。

多元化的現代生活五彩斑斕，撥開世間的斑斑駁駁，一方紅蓋頭久久地感動著我的眼睛。踩著名曲〈掀起你的蓋頭來〉的節拍，兩個姑娘牽著一位蒙著紅蓋頭的「新娘」，來到了舞臺中央，突然掀起紅蓋頭，水銀燈下赫然站著一位老者，鬍鬚銀白如雪，蓋頭殷紅似血。這色彩的強烈對比，深刻著一個名字：王洛賓【註72】。

〔註71〕舒婷：中國女詩人，朦朧詩派的代表人物，她崛起於二十世紀七〇年代末的中國詩壇，其〈致橡樹〉是朦朧詩潮的代表作之一。

〔註72〕王洛賓：原名王榮庭，中國作曲家和民族音樂學家。

半個世紀以來，人們傳唱著他的歌，卻不知道他是誰。七十九歲時，在一次盛大演出的現場，掀起他的蓋頭來，人們驚異地發現了一位偉大的音樂家，紅光滿面，那是鮮活的音符充盈著他的血管。蓋頭把他封閉，同時也把塵世的喧囂擋在外面，讓他獨享心靈的寧靜，在沉寂中感應著露珠在草葉上的響動，獲得藝術上的巨大成功。

掀起了你的蓋頭來
讓我來看看你的臉
你的臉兒紅又圓呀
好像那蘋果到秋天

……

啊，紅蓋頭，什麼時候君臨我的頭頂，讓我完成一次生命的轉型，靈魂的飛升。

10 所謂伊人

詩人與女人

詩人好比一棵白楊，沒有風的潤色，怎能高談闊論？樹附風聲，風依樹起。看到樹上跳躍著一群光明的鳥，我們能讀出風的意蘊嗎？女人彷彿一顆露珠，沒有太陽的垂青，怎會光彩照人？因詩人而燦爛而永恆，每一顆在古典天空下凝成的露珠，都讓後來的牛羊看上整整一個早上。

翻開詩三百的第一篇，就是關關睢鳩悅耳，就是窈窕淑女怡目。我們可以想像，在那個心地純正思想專一的時代，當唯美的詩人遇上純美的女子，當水波擺渡起熾熱的目光到河之洲，連青荇都為之激動，連夢境都擠滿了琴聲。女人巧笑倩兮，美目盼兮，詩人歌著適我顧兮，走近了美麗。

古代的女人妍姿巧笑，和媚心腸，詩人便和棲息在水中小洲上的禽鳥一起延頸鼓翼，悲鳴相求。當詩歌選擇女人，當女人走進詩歌，詩人便玉樹臨風了，所有的樹葉都在押韻，所有的枝條都在抒情。「顧盼遺光彩，長嘯氣若蘭」（曹植【註73】〈美女篇〉），女人顧盼之間，啟迪了詩人的靈感，女人的光華滋養了詩歌的生命。

佳人慕高義，詩人尋美易。隨便打開一篇明清才子佳人小說，我們不難發現：那些迂腐窮酸的才子都被大家閨秀搶購一空，會吟兩句酸詩不遜於今天擁有一座花園別墅。那裡面的女人是幸福的，她們的眼睛刪掉了詩人尷尬的現在，因為她們選擇的是詩人的將來。拈出四句順口溜可為佐證：「詩詞往來互愛憐，私訂終身後花園。小人拔情情更篤，奉旨完婚慶團圓。」這是那一時期小說公式化的抒情，也是那一時期女人千篇一律的幸福。

女人選擇了詩人，也就選擇了永恆。蘇小小的江南從此平平仄仄，平平仄仄的雨腳是千年才子尋美的步韻，連玲瓏的角簷都是一首輕盈的絕句。西子的香溪從此淺吟低唱，吟詠起一路的風物與風華，潤澤了多情詩人一生的靈感。

瑤色行應罷，紅芳幾為樂？女人如花，花期太短。生命嬌豔時她們歌盡桃花，舞低楊柳。可花無百日紅，紅衰翠減後的傷感薰染了詩人的詩篇。「熏籠玉枕無顏色，臥聽南宮清漏長。」（王昌齡【註74】〈長信秋詞〉）我們的詩人為女人而歌為女人而怨。這，在視女人為飾物的階級社會裡，不吝於無聲處的驚雷。詩人用詩歌征服了女人，女人用堅貞回贈了詩人。

跟蘇東坡顛沛流離的侍妾王朝雲不到三十便化蝶而去，蘇子哭道：「高情已逐曉雲空，不與梨花同夢。」女人不幸詩人幸，話到滄桑俱悲痛。當四面楚歌的項羽不能保護虞姬的美麗時，「虞兮虞兮奈若何」，躍馬疆場的西楚霸王竟嗚咽悲歌出一曲千古絕唱。一種五顏六色的小花自此從嗟虞墩（虞姬的墓地）開向了大江南北，亮麗的色彩擦亮了遼闊的穹天。

〔註73〕曹植：字子建，曹操第四子。三國時期曹魏的著名詩人。其詩歌對後世有很大影響，才華也頗受後世詩人推崇；與父親曹操、兄長曹丕並稱「三曹」。

〔註74〕王昌齡：字少伯，盛唐著名邊塞詩人。他的詩和高適、王之渙齊名，因其善寫場面雄闊的邊塞詩，而有「詩家天子」的美譽。代表作有〈從軍行七首〉、〈出塞〉、〈閨怨〉等。

與古代詩人相比，現代詩人狂妄至極放言無忌：「假如我佔領了整座城市，而這座城市中沒有你，我為什麼要佔領這座城市？」面對一座空城，他們也只有拔劍四顧心茫然了。他們中氣匱乏的吶喊被喧囂的市聲淹沒。是「時不利兮騅不逝」嗎？還是詩之消化不良兮？美人如花隔雲端。現實的窘迫只能讓詩人遠遠地想像，從格子裡爬出來的詩人一臉的幸福。

有一位詩人，他娶了一個非常現實的女人。婚前他戲稱這是一種互補，互補的婚姻最牢固。婚後詩人穿上圍裙，投筆從廚，詩人美其名曰「體驗生活」，詩人的生活沒有詩，詩人的夜裡只有夢。

第二年，詩人妻子生下一女。席間朋友力邀詩人口佔一絕。只見那位詩人的喉結一動一動，清晰著酒的腳步。當高腳杯口在桌面上畫不出一個點一個圓之後，詩人大發的詩興只有一句：「我的女兒，這是世紀末浪漫主義和現實主義相結合的唯一的傑作。」說罷，詩人伏在桌上咳嗽不止，抬起頭時已經淚流滿面。

帶一本《情人》去旅行

旅是顛簸，伴是慰藉。手上擱了一本《情人》，彷彿身邊坐著一位漂亮女乘友，真真有種依香偎玉的感覺。

情節像公路一樣向前鋪開。莒哈絲的句子顛來倒去的，像是一種囈語，不經意間，袒露出內心的隱秘。「車廂大得就像一個小房間似的」，在讀到這個好句子之後，我心裡兀地有了一種莫名的衝動。

滿車廂裡多是男女赤髮劉唐，就是沒有一個少女戴著男式呢帽。那個戴著男式呢帽和穿鑲金條帶的高跟鞋的少女，正沉溺在愛情裡，她幾乎天天坐著一輛黑色利穆斯小轎車，往返於西貢的學校和情人的公寓之間。「那汽車真叫人舒服得要命，像一個客廳」，晚年的莒哈絲依然對此津津樂道，不知我老了，還能不能有這樣的語氣。

阿城去威尼斯時，隨手抓了一本《教坊記》【註75】，閒時解悶，唐人崔令欽的閒來幾筆，在作家目光的浸泡之下，茶葉般慢慢舒展開來。我很得意我浪漫的舉動。汽車在大地上賓士，我在文字中緩慢行走。遙遠的西貢的景致，通過我的眼睛水一樣流進我的心裡，寂無聲息，「如同血液在人體裡周流」（莒哈絲《情人》）。抬眼看看窗外，綠

〔註75〕《教坊記》：唐代中國俗樂（歌舞百戲）論著。是記述唐代教坊制度和軼聞的筆記，崔令欽撰。

野平疇一鋪千里，讓人直覺得這列車像極了一艘渡船，我的臂肘支在船舷上，不是孤零零一個人，還有一本三十二開的旅伴。

法國少女和她的中國情人在湄公河畔遭遇了一場轟轟烈烈的戀愛。我忽然對這次旅行充滿了憧憬。想像自己羈留在一個陌生的小站，用一首隔夜的詩稿換來一碗熱氣騰騰的炸醬麵，店主女兒的那雙小手看起來比麵條還要潔白還要柔軟。或者在你準備一頭紮進大山之時，從那邊路上忽然走來一個拖著行李的女孩。在山頂，你一臉狡黠地和她說，那個法國少女十八歲時回到巴黎就老了。她於是追著你，要搶走那本《情人》。

也許，只有在列車上，而且是心裡存著某種期待，才會真正領略到行走的詩意。自己從狹窄逼仄的空間裡掙出來，眼瞅著世界在迅速變大，遙遠的湄公河水泛起的波浪，爬上了書頁的白沙灘，而自己剛剛扔掉了鞋子，還有一些其他的累贅。這樣想著的時候，我很放鬆，像一朵雲飄來蕩去，無拘無束。手上的書變得可有可無。

「先生，您看書的姿勢真有風度。您在看什麼書？」是芳香純正的女中音，一位新上的乘友。

我想我的臉上是漾起了笑容。

淚濕紅箋

在朦朦朧朧的年齡，我就喜歡上了薛濤【註76】。理由非常簡單，就因為她的深紅色的松花小箋。

那時我想，薛濤一定是個極聰慧極風雅極多情的女孩，一定給她的情人寫過好多好多的詩。信箋紅紅地訴說著幽怨，那是一種讓人看了頃刻融化的感覺啊。我傻傻地想，當一回她的情人真好，讓我在紅箋暖暖的沐浴裡英俊地死去。

在校園寂寞的黃昏，讀薛濤的詩歌：「去春零落暮春時，淚濕紅箋怨別離。常恐便同巫峽散，因何重有武陵期？」搖曳多姿的語言，春天的花一樣芬芳，秋天的樹葉一般燦爛。這就是詩歌？猛然間我跌入了桃源仙境。柏拉圖說：「當愛神拍你肩膀時，就連平日不知詩歌為何物的人，也會在突然之間變成一個詩人。」漫步在薛濤窄窄的二十八字間，我覺得千年也不過是這短短的瞬間，瞬間的聚散悲歡。

這位萬里橋邊女校書，詩寫得很好，人長得也漂亮。讀了詩人王建寫給她的詩，「掃

〔註76〕薛濤：唐代女詩人、歌妓、名媛。

眉才子知多少，管領春風總不如」，不難想像，她的才貌是如何為當時所傾倒。假如我生活在大唐，假如我是唐代的一個翩翩少年郎，我的詩歌，會不會滋養她的秋波？

生活中的很多情形，是不能想像的。有一位作家作過一份調查，說現代社會只有百分之四．二的女人寄情於詩。深紅的松花小箋，連同水晶般透明、玫瑰般芬芳的情感，已經在世俗的漂洗中無可奈何地褪色。這些年，自己輾轉了幾個地方，無論如何，積下了一點點淺薄的閱歷。少年時讀薛濤的詩，似清空一氣，覺得她不事藻飾，短語長事。而今，吟詠久之，便覺短幅中有無限蘊藉，藏無數曲折。正如浣花的溪水，澄碧而不浮淺，輕輕流淌間，拒絕了喧囂與煩亂。

竹葉隨風吟，燕子來築巢。浣花溪畔，是一個詩的家園。距杜甫草堂不遠的成都近郊，至今還聳立著一座薛濤「吟詩樓」，點綴著錦江玉壘的秀美風光。微雨夜來過，不知春草生。晚年的薛濤曾在這裡品味著生活的安閒與寧靜，早年的風花雪月不過是窗外的一絲落紅。薛濤人長得好，歌唱得也不錯。若是現在的女子，早把筆換成了口紅，還寫什麼酸詩，早唱紅所有的螢屏，成了天后或者三棲明星，年齡再大也要在鏡頭下演演二十歲妙齡。薛濤的可貴之處，就在於經歷越坎坷心靈越寧靜，世間越嘈雜詩歌越優雅。浣花的溪水，在潺潺流淌中越來越透明；吟詩的小樓，在櫛風沐雨中越來越高聳。多麼清新明淨。多麼質樸從容。想一想都讓人心旌搖盪。

那應該是一個靜靜的月夜，繞過翠柳，便是小樓。鳥聲清泠，露珠澄明。拂開滿地的枇杷與薄薄的月色，我趕赴著一個千年的約會。站在吟詩樓前，聆聽著自己的心跳，我感覺著時光的停駐，不讓我回到塵世，也不讓我老去。這時，薛濤發現了我，浣花溪流下了兩行淚水，我和她卻是一臉的平靜。把姓名和身世都留在紅塵，從此青燈黃卷，從此粗茶淡飯。不語還應彼此知。我們當然要侍弄文字操練詩歌。因為詩歌，是我們最初和最終的家園。

也許，她會悄悄地問我：「為什麼喜歡她？」我無言。喜歡就是喜歡，不需要更多的解釋，就好像詩是詩的意思。

暗戀朱淑貞

如果這世上果真有什麼緣分的話，我想，那就是我和宋朝詩人朱淑貞【註77】了。

如果說人生是一條長長的隧道，那詩歌就是隧道深處閃爍的燈火。那是一個秋日的下午，陽光薄薄的，初戀把我一個人扔在鄉村校園的空曠裡，走到千呼萬喚也追不上的地方。

當時我並不孤獨，有憂傷伴著我，我硬是讓淚水倒流回去，不讓它沖淡我濃濃的思念。我清楚記得那是怎樣的一個瞬間：踽踽獨行在西湖邊的朱淑貞一臉的愁怨，她輕輕的足音在我心中濺起了萬千波瀾。「此情誰見，淚洗殘妝無一半。」那時，我真的相信了一見鍾情。在一滴冷冷的水珠裡，我和朱淑貞初初相遇。

愛情是一種死亡般的大痛與大美。紀伯倫說：「它雖栽培你，它也刈剪你。」愛情是天堂也是地獄，使人銷魂，也令人斷腸。朱淑貞在熱戀之時，放縱恣情，「嬌癡不怕人猜，和衣睡倒入懷」，嬌媚癡絕。只是如此活潑輕靈的詩句，在朱詩中寥若晨星，她一生明媚的春光，短暫得像我失去的愛情。「東君不與花為主，何似休生連理枝」，朱淑貞直面人生的慘痛，用詩歌表現著身世的幽怨，卻獲得了藝術和情感的永恆。在那年提前到來的冬天裡，圍著爐火，我和她的詩歌相擁而坐，窗外大雪飛舞，我不知道，那雪花是落在了宋時的錢塘還是我的窗前。

只要時間允許，傷口處總會開出一朵淒美的小花，但是不停地去揭它，只能深刻痛苦的記憶。朱淑貞投水而死時，那傷疤還是活的，它也是一種生命。喜歡朱淑貞，是因為她生活在真實裡而不是在面具中。有個叫瑪格麗特·莒哈絲的外國女人很會用文字表演愛情，她的自傳體小說《情人》名噪一時，「這種表演性的內因，武斷地說，系緣於她愛情經歷的蒼白與乖蹇」（凸凹《莒哈絲：文本的表演》）。「我手寫我心」，我不知道，八百年後朦朧詩人手中揮舞的是不是朱淑貞的一方手帕。

對於朱淑貞，我想說，不幸、痛苦會和我們作不必相約的見面，是一種無法推開的存在。而詩歌，則是一種心靈的選擇，它靜靜地等待，只要一聲召喚，便來陪你走過風霜雨雪。

讀朱淑貞的詩歌，彷彿看美人魚在刃尖上赤足舞蹈，是一種慘痛而美麗的感覺。所以，和她做情人實在太累。兩行淚水，可以被一雙溫柔或者粗糙的手擦乾，四行淚卻要流成海洋了。現在想來，和她做同桌挺不錯。設想在一間低矮的教室裡，我和她認真完

〔註77〕朱淑貞：號幽棲居士，宋代著名女詞人，是唐宋以來留存作品最豐盛的女作家之一。

成著困厄布置的課堂作業，應該是一篇體裁不限的命題作文。當然，我和她都會寫成詩歌。我偷偷地看她如何開頭如何結尾。

情竇初開的我，被她的哀婉和細膩所著迷，於是，開始悄悄地遞她一些小紙條，說自己如何如何寂寞如何如何傷感。甚至用她的詩句做成精緻的書籤，「把酒送春春不語，黃昏卻下瀟瀟雨」，對她說，這句我最喜歡，因為她悲傷著我的悲傷。然後，就去拾幾枚飄落的紅葉，和她凝視大地的淚珠，聽她幽幽吟出「紅葉成詩夢到秋」的詩句。

既然是同桌，就免不了分別，我和她一別就是幾十年幾百年。偶然的一天，我輕輕翻閱那段日子的詩歌，我感覺到我目光的柔和，那些直白的詩句儘管骨韻不高，卻也有翩翩之致。這些年，我說不清自己是成功了還是失敗了，但我慶倖擁有一件彌足珍貴的往事，關於詩歌關於愛情關於朱淑貞。每個人都有自己的思想，我慶倖沒有去抄襲她的情感，儘管我曾經非常非常地喜歡。

曾經有過的痛苦和失落，使我終於懂得，擁抱真實的生活，傾聽陽光溫熱的訴說，遠遠勝過蘸著淚水，寫一些憂傷的詩歌。

國家圖書館出版品預行編目 (CIP) 資料

安靜的勇氣 / 劉學剛作 . -- 第一版 . -- 臺北市：
博思智庫 , 民 108.03
面； 公分
ISBN 978-986-97085-5-5(平裝)

855　　108003011

美好生活 29

安靜的勇氣

作　　者 | 劉學剛
主　　編 | 吳翔逸
執行編輯 | 陳映羽
美術主任 | 蔡雅芬

發 行 人 | 黃輝煌
社　　長 | 蕭艷秋
財務顧問 | 蕭聰傑
出 版 者 | 博思智庫股份有限公司
地　　址 | 104 台北市中山區松江路 206 號 14 樓之 4
電　　話 | (02) 25623277
傳　　真 | (02) 25632892

總 代 理 | 聯合發行股份有限公司
電　　話 | (02)29178022
傳　　真 | (02)29156275

印　　製 | 永光彩色印刷股份有限公司
定　　價 | 300 元
第一版第一刷　2019 年 04 月

ISBN 978-986-97085-5-5

博思智庫股份有限公司
博思智庫粉絲團　Facebook.com/broadthinktank